Zu diesem Buch

«Spuren», das meint zum einen die sichtbaren Spuren, die von den Indianern geblieben sind, aber auch die unsichtbaren Narben, die Zerstörung und Vertreibung in ihrem Bewußtsein hinterlassen haben. Der Roman spielt in der Zeit zwischen 1912 und 1924, als die indianischen Stämme zu verteidigen suchten, was ihnen an Land noch geblieben war, und er erzählt von den ineinander verflochtenen Schicksalen mehrerer Chippewa-Familien. Im Mittelpunkt steht die schöne, der Zauberei mächtige Fleur Pillager, Schützling des Seegottes Misshepeshu, deren Kräfte nicht ausreichen, den Wald, Ort der Lebenden wie der Toten, zu retten. Er wird gerodet, weil eine Holzfirma das Land aufgekauft hat.

Louise Erdrich, geboren am 7. Juni 1954 in Wahpeton/North Dakota als Tochter eines deutschen Lehrers, der für das Bureau of Indian Affairs arbeitete, und einer Indianerin vom Stamm der Turtle Mountain Chippewa, studierte amerikanische Literatur an der University of Dartmouth. Sie lebt mit ihrem Mann, dem Anthropologen und Schriftsteller Michael Dorris, der indianisch-irischer Abstammung ist, und sechs Kindern in Cornish/New Hampshire.

Von Louise Erdrich sind in der Reihe der rororo-Taschenbücher zwei weitere Romane erschienen: «Liebeszauber» (Nr. 12346), der auch in der Reihe «Literatur für KopfHörer» vorliegt, und «Die Rübenkönigin» (Nr. 12793). «Märchenhaft, melodramatisch, grotesk und tragisch geht es zu in den bisher drei Romanen, in denen Erdrich ... vom Wandel der Zeiten rund ums Dakota-Städtchen Argus berichtet, aus der kleinen Welt der Trickster-Typen, der Querköpfe, Schlitzohren, Streuner und ewigen Versager, der Raufbolde und Saufbrüder, der entlaufenen Sträflinge, psychisch defekten Vietnam-Veteranen und dilettierenden Wunderheiler, verlorene Seelen allesamt am Rande der weißen Zivilisation. Den hartgesottenen Frauengestalten besonders, die sich zäh durch die Tristesse des Lebens und der Liebe schlagen, widmet die Chronistin ihr kühnes Erzähltalent.» («Der Spiegel») Gemeinsam mit Michael Dorris schrieb sie den Abenteuerroman «Die Krone des Kolumbus».

Louise Erdrich

SPUREN

Roman

Aus dem Englischen
von Barbara von Bechtolsheim
und Helga Pfetsch

Rowohlt

Barbara von Bechtolsheim übersetzte
die Stimme Nanapushs (Kapitel 1, 3, 5, 7 und 9),
Helga Pfetsch die Paulines (Kapitel 2, 4, 6 und 8)
Die Übersetzerinnen danken Louise Erdrich
und Steven Bloom für ihre Hilfe

Veröffentlicht im Rowohlt Taschenbuch Verlag GmbH,
Reinbek bei Hamburg, August 1992
Copyright © 1990
by Rowohlt Verlag GmbH, Reinbek bei Hamburg
«Track» Copyright © 1988 by Louise Erdrich
Die Originalausgabe erschien 1988 unter dem Titel
«Track» bei Henry Holt and Company, New York
Umschlaggestaltung Büro Hamburg / Peter Wippermann
unter Verwendung des Gemäldes «Sommertag in Tocito»
von Grey Cohoe, 1982
Gesamtherstellung Clausen & Bosse, Leck
Printed in Germany
1090-ISBN 3 499 13148 X

*Michael,
die Geschichte ist jedesmal anders
und hat kein Ende,
aber immer beginnt sie mit dir.*

DANKSAGUNG

*Gewidmet meiner Mutter, Rita Gourneau Erdrich,
meiner Freundin und meinem Vorbild,* chi migwitch.
*Ich höre noch deine Geschichten vom
Leben im Reservat und im Wald.
Dank schulde ich Michael Dorris,
der in der Nähe von Tyonek, Alaska, Elche aufspürte,
und dessen Gegenwart aus dieser Geschichte
natürlich nicht wegzudenken ist.
Dank auch meiner Schwester Lise Erdrich Croonenberghs
für ihre scharfen Beobachtungen
und Mary Lou Fox von Manitoulin Island in Ontario.
Den verstorbenen Ben Gourneau,
meinen Großonkel, Trapper und Geschichtenerzähler,
grüße ich ebenso wie meinen Großvater Patrick Gourneau
und die vier Zweige des Ojibwa-Volkes, jene,
die Stärke beweisen, die durchhalten.*

ERSTES KAPITEL

Winter 1912
Manitou-geezisohns
Kleine Geistersonne

Nanapush

Unser Sterben begann vor dem Schneefall, und wie der Schnee fielen wir immer weiter. Es war erstaunlich, daß noch so viele von uns übrig waren zum Sterben. Denen, die bisher alles überlebt hatten – das Fleckfieber aus dem Süden, unseren langen Kampf gen Westen um Nadouissioux-Gebiet, wo wir den Vertrag unterzeichneten, und dann den Wind aus dem Osten, der mit einem Wirbel von Regierungspapieren das Exil brachte: denen, die alles überlebt hatten, mußte das, was im Jahr 1912 von Norden hereinbrach, unfaßbar erscheinen.

Das Unheil, so dachten wir, mußte seine Kraft doch nun verausgabt, die Krankheit mußte so viele Anishinabe gefordert haben, wie die Erde nur aufnehmen und behausen konnte.

Aber die Erde ist grenzenlos, genau wie das Glück und wie früher unser Volk. Meine Enkelin, du bist das Kind der Unsichtbaren, derer, die verschwanden, als mit den bitteren Strapazen des frühen Winters eine neue Krankheit herunterfegte. Schwindsucht nannte sie der junge Pater Damien, der in jenem Jahr zu uns kam, um den Priester zu ersetzen, der derselben verheerenden Krankheit erlegen war wie seine Gemeinde. Diese Krankheit war anders als die Pocken und das Fieber, denn sie kam langsam daher. Das Ergebnis, allerdings, war genauso endgültig. Ganze Familien aus deiner Verwandtschaft lagen krank und hilflos von ihr umgeblasen. Im Reservat, wo wir dicht zusammengedrängt waren, schwanden die Clans dahin. Unser Stamm löste sich auf wie ein grobes Seil, das an beiden Enden ausfranst, da jung und alt dahingerafft wurden. Meine eigene Familie wurde einer nach dem anderen ausgelöscht und hinterließ nur Nanapush. Und danach, obwohl ich erst fünfzig Winter gelebt hatte, galt ich als alter Mann. Ich hatte genug gesehen, um einer zu sein. In den Jahren, die ich erlebt hatte, sah ich mehr Veränderungen als in hundert und nochmals hundert Jahren vorher.

Mein Mädchen, ich habe Zeiten vorbeiziehen sehen, die du nie mehr erleben wirst.

Ich habe die letzte Büffeljagd angeführt. Ich habe gesehen, wie der letzte Bär geschossen wurde. Ich habe den letzten Biber mit einem über zweijährigen Pelz gefangen. Ich habe die Worte des Regierungsvertrages laut gesprochen und mich geweigert, die schriftliche Vereinbarung zu unterschreiben, die uns unsere Wälder und den See wegnehmen sollten. Ich habe die letzte Birke gefällt, die älter war als ich, und ich habe die letzte Pillager gerettet. Fleur, die du nicht Mutter nennen willst.

Eines kalten Nachmittags im Spätwinter haben wir sie gefunden, draußen in der Hütte deiner Familie in der Nähe des Matichimanito-Sees; mein Begleiter, Edgar Pukwan von der Stammespolizei, hatte Angst, dort hinzugehen. Um das Wasser herum standen die höchsten Eichen, Wälder, die von Geistern bewohnt und von den Pillagers durchstreift wurden, die die Geheimnisse des

Heilens und des Tötens kannten, bis ihre Kunst sie im Stich ließ. Als wir unseren Schlitten auf die Lichtung zogen, sahen wir zwei Dinge: den rauchlosen Blechkamin, der von dem Dach aufragte, und das leere Loch in der Tür, wo die Schnur nach innen gezogen war. Pukwan wollte nicht hineingehen, weil er Angst hatte, die Geister der unbegrabenen Pillager könnten ihm an die Kehle gehen und ihn zum Wahnsinn treiben. Also mußte ich die dünngeschabte Haut, die ein Fenster bildete, durchstoßen. Ich ließ mich in die stinkende Stille hinab, auf den Boden. Und ich fand den alten Mann und die Frau, deine Großeltern, den kleinen Bruder und zwei Schwestern, eiskalt und in graue Pferdedecken gewickelt, die Gesichter nach Westen gewendet.

Beklommen und durch ihre stummen Gestalten selbst still geworden, berührte ich jedes Bündel in der düsteren Hütte und wünschte jedem Geist eine gute Reise auf der Dreitage-Straße, der alten Straße, die von unserem Volk in dieser tödlichen Zeit schon so ausgetreten war. Dann klopfte etwas in der Ecke. Ich stieß die Tür weit auf. Es war die älteste Tochter, Fleur, damals etwa siebzehn Jahre alt. Sie fieberte so, daß sie ihre Decken abgeworfen hatte, und jetzt kauerte sie sich gegen den kalten Holzofen, zitternd und mit großen Augen. Sie war wild wie ein heruntergekommener Wolf, ein großes, hageres Mädchen, deren plötzlich ausbrechende Kraft und hervorgestoßenes Gefauche den lauschenden Pukwan in Angst und Schrecken versetzte. Also war wieder ich es, der sich abmühte, um sie an den Vorratssäcken und Schlittenbrettern festzubinden. Ich wickelte weitere Decken um sie und band auch diese fest.

Pukwan hielt uns zurück, überzeugt, er müsse die Vorschriften der Agentur wortgetreu ausführen. Vorsichtig nagelte er das offizielle Quarantäneschild an, und ohne die Toten herauszuholen, versuchte er dann, das Haus abzubrennen. Aber obgleich er immer wieder Kerosin an die Balken schüttete und sogar mit Birkenrinde und Holzspänen ein Feuer anfachte, wurden die Flammen schmal und schrumpften, erloschen in Rauchwölkchen. Pukwan fluchte und sah verzweifelt aus, hin- und hergerissen zwischen seinen offiziellen Pflichten und seiner Angst vor den Pillagers. Letztere trug dann den Sieg davon. Er ließ schließlich den Zunder fallen und half mir, Fleur den Weg entlangzuziehen.

Und so ließen wir fünf Tote, erfroren hinter ihrer Hüttentür, am Matchimanito zurück.

Manche Leute sagen, daß Pukwan und ich besser daran getan hätten, die Pillagers gleich zu begraben. Sie sagen, daß die Unruhe und der Fluch des Unheils, der unser Volk in den darauffolgenden Jahren traf, das Werk unzufriedener Geister gewesen sei. Ich weiß, was Sache ist, und habe nie Angst gehabt, die Dinge beim Namen zu nennen. Unsere Probleme kamen vom Leben, vom Alkohol und vom Dollar. Wir sind dem Regierungsköder nachgestolpert, haben nie auf den Boden geschaut und gar nicht gemerkt, wie das Land uns schrittweise unter den Füßen weggezogen wurde.

Als Edgar Pukwan dran war, den Schlitten zu ziehen, rannte er los, als jage ihn der Teufel, ließ Fleur über Schlaglöcher holpern, als sei sie ein Stück Holz, und kippte sie zweimal in den Schnee. Ich ging hinter dem Schlitten her, ermunterte Fleur mit Liedern, rief Pukwan zu, daß er auf versteckte Äste und unsichtbare abschüssige Stellen achten solle, und schließlich hatte ich sie in meiner Hütte, einem kleinen mit Lehm abgedichteten Gehäuse oberhalb der Kreuzung.

«Hilf mir», rief ich, schnitt die Schnüre durch, gab mich gar nicht erst mit den Knoten ab. Fleur machte die Augen zu, keuchte und warf den Kopf hin und her. Sie röchelte, wenn sie nach Luft rang; sie faßte mich um den Hals. Noch geschwächt von meiner eigenen Krankheit stolperte ich, fiel, taumelte in meine Hütte, während ich das kräftige Mädchen mit mir nach drinnen zerrte. Ich hatte keine Puste mehr, Pukwan zu verfluchen, der zuschaute, aber sich weigerte, sie zu berühren, sich abwandte und mit dem ganzen Schlitten voller Vorräte verschwand. Es überraschte mich nicht, und mein Kummer war auch nicht allzu groß, als Pukwans Sohn, der auch Edgar hieß und auch zur Stammespolizei gehörte, mir später erzählte, sein Vater sei heimgekommen, ins Bett gekrochen und habe von dem Augenblick an bis zu seinem letzten Atemzug keine Nahrung mehr zu sich genommen.

Was Fleur anbelangt, so ging es ihr mit jedem Tag schrittweise besser. Zuerst wurde ihr Blick konzentriert, und in der darauffolgenden Nacht war ihre Haut kühl und feucht. Sie war klar im Kopf, und nach einer Woche erinnerte sie sich daran, was über ihre Familie hereingebrochen war, wie sie ganz plötzlich von einer Krankheit gepackt worden und ihr zum Opfer gefallen waren. Mit ihrer Erinnerung kam auch die meine zurück, nur allzu genau. Ich war nicht darauf vorbereitet, an die Menschen zu denken, die ich verloren hatte, oder von ihnen zu sprechen, doch wir taten es, vorsichtig und ohne ihre Namen dem Lufthauch preiszugeben, der ihnen zu Ohren kommen würde.

Wir fürchteten, daß sie uns hören und niemals zur Ruhe kommen würden, daß sie zurückkommen könnten aus Mitleid für die Einsamkeit, die wir empfanden. Sie würden im Schnee draußen vor der Tür sitzen und warten, bis wir uns aus Sehnsucht zu ihnen gesellen würden. Dann würden wir uns alle zusammen auf die Reise machen, und unser Ziel wäre das Dorf, wo die Leute Tag und Nacht spielen, ohne je ihr Geld zu verlieren, essen, ohne je ihren Magen zu füllen, trinken, ohne je um den Verstand zu kommen.

Der Schnee verzog sich lange genug, daß wir den Boden mit Pickeln bearbeiten konnten.

Als Stammespolizist war Pukwans Sohn per Verordnung gezwungen, bei der Beerdigung der Toten zu helfen. Also machten wir uns wieder auf den dunklen Weg zum Matchimanito, wobei diesmal der Sohn anstelle des Vaters voranging. Wir verbrachten den Tag damit, die Erde auszuhauen, bis wir ein Loch hatten, das lang und tief genug war, um die Pillagers Schulter an Schulter hineinzulegen. Dann bedeckten wir sie mit Erde und bauten fünf kleine Lattenhäuser. Ich kratzte ihre Clanzeichen ein, vier schraffierte Bären und ein Marder, dann schulterte Pukwan junior die Dienstwerkzeuge und machte sich auf den Rückweg. Ich ließ mich in der Nähe der Gräber nieder.

Ich bat die Pillagers, so wie ich meine eigenen Kinder und Frauen gebeten hatte, jetzt von uns zu gehen und nie mehr zurückzukommen. Ich bot ihnen Tabak an, rauchte eine Pfeife Rotweide für den alten Mann. Ich bat sie, ihre Tochter nicht zu belästigen, nur weil sie überlebt hatte, noch mir vorzuwerfen, daß ich sie gefunden hatte, oder Pukwan junior, daß er zu früh weggegangen sei. Ich sagte ihnen, es tue mir leid, aber sie müßten uns jetzt allein lassen. Darauf beharrte ich. Aber die Pillagers waren genauso dickköpfig wie der Clan der Nanapush und ließen meine Gedanken einfach nicht los. Ich glaube, sie verfolgten mich bis nach Hause. Den ganzen Weg entlang, knapp außerhalb meines Blickfelds, zuckten sie auf, dünn wie Nadeln, die Schatten durchbohren. Die Sonne war untergegangen, als ich zurückkam, aber Fleur war wach und saß im Dunkeln, als wisse sie Bescheid. Sie rührte sich nicht, um das Feuer zu unterhalten, sie fragte mich nicht, wo ich gewesen war. Ich sagte es ihr auch nicht, und während die Tage vergingen, sprachen wir immer weniger. Die Geister der Toten kamen uns so nah, daß wir schließlich ganz aufhörten zu reden.

Das machte es nur noch schlimmer.

Ihre Namen wucherten in uns, sie schwollen uns bis an den Rand der Lippen, zwangen uns mitten in der Nacht, die Augen aufzumachen. Das Wasser der Ertrunkenen erfüllte uns, kalt und schwarz, stickiges Wasser, das gegen das Siegel unserer Zungen schwappte oder uns langsam aus den Augenwinkeln sickerte. Ihre Namen tauchten wie Eisschollen in uns hin und her. Dann fingen die Eissplitter an, sich über uns zu sammeln und uns zuzudecken. Wir wurden so schwer, heruntergezogen von dem bleigrauen Eis, daß wir uns nicht mehr bewegen konnten. Unsere Hände lagen wie verschwommene Klötze auf dem Tisch. Das Blut in uns wurde dick. Wir brauchten keine Nahrung. Und wenig Wärme. Tage vergingen, Wochen, und wir gingen nicht aus der Hütte, aus Angst, unsere kalten, empfindlichen Körper würden in Stücke brechen. Wir waren schon halb von Sinnen. Ich erfuhr später, daß das normal war, daß viele von uns auf diese Art gestorben waren, an dieser unsichtbaren Krankheit. Manche konnten keinen Bissen Nahrung mehr schlucken, weil die Namen ihrer Toten ihnen die Zunge festzurrten. Manche brachen mit den Blutsbanden und schlugen am Ende den Weg nach Westen ein.

Aber eines Tages machte der neue Priester, der fast noch ein Junge war, unsere Tür auf. Ein blendendes, schmerzendes Licht flutete herein und umschloß Fleur und mich. Man habe noch einen Pillager gefunden, sagte der Priester, Fleurs Vetter Moses sei in den Wäldern noch am Leben. Taub, dumm wie Bären in einer Winterhöhle blinzelten wir die schmächtige Silhouette des Priesters an. Unsere Lippen waren ausgetrocknet, klebten zusammen. Wir konnten kaum einen Gruß hervorbringen, aber ein Gedanke rettete uns: Ein Gast muß essen. Fleur bot Pater Damien ihren Stuhl an und legte Holz auf die grauen Kohlen. Sie fand noch Mehl für Gaulette. Ich wollte Schnee holen, um ihn für Teewasser aufzutauen, aber zu meinem Erstaunen war der Boden frei. Ich war so erstaunt, daß ich mich hinunterbeugte und die weiche, feuchte Erde berührte.

Meine Stimme krächzte, als ich zu sprechen versuchte, aber dann, geölt von starkem Tee, Schmalz und Brot, legte ich los und redete. Mich hält so schnell nichts auf, wenn ich erst mal in Schwung komme. Pater Damien sah verwundert aus, und dann argwöhnisch, als ich zu knarren und zu rollen anfing. Ich wurde immer schneller. Ich redete in beiden Sprachen, in Strömen, die nebeneinander herflossen, über jeden Stein, um jedes Hindernis. Der Klang meiner eigenen Stimme überzeugte mich davon, daß ich noch am Leben war. Pater Damien hörte mir die ganze Nacht zu, seine grünen Augen rund, sein hageres Gesicht bemüht zu verstehen, sein merkwürdiges braunes Haar in Locken und gestutzten Zotteln. Manchmal holte er Luft, als wolle er seine eigenen Beobachtungen beitragen, aber ich redete ihn mit meinen Worten in Grund und Boden.

Ich weiß nicht mehr, wann deine Mutter wieder verschwand. Sie war zu jung und hatte noch keine Geschichten oder tiefere Lebenserfahrung, auf die sie sich hätte verlassen können. Sie hatte nur unverbrauchte Kraft, und die Namen der Toten, die sie erfüllten. Heute kann ich sie aussprechen. Sie haben jetzt an keinem von uns mehr Interesse. Der Alte Pillager. Ogimaakwe, Die-die-das-Sagen-hat, seine Frau. Asasaweminikwesens, Wildkirschen-Mädchen. Bineshii, Kleiner-Vogel, auch als Josette bekannt. Und der Letzte, der junge Ombaashi, Er-der-vom-Wind-getragen-wird. Dann gab es noch den anderen, einen Vetter Pillager namens Moses. Er hatte überlebt, aber wie sie später auch von Fleur sagten, wußte er nicht mehr, wo er war, ob hier auf dem Reservat mit den Vermessungsarbeiten oder an dem anderen Ort, dem ohne Grenzen, da wo die Toten sitzen und reden, zuviel sehen und die Lebenden als Narren betrachten.

Und genau das waren wir. Der Hunger machte jeden zum Narren. Früher hatten manche ihr zugeteiltes Land für einhundert Pfund Mehl verkauft. Andere, die verzweifelt durchzuhalten versuchten, drängten uns nun, wir sollten uns zusammentun und unser Land zurückkaufen, oder wenigstens eine Steuer dafür zahlen und das Holzfällergeld ablehnen, das unsere Grenzmarkierungen von der Landkarte fegen würde wie ein Muster aus Strohhalmen. Viele waren entschlossen, den angeheuerten Landvermessern und sogar unseren eigenen Leuten nicht zu gestatten, den tiefsten Wald zu betreten. Sie erwähnten die Führer Hat und Viele-Frauen – heute nicht mehr am Leben –, die sich von der Regierung hatten bezahlen lassen.

Aber in jenem Frühling drangen wie schon früher Fremde und auch einige von uns ins Buschinnere vor.

Der Grund war die Vermessung des Sees. Nur traten sie jetzt auf die frischen Gräber der Pillagers, überquerten die Todesstraßen, um die tiefsten Stellen des Wassers zu vermessen, wo das Seeungeheuer, Misshepeshu, sich versteckt hielt und wartete.

«Bleib bei mir», sagte ich zu Fleur, als sie zu Besuch kam.

Sie wollte nicht.

«Das Land wird verlorengehn», sagte ich zu ihr. «Das Land wird verkauft und vermessen werden.»

Aber sie warf ihr Haar zurück und ging weg, den Weg hinunter, ohne etwas zu essen bis zur Schneeschmelze, außer einem Beutel von meinen Zwiebeln und einem Sack Hafer.

Wer weiß, was passierte? Sie ging an den Matchimanito zurück und lebte dort allein in der Hütte, die selbst das Feuer nicht gewollt hatte. Noch nie hatte ein junges Mädchen so etwas getan. Ich hörte, daß man in jenen Monaten für alle vier Parzellen eine Grundbesitzsteuer von ihr verlangte, sogar für die Insel, wo Moses sich versteckte. Der Regierungsvertreter ging raus, verirrte sich dann, verbrachte eine ganze Nacht damit, den sich bewegenden Lichtern und Lampen von Leuten zu folgen, die ihm nicht antworten wollten, sondern nur untereinander redeten und lachten. Sie ließen ihn erst im Morgengrauen gehen, und nur, weil er derart töricht war. Trotzdem verlangte er von Fleur wieder Geld, und als nächstes hörten wir, daß er in den Wäldern lebte und sich von Wurzeln ernährte, mit den Geistern Glücksspiele spielte.

Jedes Jahr kommen mehr, die hier Profit suchen, die mit ihren Schnüren und gelben Fähnchen Linien über das Land ziehen. Manchmal verschwinden sie, und jetzt gibt es nachts draußen am Matchimanito so viele, die mit

Stöcken und Würfeln wetten, daß man sich fragt, wie Fleur da schlafen kann, oder ob sie überhaupt schläft. Warum sollte sie auch? Sie kommt ohne so vieles aus. Die Gesellschaft der Lebenden. Munition für ihr Gewehr.

Manche haben so ihre Vorstellungen. Man weiß ja, wie alte Hühner scharren und gackern. So haben die Geschichten angefangen, all der Klatsch, das Herumrätseln, all die Dinge, die die Leute sagten, ohne etwas zu wissen, und dann auch glaubten, weil sie es mit eigenen Ohren gehört hatten, von ihren eigenen Lippen, Wort für Wort.

Das Gerede von denen, die im Schatten des Lagerhauses des neuen Regierungsvertreters Fett ansetzten, habe ich nie beachtet. Aber ich habe beobachtet, wie die Wagen um die ausgefurchte Abzweigung zum Matchimanito fuhren. Wenige sind zurückgekommen, das stimmt, aber es waren noch genug, die zurückkamen, hoch beladen mit festem grünem Holz. Von der Stelle, an der wir jetzt sitzen, meine Enkeltochter, habe ich Knarren und Krachen gehört, ich habe gespürt, wie der Boden zitterte mit jedem Baum, der zu Boden schlug. Ich bin ein alter, schwacher Mann geworden, während diese Eiche fiel, und noch eine und noch eine verlorenging, während hier eine Lücke entstand, da eine Lichtung, und das helle Tageslicht hereinfiel.

ZWEITES KAPITEL

Sommer 1913
Miskomini-geezis
Himbeersonne

Pauline

Als Fleur Pillager zum ersten Mal in den kalten, glasklaren Wassern des Matchimanito ertrank, war sie noch ein Kind. Zwei Männer sahen das Boot kentern, sahen sie in den Wellen kämpfen. Sie ruderten hinüber an die Stelle, an der sie untergegangen war und sprangen hinein. Als sie sie über das Dollbord zogen, fühlte sie sich kalt und steif an, deshalb versetzten sie ihr Ohrfeigen, hoben sie an den Fersen hoch und schüttelten sie, bewegten ihre Arme und klopften ihr auf den Rücken, bis sie Seewasser hustete. Sie zitterte am ganzen Leib wie ein Hund, dann schöpfte sie Atem. Doch nicht lange danach verschwanden beide Männer. Der erste ging in die Irre, und der andere, Jean Hat, wurde vom Wagen seines eigenen Landvermessers überfahren.

Da sähe man es ja, sagten die Leute. Für sie war es sonnenklar. Weil sie Fleur Pillager gerettet hatten, waren die beiden ins Verderben gestürzt worden.

Als Fleur Pillager das nächste Mal in den See fiel, war sie fünfzehn Jahre alt, und keiner rührte einen Finger. Sie wurde ans Ufer getrieben, die Haut ein stumpfes totes Grau, aber als George Viele-Frauen sich hinunterbeugte und genauer hinschaute, sah er, daß sich ihre Brust bewegte. Dann taten sich ihre Augen auf, klar und achatschwarz, und sie blickte ihn an. «Tritt du an meine Stelle», zischte sie. Alle stoben auseinander und ließen sie dort liegen, deshalb weiß keiner, wie sie sich nach Hause geschleppt hat. Bald danach fiel uns auf, daß Viele-Frauen sich veränderte, ängstlich wurde, das Haus nicht mehr verlassen wollte und nicht mehr dazu zu bewegen war, sich in die Nähe von Wasser zu begeben oder die Kartographen zurück in den Wald zu führen. Dank seiner Vorsicht blieb er am Leben, bis zu dem Tag, an dem ihm seine Söhne eine neue Blechbadewanne mitbrachten. Als er sie das erste Mal benutzte, rutschte er aus, wurde bewußtlos und bekam Wasser in die Lungen, während seine Frau nebenan in der Küche stand und das Frühstück briet.

Nach dem zweiten Ertrinken hielten sich die Männer auf Abstand von Fleur Pillager. Obwohl sie hübsch war, wagte es keiner, ihr den Hof zu machen, weil klar war, daß Misshepeshu, der Wassermann, das Ungeheuer, sie für sich allein wollte. Ein ganz teuflischer ist der, liebeshungrig und voller Verlangen und verrückt danach, junge Mädchen anzufassen, vor allem die starken, waghalsigen, solche wie Fleur.

Unsere Mütter weisen uns warnend darauf hin, daß uns sein Aussehen gefallen wird, denn er erscheint einem mit grünen Augen, kupferner Haut und einem Mund sanft wie der eines Kindes. Aber wenn man in seine Arme sinkt, sprießen ihm Hörner, Reißzähne, Klauen, Flossen. Seine Beine sind zusammengewachsen, und seine Haut, Schuppen aus Bronze, tönt, wenn man sie berührt. Du bist verzaubert und kannst dich nicht mehr rühren. Er wirft dir eine Muschelkette vor die Füße, weint schimmernde Tränensplitter, die sich auf deinen Brüsten zu Katzengold verhärten. Er taucht dich unter. Dann nimmt er die Gestalt eines Löwen, eines fetten braunen Wurms oder eines dir bekannten Mannes an. Er ist aus Gold. Er ist aus Strandmoos. Er ist ein Ding aus trockenem Schaum, ein Ding aus dem Tod durch Ertrinken, dem Tod, den kein Chippewa überleben kann.

Es sei denn, du bist Fleur Pillager. Wir alle wußten, daß sie nicht schwimmen konnte. Nach dem ersten Mal dachten wir, sie würde sich jetzt zurückziehen, still vor sich hin leben, damit aufhören, durch ihr Ertrinken Männer umzubringen. Wir dachten, sie würde auf die rechte Bahn kommen. Aber dann, nach ihrer zweiten Rückkehr und nachdem der alte Nanapush sie gesund gepflegt hatte, merkten wir, daß es etwas viel Schlimmeres war. Allein dort draußen schnappte sie über, geriet außer Rand und Band. Sie befaßte sich mit Bösem, lachte über den Rat der alten Frauen und kleidete sich wie ein Mann. Sie ließ sich auf einen fast vergessenen Zauber ein und befaßte sich mit Praktiken, über die wir gar nicht reden sollten. Manche Leute sagen, sie hätte einen Kinderfinger in der Tasche getragen und ein Pulver aus ungeborenen Kaninchen an einem Lederriemen um den Hals. Sie legte sich das Herz einer Eule auf die Zunge, so daß sie nachts sehen konnte, und ging hinaus zum Jagen, aber nicht in ihrer eigenen Gestalt. Das ist bewiesen, weil wir am nächsten Morgen im Schnee oder in der Erde den Spuren ihrer nackten Füße folgten und sahen, wo sie sich verwandelten, wo die Klauen wuchsen, der Ballen breiter wurde und sich tiefer in die Erde drückte. Nachts hörten wir ihren puffenden Husten, den Bärenhusten. Bei Tag machten ihr Schweigen und das breite Lächeln, das sie aufsetzte, um uns in Sicherheit zu wiegen, uns angst. Manche meinten, man sollte Fleur Pillager aus dem Reservat vertreiben, aber nicht ein einziger von denen, die so was sagten, hatte den Nerv dazu. Und als die Leute endlich drauf und dran waren, sich zusammenzutun und sie gemeinsam rauszuwerfen, da ging sie von selbst und kam den ganzen Sommer nicht zurück. Und davon will ich erzählen.

Während der Monate, als Fleur ein paar Meilen weiter südlich wohnte, in Argus, da passierte so einiges. Um ein Haar hätte sie die ganze Stadt vernichtet.

Als sie Anno 1913 runter nach Argus kam, war das Städtchen nichts weiter als ein Raster von sechs Straßen zu beiden Seiten des Bahnhofs. Es gab zwei Getreidesilos, einen im Zentrum, den anderen ein paar Meilen westlich. Zwei Kaufläden wetteiferten um die Kundschaft der dreihundert Einwohner, und drei Kirchen zankten sich um ihre Seelen. Es gab ein Holzhaus für die Lutheraner, ein dickes Backsteingebäude für die Episkopalier und eine lange, schmale geschindelte katholische Kirche. Letztere besaß einen schlanken Turm, der doppelt so hoch war wie alle anderen Gebäude und Bäume.

Zweifellos sah Fleur, als sie zu Fuß auf der Straße näher kam, über den niedrigen, flachen Weizenfeldern diesen Turm aufragen, einen Schatten dünn wie eine Nadel. Vielleicht zog er sie in dieser leeren Gegend an, so wie ein alleinstehender Baum den Blitz anzieht. Vielleicht sind letzten Endes die Katholiken schuld. Denn hätte Fleur dieses Zeichen des Stolzes nicht gesehen, dieses schlanke Gebet, diese Markierung, so wäre sie vielleicht einfach weitergegangen.

Aber Fleur Pillager bog ab, und die erste Stelle, die sie anlief, als sie die Stadt erreichte, war die Hintertür des

Pfarrhauses, das an die markante Kirche angebaut war. Sie ging dort nicht hin um einer milden Gabe willen, obwohl sie die bekam, sondern um nach Arbeit zu fragen. Auch die bekam sie, oder vielmehr bekamen wir Fleur. Es ist schwer zu sagen, wem am übelsten mitgespielt wurde, ihr, oder den Männern oder der Stadt, nur daß Fleur, wie immer, überlebte.

Die Männer, die in der Schlachterei arbeiteten, hatten zusammen schon um die tausend Stück Vieh zerlegt, zur Hälfte vielleicht Ochsen, zur anderen Hälfte Schweine, Schafe und Wild wie Rehe, Elche und Bären. Die unzähligen Hühner nicht eingerechnet. Pete Kozka war der Besitzer, und er hatte drei Männer angestellt: Lilie Veddar, Tor Grunewald und Dutch James.

Ich kam durch Dutch nach Argus. Er hatte im Reservat eine Warenauslieferung zu machen und lernte dabei die Schwester meines Vaters, Regina, kennen, eine geborene Puyat und dann durch ihren ersten Ehemann eine Kashpaw. Dutch hat ihr nicht gleich seinen Namen gegeben, das kam erst später. Er hat auch nie ihren Sohn Russell adoptiert, dessen Vater inzwischen irgendwo in Montana lebte.

Während der Zeit, als ich bei ihnen wohnte, habe ich kaum je erlebt, daß Dutch und Regina einander ansahen oder miteinander redeten. Vielleicht, weil die Puyats, bis auf mich, als schweigsame Leute galten, die wenig zu sagen haben. Wir waren Mischlinge, Pelzhändler in einem Clan, dessen Name verlorengegangen war. Im Frühjahr vor dem Winter, der so viele Chippewa dahinraffte, plagte ich meinen Vater, mich in den Süden zu schicken, in die weiße Stadt. Ich hatte beschlossen, daß ich von den Nonnen des Spitzenklöppeln lernen wollte.

«Du wirst da draußen ein Bleichgesicht werden»,

sagte er, womit er mich daran erinnerte, daß ich heller als meine Schwestern war. «Du wirst keine Indianerin mehr sein, wenn du zurückkommst.»

«Dann komme ich vielleicht nicht mehr zurück», erklärte ich. Ich wollte wie meine Mutter sein, deren halbweiße Herkunft offensichtlich war. Ich wollte wie mein Großvater sein, rein kanadisch. Und das, weil ich schon als Kind sah, daß Hinterherhinken den Untergang bedeutet. Ich schaute durch die Augen der Welt außerhalb von uns. Ich weigerte mich, unsere Sprache zu sprechen. Auf englisch sagte ich zu meinem Vater, daß wir einen Abort bauen sollten mit einer Tür, die man auf- und zumachen konnte.

«So was gibt's bei uns am Haus nicht.» Er lachte. Aber er verachtete mich, als ich keine Perlenstickerei machen wollte, als ich mich weigerte, mir mit den Stachelschweinborsten die Finger zu zerstechen und mich versteckte, um nicht steife Tierfelle mit Hirn weichreiben zu müssen.

«Ich bin zu etwas Besserem bestimmt», sagte ich zu ihm. «Schick mich runter zu deiner Schwester.» Also tat er es. Aber ich lernte dort nicht das Fädenziehen und Arbeiten mit Garnrollen und Spulen. Ich fegte Böden in einem Metzgerladen und kümmerte mich um meinen Vetter Russell.

Jeden Tag nahm ich ihn mit in den Laden, und wir machten uns an die Arbeit – streuten frisches Sägemehl, trugen einen Schinkenknochen für den Bohneneintopf einer Kundin über die Straße oder ein Paket Würstchen an die Ecke. Russell übernahm den größeren Teil an Aufträgen und arbeitete schwerer. Obwohl er noch klein war, war er fix und zuverlässig. Er blieb nie stehen, um zuzuschauen, wie eine Wolke vorüberzog oder eine

Spinne mit derselben raschen Sorgfalt eine Fliege einwikkelte wie Pete ein dickes Steak für den Doktor. Russell und ich waren verschieden. Er setzte sich nie zum Ausruhen hin, träumte nie davon, ein Paar Schuhe zu besitzen wie die, die an den Füßen von weißen Mädchen vorüberkamen, Schuhe aus hartem rotem Leder, das mit ausgestanzten Löchern verziert war. Er lauschte auch nie auf das, was diese Mädchen über ihn sagten und stellte sich nicht vor, wie sie umkehren und seine Hand fassen würden. In Wahrheit hatte auch ich kaum eine Vorstellung von dem, was die weißen Mädchen dachten.

In diesem Winter hörten wir überhaupt nichts von meiner Familie, obwohl Regina fragte. Noch wußte keiner, wie viele Menschen umgekommen waren, niemand registrierte es. Wir hörten nur, daß man gar nicht schnell genug das Holz für ihre Grabhäuser sägen konnte; und ohnehin waren so wenige Leute kräftig genug zum Arbeiten, daß das Gestrüpp schon wieder wucherte, wenn sie sich schließlich dranmachten, und den frisch umgegrabenen Boden, das Zeichen, daß hier jemand begraben lag, verdeckte. Die Priester versuchten, die Leute von der Sitte, ihre Toten in den Bäumen zu bestatten, abzubringen, aber die Leichen, die sie herunterzogen, hatten keine Namen, sondern trugen nur Überbleibsel ihres Besitzes bei sich. Manchmal ging mir ein Traum durch den Kopf, den ich nicht abschütteln konnte. Ich sah meine Schwestern und meine Mutter in den Zweigen schwanken, so hoch oben bestattet, daß keiner drankam, eingewickelt in die Spitzen, die ich nie geklöppelt hatte.

Ich versuchte, nicht daran zu denken, wie es gewesen war, in Gesellschaft zu sein, meine Mutter und meine Schwestern um mich zu haben, aber als Fleur in diesem Juni zu uns kam, fiel es mir wieder ein. Ich erfand Ausreden, um neben ihr arbeiten zu können, ich fragte sie aus, aber Fleur weigerte sich, über die Puyats oder über den Winter zu reden. Sie schüttelte den Kopf, schaute weg. Einmal faßte sie mein Gesicht an, wie aus Versehen oder um mich zum Schweigen zu bringen, und sagte, daß meine Familie vielleicht, wie andere Mischlinge auch, in den Norden gezogen sei, um der Epidemie zu entgehen.

Ich war fünfzehn, einsam und sah so armselig aus, daß ich für die meisten Kunden und die Männer in der Metzgerei unsichtbar war. Solange sie mich nicht brauchten, war ich eins mit den fleckigen braunen Wänden, ein mageres Mädchen mit großer Nase und stechenden Augen.

Aus dieser Tatsache zog ich allerdings allen Nutzen, den ich konnte. Da ich in einer Ecke verschwinden oder mich unter ein Regal verdrücken konnte, wußte ich alles: wieviel Bargeld in der Kasse war, worüber die Männer ihre Witze rissen, wenn sie sich allein glaubten, und was sie schließlich Fleur antaten.

Kozkas Fleischwaren bediente die Farmer im Umkreis von fünfzig Meilen, sowohl was das Schlachten anging, denn die Metzgerei war mit einem Stall und einer Schlachtrinne ausgestattet, als auch das Konservieren des Fleisches durch Räuchern oder die Verarbeitung zu Wurst. Das Kühllagerhaus war ein Wunderwerk, gebaut aus vielen Lagen Backstein und isolierender Erde und Bauholz aus Minnesota, und innen ausgekleidet mit Sägespänen und riesigen Eisblöcken, die jeden Winter aus dem tiefsten Ende des Matchimanitosees gehauen und mit Pferd und Schlitten aus dem Reservat heruntergeholt wurden.

Ein klappriges Brettergebäude, teils Schlachthaus, teils Laden, war an den niedrigen würfelförmigen Kühlhauskomplex angebaut. Dort arbeitete Fleur. Kozka hatte sie wegen ihrer Bärenkräfte angestellt. Sie konnte eine Rinderkeule hochheben oder eine ganze Deichsel Würste schultern ohne zu stolpern, und das Fleischzerlegen lernte sie bald von Fritzie, einer spindeldürren Blondine, die kettenrauchte und die rasierklingenscharfen Messer mit seelenruhiger Präzision handhabte, wenn sie damit dicht an ihren fleckigen Fingern entlangschnitt. Die beiden Frauen arbeiteten nachmittags, verpackten die Fleischstücke in Papier, und Fleur trug die Pakete zum Kühlhaus. Russell half ihr gern. Er verschwand, wenn ich ihn rief, befolgte keinen meiner Befehle, aber ich hatte bald heraus, daß er immer dicht an Fleurs Hüfte zu finden war, wo er mit einer Hand vorsichtig eine Falte ihres Rockes hielt, so sachte, daß sie tun konnte, als merke sie es nicht.

Natürlich merkte sie es. Sie kannte die Wirkung, die sie auf Männer ausübte, schon auf die allerjüngsten. Sie zog sie in Bann, narrte sie, machte sie neugierig auf ihre Gewohnheiten, lockte sie mit sorgloser Ungeniertheit an und servierte sie mit derselben Gleichgültigkeit wieder ab. Zu Russell war sie allerdings freundlich, verhätschelte ihn gar wie eine Mutter, fuhr ihm mit den Fingern durchs Haar und schalt mich, wenn ich ihn trat oder ärgerte.

Wenn wir beim Essen saßen, fütterte Fleur Russell mit Zuckerstückchen, schöpfte, wenn Fritzie den Rücken kehrte, den Rahm vom Milchkrug und löffelte ihn Russell in den Mund. Bei der Arbeit gab sie ihm kleine Pakete zu tragen, wenn sie und Fritzie das zerlegte Fleisch vor den schweren Türen des Kühlhauses stapelten, die erst um fünf Uhr jeden Nachmittag geöffnet wurden, bevor die Männer zu Abend aßen.

Manchmal blieben Dutch, Tor und Lilie nach der Arbeit vor dem Kühlhaus sitzen, und dann blieben auch Russell und ich in der Nähe, putzten die Böden, schürten die Feuer im vorderen Räucherhaus, während die Männer um den gedrungenen, kalten gußeisernen Ofen saßen und sich Heringsstücke auf Schiffszwieback spießten. Sie spielten endlose Pokerspiele oder Cribbage mit einem Brett, das aus dem glattgehobelten Ende einer Salzkiste gemacht war. Sie redeten. Wir aßen unser Brot und Wurstzipfel, schauten zu und lauschten, obwohl es nicht viel zu hören gab, da in Argus fast nie etwas passierte. Tor war verheiratet, Dutch lebte mit Regina zusammen, und Lilie las Postwurfsendungen. Sie sprachen hauptsächlich über bevorstehende Auktionen, Landwirtschaftsmaschinen oder Frauen.

Gelegentlich kam Pete Kozka zum Whistspielen heraus, derweil Fritzie im Hinterzimmer ihre Zigaretten rauchte und Berliner buk. Er setzte sich und spielte ein paar Runden mit, behielt aber seine Gedanken für sich. Fritzie ließ nicht zu, daß er hinter ihrem Rücken redete, und das einzige Buch, das er las, war das Neue Testament. Wenn er etwas sagte, dann betraf es entweder das Wetter oder den Weizenüberschuß. Er besaß einen Talisman, die opalweiße Linse aus einem Kuhauge. Beim Romméspielen rieb er sie zwischen den Fingern. Dieses leise Geräusch und das Klatschen der Karten war zumeist die einzige Unterhaltung.

Schließlich lieferte Fleur ihnen Gesprächsstoff.

Fleurs Wangen waren breit und flach, ihre Hände groß, rissig und muskulös. Ihre Schultern waren breit und gebogen wie ein Joch, ihre Hüften fischähnlich, glatt und schmal. Ein altes grünes Kleid klebte ihr um die Taille, durchgewetzt an der Stelle, wo sie saß. Ihre glänzenden Zöpfe waren wie Schwänze von Tieren und baumelten gegen ihren Körper, wenn sie sich bewegte, bedächtig, langsam bei der Arbeit, beherrscht und halb gezähmt. Aber nur halb. Ich hatte einen Blick für so etwas, aber die anderen merkten es gar nicht. Sie sahen ihr nie in die schlauen braunen Augen, und auch die starken, scharfen und sehr weißen Zähne fielen ihnen nicht auf. Fleurs Beine waren nackt, aber da sie in perlenbestickten Mokassins herumging, sahen sie nie, daß bei ihr die fünften Zehen fehlten. Sie wußten auch nicht, daß sie schon ertrunken war. Sie waren blind, sie waren dumm, sie sahen sie nur oberflächlich.

Aber nicht, daß sie eine Chippewa war, oder überhaupt eine Frau, nicht daß sie gut aussah oder auch daß sie allein war, brachte ihnen den Kopf zum Schwirren. Sondern wie sie Karten spielte.

Normalerweise spielten Frauen nicht mit Männern, deshalb kam die Überraschung wie ein Schock, als Fleur sich eines Abends einen Stuhl an den Tisch der Männer zog.

«Was soll'n das», sagte Lilie. Er war fett, hatte die blassen Augen und die kostbare Haut einer Schlange, glatt und lilienweiß, woher auch sein Name kam. Lilie besaß einen Hund, ein stummeliges gemeines bulliges Etwas mit einem Bauch, der von Speckschwarten stramm wie eine Trommel war. Der Hund liebte die Karten genauso sehr wie Lilie und saß ganze Spiele von Stud-Poker, Rum-Poker und Siebzehnundvier hochaufgerichtet auf seinen Tonnenbeinchen. An jenem ersten Abend schnappte das Vieh nach Fleurs Arm, duckte sich aber und ließ sein Knurren im Halse ersticken, als sie sich niederließ.

«Ich hab gedacht», sagte sie mit sanfter schmeichelnder Stimme, «ihr könntet mich mitspielen lassen.»

Zwischen dem Bleifaß mit Würzmehl und der Wand war eine Lücke, in die Russell und ich genau hineinpaßten. Er versuchte, sich zu Fleurs Rock vorzuarbeiten, um sich an sie zu schmiegen. Wer weiß, vielleicht hätte er ihr Glück gebracht wie der Hund Lilie, nur hatte ich das Gefühl, daß wir weggescheucht werden würden, wenn die Männer uns bemerkten, deshalb zog ich ihn an den Hosenträgern zurück. Wir hockten uns hin, und ich legte ihm den Arm um den Hals. Russell roch nach Kümmel und Pfeffer, nach Staub und saurer Erde. Er beobachtete das Spiel etwa eine Minute lang mit gespannter Aufmerksamkeit, dann sackte er zusammen, lehnte sich an mich, und sein Mund klappte auf. Ich hielt die Augen offen, sah Fleurs schwarzes Haar über den Stuhl fliegen, ihre Füße, die fest auf den Dielenbrettern standen. Auf den Tisch, auf dem die Karten aufklatschten, konnte ich nicht sehen, deshalb drückte ich, als sie in ihr Spiel vertieft waren, Russell zu Boden, richtete mich im Schatten auf und hockte mich auf ein Holzgesims.

Ich sah zu, wie Fleurs Hände in Windeseile die Karten stapelten, mischten, teilten, jedem Spieler hinwarfen, sie zusammenrechten und wieder mischten. Tor schloß kurz und kampflustig das eine Auge und blinzelte Fleur mit dem anderen an. Dutch schraubte die Lippen um eine nasse Zigarre.

«Muß mal ein Ei legen», murmelte er und stand auf, um nach hinten zum Abort zu gehen. Die anderen unterbrachen das Spiel, ließen die Karten liegen, und Fleur saß allein im Lampenlicht, das glänzend auf ihren vorgeschobenen Brüsten schimmerte. Ich sah sie unverwandt an, und da schenkte sie mir zum ersten Mal kurze Beachtung. Sie drehte sich um, schaute mir in die

Augen und grinste das weiße Wolfsgrinsen, das die Pillagers ihren Opfern zuwerfen, nur daß sie es nicht auf mich abgesehen hatte.

«He, Pauline», sagte sie. «Wieviel Geld hast du?»

Wir hatten an dem Tag alle unser Geld für die Woche ausgezahlt bekommen. Ich hatte acht Cents in der Tasche.

«Setz auf mich.» Sie streckte ihre langen Finger aus. Ich legte ihr die Münzen in die Hand, und dann verschmolz ich wieder mit dem Nichts, wurde Teil der Wände und Tische, verflocht mich wieder dicht mit Russell. Einige Zeit später begriff ich etwas, was ich damals noch nicht wußte. Die Männer hätten mich ohnehin nicht gesehen, egal was ich tat und wie ich mich bewegte. Denn mein Kleid hing lose an mir, und mein Rücken war schon gebeugt wie der einer alten Frau. Die Arbeit hatte mich stumpf gemacht, meine Augen waren vom Lesen entzündet, mein Gesicht vom Vergessen meiner Familie hart geworden, und das Schrubben der rohen Dielenbretter hatte mir die Fingerknöchel gerötet und anschwellen lassen.

Als die Männer zurückkamen und sich wieder um den Tisch setzten, herrschte bestes Einvernehmen. Sie warfen einander bedeutsame Blicke zu, steckten die Zunge in die Wange und brachen in eigenartigen Augenblicken in Gelächter aus, um Fleur nervös zu machen. Aber die ließ sich nicht aus der Ruhe bringen. Sie spielten ihr Siebzehnundvier, und die Männer blieben gleich, während Fleur langsam Gewinn machte. Die Pennies, die ich ihr gegeben hatte, zogen Fünfer und Zehner an, bis endlich ein ganzes Häufchen vor ihr lag.

Dann köderte sie sie mit einem Fünfkarten-Draw, ohne Wilde. Sie teilte aus, warf ab, zog, und dann seufzte sie und ihre Karten zitterten ein klein wenig. Tors Auge blinkte, und Dutch richtete sich auf seinem Stuhl auf.

«Ich halte. Zeig her», sagte Lilie Veddar.

Fleur zeigte ihre Karten, und sie hatte nichts auf der Hand, überhaupt nichts.

Tors dünnes Lächeln wurde breit, und auch er warf seine Karten hin.

«Also, eins wissen wir schon mal», sagte er und lehnte sich auf seinem Stuhl zurück, «bluffen kann die Squaw nicht.»

Danach ließ ich mich auf einem Haufen zusammengefegten Sägemehls nieder und schlief ein. Während der Nacht wachte ich einmal auf, aber keiner von ihnen hatte sich von der Stelle gerührt, deshalb konnte auch ich nicht weg. Noch später mußten die Männer wohl noch einmal nach draußen gegangen sein, oder vielleicht war Fritzie gekommen, um das Spiel abzubrechen, denn ich wurde von den Armen einer Frau hochgehoben, gehalten und gestreichelt und so sanft gewiegt, daß ich die Augen geschlossen ließ, während Fleur erst mich, dann Russell in einen Wandschrank auf eine Schicht aus schmutzigen Hauptbüchern, Ölpapier, Schnurknäueln und dicken Aktenordnern schob.

Am nächsten Abend nach der Arbeit ging das Spiel weiter. Russell schlief ein, ich bekam meine acht Cents fünfmal vermehrt zurück, und Fleur behielt den Rest des Dollars, den sie gewonnen hatte, als Einsatz. Dieses Mal spielten sie nicht so lange, aber von jetzt an spielten sie regelmäßig, blieben dabei. Eine geschlagene Woche spielten sie nur Poker oder Pokervarianten, und jedesmal gewann Fleur genau einen Dollar, nicht mehr und nicht weniger, und viel zu konsequent, als daß es hätte Zufall sein können.

Inzwischen standen Lilie und die anderen Männer so unter Hochspannung, daß sie Pete dazu überredeten, mitzuspielen. Sie konzentrierten sich, Lilie Veddar mit dem fetten Hund auf dem Schoß, Tor mißtrauisch, Dutch seine riesige viereckige Stirn streichelnd, Pete gelassen. Was sie so auf die Palme brachte, war nicht, daß Fleur gewann, denn sie verlor zwischendurch auch mal ein Spiel. Es war eher, daß sie nie ein extremes Blatt hatte, niemals etwas Höheres als einen Straight. Sie hielt einfach jedesmal mit ihren niedrigen Karten, da war doch etwas faul. Nach allen Regeln der Wahrscheinlichkeit hätte Fleur zwischendurch mal ein Full house oder einen Flush haben müssen. Das Ärgerliche war, daß sie mit Pärchen gewann und nie bluffte, weil sie es nicht konnte, und trotzdem jeden Abend mit genau einem Dollar nach Hause ging. Lilie konnte erst mal nicht glauben, daß eine Frau überhaupt Grips genug hatte, um Karten zu spielen, und dann, wenn dem schon so war, daß sie dumm genug sein konnte, für einen Dollar pro Abend zu schummeln. Ich beobachtete ihn, wie er tagsüber dieses Problem wälzte, einen dumpfen Ausdruck auf seinem schmalzweißen Gesicht, sich mit den kleinen Fingern über die Handknöchel strich, bis er schließlich glaubte, Fleur als Spielerin niedriger Einsätze erkannt zu haben, deren Taktik die Vorsicht war. Eine Erhöhung des Einsatzes würde sie zu Fall bringen.

Mehr als alles andere wünschte er jetzt, daß Fleur einmal mit etwas anderem als einem Dollar wegging. Fünf Cents weniger oder zehn mehr, wieviel spielte keine Rolle, nur damit ihre Glückssträhne unterbrochen wäre.

Abend für Abend spielte sie, gewann ihren Dollar und zog sich dann zurück an einen Ort, von dem nur Russell und ich wußten. Fritzie hatte für Fleur zwei Dinge von

Bedeutung getan. Sie hatte ihr einen schwarzen Schirm aus wasserabstoßendem Material mit einem stabilen Griff geschenkt, und sie hatte ihr erlaubt, auf dem Gelände zu logieren, Jeden Abend badete Fleur in der Schlachtwanne und schlief dann in dem unbenützten Backsteinräucherhaus hinter den Kühlhäusern, einem fensterlosen Gebäude, das von innen mit verschmortem Fett geteert war. Wenn ich an ihr vorbeistrich, merkte ich, daß ihre Haut nach den Wänden roch, kräftig und nach Holz, eine Spur verbrannt. Seit der Nacht, in der sie mich in den Wandschrank getragen hatte, war ich nicht mehr eifersüchtig auf sie und hatte auch keine Angst mehr vor ihr, sondern folgte ihr genauso dicht wie Russell, sogar noch dichter, blieb ihr auf den Fersen, wurde ihr lebender Schatten, den die Männer nie wahrnahmen, der Schatten, der sie hätte retten können.

August, der Monat, der die Früchte trägt, legte sich dicht um die Metzgerei, und Pete und Fritzie brachen nach Minnesota auf, um der Hitze zu entkommen. Über den Monat hin hatte Fleur dreißig Dollar gewonnen, und nur Petes Gegenwart hatte Lilie in Schach gehalten. Aber jetzt war Pete fort, und eines Zahltags, als die Hitze so schlimm war, daß außer Fleur kein Mensch ein Glied rühren konnte, setzten sich die Männer zum Spielen hin und warteten, bis sie mit ihrer Arbeit fertig war. Die Karten schwitzten, lagen ihnen schlaff in den Fingern, der Tisch war schmierig vor Öl, und sogar die Wände fühlten sich warm an. Die Luft stand. Fleur kochte nebenan Kalbsköpfe aus.

Ihr grünes, durchnäßtes Kleid umgab sie wie ein durchsichtiges Laken. Eine Haut aus Seetang. Schwarze Knäuel aus Adern klebten an ihren Armen. Ihre Zöpfe waren locker, halb aufgelöst und im Nacken zu einem dicken Knoten geschlungen. Sie stand im Dampf und wendete mit einer Holzstange die Tierschädel in einem großen Kessel. Wenn Fleischstückchen an die Oberfläche kamen, beugte sie sich mit einem runden Blechsieb vor und schöpfte sie heraus. Sie hatte schon zwei Töpfe gefüllt.

«Reicht das nicht bald?» rief Lilie. «Wir warten.» Der stummelige Hund zitterte in seinem Schoß, bebend vor Wut. Mich roch und bemerkte er überhaupt nicht neben Fleurs rauchiger Haut. Die Luft in der Ecke war schwer und drückte Russell und mich zu Boden. Fleur setzte sich zu den Männern.

«Und, was sagst du?» fragte Lilie den Hund. Er bellte. Das war das Zeichen, daß das eigentliche Spiel beginnen konnte.

«Laßt uns den Pott-Einsatz erhöhen», sagte Lilie, der sich seit Wochen an diesen Abend herangepirscht hatte. Er hatte eine Rolle Münzen in der Tasche. Fleur hatte fünf Scheine in ihrem Kleid. Alle drei Männer hatten ihren gesamten Lohn, den ihnen der Bankbeamte von Kozkas Konto ausbezahlt hatte, gespart.

«Also Pott-Einsatz einen Dollar», sagte Fleur und warf ihren hin. Sie verlor, aber sie ließen sie gerade noch über die Runden kommen, einen Cent aufs Mal. Und dann gewann sie ein bißchen. Sie spielte ungleichmäßig, als sei sie ganz dem Zufall ausgeliefert. Sie holte sie ein. Das Spiel ging weiter. Der Hund saß jetzt stocksteif auf Lilies Schoß, ein boshaftes Muskelpaket, die gelben Augen vor Konzentration zu Schlitzen verzogen. Er gab Ratschläge, schien die Lage von Fleurs Karten zu erschnüffeln, zuckte und stupste. Fleur war oben, dann unten, wurde von einem Zufallstreffer gerettet. Tor gab sieben

Karten aus, drei verdeckt. Der Pott wuchs Runde um Runde an, bis alles Geld drin war. Keiner verzog eine Miene. Dann kam alles auf die letzte Karte an, und sie wurden still. Fleur hob ihre auf und tat einen langen Atemzug. Die Hitze senkte sich wie eine Glocke. Ihre Karte zitterte, aber Fleur blieb drin.

Lilie lächelte und nahm zärtlich den Kopf des Hundes zwischen seine Hände.

«Sag, Dickerchen», gurrte er. «Meinst du, das Mädel blufft?»

Der Hund jaulte und Lilie lachte. «Ich auch», sagte er. «Laßt sehen.» Er warf seine Scheine und Münzen in den Pott und dann drehten sie ihre Karten um.

Lilie schaute einmal, schaute noch einmal, und dann walkte er den Hund durch wie eine Handvoll Teig und knallte ihn auf den Tisch.

Fleur warf die Arme auseinander und fegte das Geld zu sich her, das gleiche Wolfsgrinsen im Gesicht, das sie mir zugeworfen, das Grinsen, das die Männer getäuscht hatte. Sie stopfte die Geldscheine in ihr Kleid, schöpfte die Münzen in weißes Wachspapier, das sie mit einer Schnur zuband.

«Noch eine Runde», sagte Lilie mit erstickter Stimme. Aber Fleur riß den Mund auf und gähnte und ging dann nach draußen, hinters Haus, um Abfälle für die große Sau zusammenzusuchen, die im Stall darauf wartete, geschlachtet zu werden.

Die Männer saßen wie zur Salzsäule erstarrt, die Hände flach auf der geölten Tischplatte. Dutch hatte seine Zigarre zu feuchten Bröseln zerkaut, Tors Auge war stumpf. Allein Lilies Blick folgte Fleur. Russell und ich atmeten nicht. Ich spürte, wie sie sich aufrafften, sah, wie auf Dutchs Stirn vor Zorn die Adern hervorquollen.

Der Hund kugelte vom Tisch und rollte sich unter dem Ladentisch zusammen, wo keiner der Männer ihm etwas anhaben konnte.

Lilie stand auf und ging hinüber zu dem Wandschrank mit den Hauptbüchern, in dem Pete seine Privatvorräte aufbewahrte. Er kam mit einer Flasche zurück, entkorkte sie und kippte sie zwischen den Fingern. Der Kloß in seinem Hals verging, dann reichte er die Flasche weiter. Sie tranken, ließen sich vom Feuer des Whiskeys durchdringen und schmiedeten mit den Augen Pläne, die sie nicht laut aussprechen konnten.

Als sie gingen, packte ich Russell am Arm und zog ihn mit. Wir folgten ihnen, versteckten uns in dem Gerümpel aus kaputten Brettern und Hühnerkisten neben dem Stall, hinter dem die Männer sich niederließen. Fleur war zuerst nicht zu sehen, aber dann brach der Mond heraus, und wir sahen sie vorsichtig mit einem Eimer in der Hand an der rohen Bretterrinne entlanggleiten. Das Haar fiel ihr wild und wirr bis zur Taille, und ihr Kleid war in der Dunkelheit ein fließender Fleck. Sie lockte das Schwein, klapperte leicht mit dem Blecheimer gegen das Holz und blieb dann mißtrauisch stehen. Aber zu spät. Während des Klapperns hatte sich Lilie, fett und behende, in Bewegung gesetzt, war direkt hinter Fleur gesprungen und hatte seine sahnigen Hände ausgestreckt. Russell drängte nach vorn, und ich hielt ihm mit beiden Fäusten den Mund zu, bevor er aufbrüllen konnte. Bei der ersten Berührung von Lilie wirbelte Fleur herum und überschüttete ihn mit den sauren Abfällen aus dem Eimer. Er drückte sie gegen den hohen Zaun, und ihr Päckchen mit den Münzen brach auf, leerte sich klingelnd und hüpfend und vor dem Holz blinkend. Fleur drehte sich unter Lilies Arm durch und verschwand im Hof.

Der Mond fiel hinter einen Vorhang zerfetzter Wolken, und Lilie folgte ihr in den dunklen Unrat. Aber er stolperte und prallte gegen die riesige Flanke des Schweins, das sich bis zur Schnauze im Dreck suhlte und dabei heftig grunzte. Russell und ich sprangen aus dem Unkraut und stiegen auf das Gatter des Verschlags, als klebten wir aneinander. Wir sahen, wie die Sau sich auf ihre hübschen knubbeligen Knie erhob, das Gleichgewicht fand und neugierig schwankte, als Lilie nach vorn stolperte. Fleur hatte sich zwischen das zersplitterte Holz auf der anderen Seite gedrückt, und als Lilie versuchte, sich vorbeizudrängen, hob die Sau ihren mächtigen Hals und schlug plötzlich zu, schnell und hart wie eine Schlange. Sie schoß auf Lilies dicke Taille zu und packte ein Maulvoll Hemd. Dann stieß sie noch einmal zu und traf ihn weiter unten, so daß er vor Überraschung und Schmerz grunzte. Tiefatmend schien er zu überlegen. Dann ließ er seine mächtige Körpermasse in einem Startsprung vom Stapel laufen.

Die Sau quietschte, als sein Körper auf ihren klatschte. Sie rollte zur Seite und schlug dabei mit ihren messerscharfen Hufen aus, während Lilie sich auf ihr zusammenrappelte, ihren langen Kopf an den Ohren packte und ihr die Schnauze und die Backen gegen das Gerüst des Verschlags rieb. Er drosch den prallen Schweinekopf gegen einen Eisenpfosten, aber anstatt sie zu erschlagen, weckte er sie nur aus ihren Träumen.

Sie bäumte sich auf, quiekte, und dann drückte er sich so heftig gegen sie, daß sie aneinandergelehnt wie in einer Umarmung dastanden. Sie verbeugten sich ruckend, als wollten sie beginnen. Dann schlenkerten seine Arme und fuchtelten wild herum. Sie grub ihre schwarzen Stoßzähne in seine Schulter, hielt ihn damit fest und tanzte rückwärts und vorwärts durch das Gehege mit ihm. Ihre Schritte beschleunigten sich, wurden wilder. Die beiden gingen tiefer, als seien sie eins, trippelten, brachten sich gegenseitig zu Fall. Sie fuhr ihm mit ihrem gespaltenen Lauf durchs Haar. Er packte ihren geringelten Schwanz. Sie gingen zu Boden und kamen wieder hoch, ein und dieselbe Gestalt und dann ein und dieselbe Farbe, bis die Männer sie in diesem Licht nicht mehr unterscheiden konnten und es Fleur gelang, auf das Tor zu springen, sich drüber zu schwingen und auf dem Kiesboden zu landen.

Die Männer sahen sie, brüllten und jagten sie in einem aussichtslosen Rennen zum Räucherhaus. Auch Lilie, sobald die Sau angewidert von ihm abgelassen und ihn freigegeben hatte. Und in dem Moment hätte ich zu Fleur hinlaufen und sie retten sollen, mich auf Dutch werfen, so wie Russell es tat, als er sich aus meinen Armen befreit hatte. Er klebte am Bein seines Stiefvaters wie festgewachsen. Dutch schleifte ihn ein paar Schritte weit hinter sich her, als sei sein Bein ein Ast, dann schüttelte er Russell ab und ließ ihn schreiend und flennend im klebrigen Unkraut liegen. Ich schloß die Augen und hielt mir die Ohren zu, und so gibt es nichts mehr zu berichten, als das, was ich nicht aussperren konnte: dieses Gebrüll von Russell, Fleurs heiseren Atem, so laut, daß er mich ganz erfüllte, ihr Schrei in der alten Sprache und unsere Namen, die sie zwischen den Worten wieder und wieder rief.

Die Hitze war noch immer zum Schneiden dick, als ich am nächsten Morgen langsam durch die Seitentür in den Laden trat. Fleur war fort, und Russell kroch an der Holztäfelung entlang wie ein geschlagener Hund. Die

Männer hatten schlaffe Gesichter und waren verkatert. Lilie war bleicher und weicher denn je, als sei ihm das Fleisch auf den Knochen gesotten worden. Sie rauchten, nahmen Schlucke aus einer Flasche. Es war noch nicht Mittag. Russell verschwand nach draußen, um sich ans Viehgatter zu setzen, die Knie mit den Armen zu umschlingen und sich vor und zurück zu wiegen. Ich arbeitete eine Weile, bediente im Laden und schliff Messer. Aber mir war schlecht, ich war am Ersticken und schwitzte so, daß mir die Finger von den Messern rutschten und ich mir die Hände abwischen mußte, wenn ich die schmierigen Münzen der Kunden angefaßt hatte. Lilie riß den Mund auf und stieß ein lautes Gebrüll aus, doch nicht aus Wut. Der Laut hatte keine Bedeutung. Sein Terrier lag schlaff neben seinem Fuß ausgestreckt und hob nicht einmal den Kopf. Und auch die anderen Männer nicht.

Sie merkten es gar nicht, als ich nach draußen trat, um Russell zu rufen. Und dann vergaß ich die Männer, weil mir plötzlich klar wurde, daß wir nur knapp das Gleichgewicht hielten, im Begriff waren umzukippen, aufzufliegen, erdrückt zu werden, sobald das Wetter umschlug. Der Himmel hing so tief, daß ich sein Gewicht spürte wie eine Falltür. Wolken hingen herunter, Hexenzitzen, die grünbraunen Kegel eines Tornados, und während ich noch zusah, schnappte einer auf und wurde zu einem sich vorsichtig vortastenden Daumen. Im gleichen Augenblick, in dem Russell zu mir gerannt kam, blies der Wind plötzlich kalt, und dann setzte ein alles verwischender Regen ein.

Drinnen waren die Männer wie vom Erdboden verschluckt, und das ganze Haus bebte, als hätte sich eine riesige Hand zwischen die Dachsparren gequetscht und schüttle sie. Wir rannten durchs Haus und schrien nach Dutch oder einem der anderen. Russells Finger krallten sich in meinen Rock. Ich schüttelte ihn einmal ab, aber er kam hinterhergeschossen und klammerte sich, als wir stehenblieben, vor Entsetzen dicht an mich. Er rief nach Regina, rief nach Fleur. Die schweren Türen des Kühlhauses, hinter denen die Männer vermutlich ohne uns Schutz gesucht hatten, waren geschlossen. Russell heulte auf. Sie mußten ihn gehört haben, auch über den brausenden Wind hinweg, denn wir beide hörten von drinnen das Bellen des Hundes. Einen Augenblick lang, dann wurde alles still. Wir wagten uns nicht zu bewegen in dieser merkwürdig angespannten Stille. Ich lauschte, und Russell auch. Dann hörten wir, wie der Wind zu einem Schrei anschwoll, schwach zuerst, ein Pfeifen und dann ein schrilles Gebrüll, das durch die Wände fetzte, und sich um uns beide sammelte und endlich deutlich sprach.

Ich bin ganz sicher, daß Russell als erster die Arme auf den Riegel legte, eine dicke Eisenschiene, die an der Wand entlangglitt und dann über die Haspe und das Schloß herunterfiel. Er mühte sich ab und schob, zu schwach, den Riegel an seinen Platz zu bewegen, aber er schaute sich nicht nach Hilfe von mir um. Manchmal, wenn ich zurückdenke, sehe ich, wie meine Arme sich heben, meine Hände zupacken, sehe ich, wie ich selbst die Schiene in die Metallhalterung fallen lasse. Zu anderen Zeiten ist dieser Augenblick wie ausgelöscht. Aber immer sehe ich Russells Gesicht im Augenblick danach, als er sich umdrehte, als er zur Tür rannte – einen friedlichen Blick komplizenhafter Genugtuung.

Dann packte ihn der Wind. Er flog, wie von Drähten an seinem Hosenboden gezogen, und ich direkt hinterher, auf die Seitenwand des Ladens zu, die wie ein grandioser Vorhang aufragte und uns nach vorne spie, als das Gebäude zusammenstürzte.

Draußen war der Wind stärker, eine Hand, die uns hielt. Wir kämpften uns vorwärts. Die Büsche peitschten, Regen klatschte herunter, vor einem Schaufenster flatterte die Markise, Verandageländer klapperten. Die seltsame Wolke verwandelte sich zu einer fetten Schnauze, die an der Erde entlangwitterte und Gegenstände beschnüffelte, aufspießte, aufsaugte, entzweiblies, die umherwühlte, als folge sie einem bestimmten Geruch, und dann hinter uns an der Metzgerei innehielt und sich wie ein Bohrer herunterschraubte.

Mich trieb es Hals über Kopf die Lehmeinfahrt entlang, und ich kullerte so überrascht immer weiter, daß ich gar keine Angst verspürte, vorbei an Russell, der gegen eine junge Kiefer gedrückt dasaß. Der Himmel war ein einziges Durcheinander. Eine Herde von Kühen flog durch die Luft wie riesige Vögel, scheißend, die Mäuler in betäubtem Gemuhe aufgerissen. Eine noch brennende Kerze flog vorbei, und Tische, Servietten, Gartenwerkzeuge, ein ganzer Schwarm fliegender Brillen, Jacken auf Bügeln, Schinken, ein Schachbrett, ein Lampenschirm und endlich die Sau vom Stall hinter den Kühlhäusern, die Hufe in heftiger Bewegung, befreit, sausend, fallend, quiekend, während alles in Argus in Stücke ging und, zerschmettert und restlos kaputt, auf den Kopf gestellt wurde.

Tage vergingen, bevor die Stadt sich auf die Suche nach den Männern machte. Lilie war schließlich Junggeselle, und Tors Frau hatte einen Schlag auf den Kopf bekommen, der ihr die Erinnerung nahm. Verständlich. Aber was war mit Regina? Diese Frage sollte noch lange in den Köpfen der Leute herumspuken. Denn sie sagte zu niemandem etwas über die Abwesenheit ihres Ehemannes. Die ganze Stadt war mit Ausgraben beschäftigt, letztlich erleichtert, denn obwohl der katholische Kirchturm wie eine Zipfelmütze abgerissen und fünf Felder weit fortgetragen worden war, waren die, die sich im Keller zusammengedrängt hatten, unverletzt geblieben. Wände waren eingestürzt, Fenster zerbrochen, aber die Geschäfte waren noch intakt, und auch die Bankiers und die Ladenbesitzer, die sich in ihre Safes oder unter ihre Kassen geflüchtet hatten, waren unversehrt. Es war eine faire Katastrophe, und man konnte nicht behaupten, daß irgendeiner mehr Schaden gelitten hatte als sein Nächster, außer Kozkas Fleisch- und Wurstwaren.

Als Pete und Fritzie nach Hause kamen, mußten sie feststellen, daß die Bretter des Vorgebäudes zu Kienspänen zersplittert und zu einer riesigen Pyramide aufgetürmt dalagen und die Ladeneinrichtung in alle Winde zersprengt war. Pete schritt die Entfernung ab, die die eiserne Badewanne geflogen war, hundert Fuß. Die Bonbon-Vitrine war fünfzig Fuß weit geflogen und ohne den winzigsten Sprung gelandet. Es gab auch noch andere Überraschungen, denn die hinteren Räume, in denen Fritzie und Pete wohnten, waren unzerstört geblieben. Fritzie sagte, der Staub sei noch auf ihren Porzellanfiguren gelegen, und auf dem Küchentisch sei im Aschenbecher noch die letzte Zigarette gelegen, die sie eilig ausgedrückt hatte. Sie zündete sie an und rauchte sie zu Ende und schaute dabei durchs Fenster. Von dort konnte sie sehen, daß das alte Räucherhaus, in dem Fleur geschlafen hatte, zu einem rötlichen Sandhäufchen zermalmt worden war, daß die Viehställe völlig kaputt und die Gatter in wildem Durcheinander aufgetürmt dalagen. Fritzie fragte nach Fleur. Die Leute zuckten mit den Schultern. Dann fragte sie nach den anderen, und plötzlich begriff die Stadt, daß drei Männer fehlten.

Es gab eine Hilfsaktion, eine Versammlung von Schaufeln und Freiwilligen. Wir reichten Bretter von Hand zu Hand, stapelten sie auf, deckten auf, was unter dem Haufen von ausgefransten Zwei-auf-vier-Zollbrettern lag. Allmählich wurde das Kühlhaus mit all dem Fleisch, das Petes und Fritzies Vermögen darstellte, sichtbar, unversehrt. Als ausreichend Platz geschaffen war, daß ein Mann auf dem Dach stehen konnte, gab es Zurufe, ein allgemeines Drängen, durchzuhacken und zu sehen, was darunterlag. Aber Fritzie rief hoch, das würde sie nicht zulassen, weil dann das Fleisch verderben würde. Und so ging die Arbeit fort, Brett um Brett, bis schließlich die massiven Türen des Kühlhauses freigelegt waren und die Menschen sich zum Eingang drängten. Die Tür sei von außen verriegelt, rief jemand, zugekeilt, eine verrückte Laune des Tornados. Regina stand in der Menge und hatte Russells Kragen gepackt, versuchte, ihn an ihren kurzen harten Körper zu drücken. Jeder wollte als erster hinein, aber nur Russell und ich waren schnell genug, neben Pete und Fritzie durchzuschlüpfen, als sie sich in die plötzlich eisige Luft schoben.

Pete strich an seinem Stiefel ein Streichholz an und zündete die Lampe an, die Fritzie hielt, und dann standen wir vier in ihrem Lichtschein. Licht glomm von den abgehäutet dahängenden Kadavern, den Kisten mit eingepackten Würsten, den helltrüben Blöcken von See-Eis, das rein wie der Winter war. Die Kälte drang in uns, zuerst angenehm, dann betäubend. Wir standen einen

Augenblick da, bevor wir die Männer sahen, oder vielmehr die Buckel aus Pelz, die vereisten und zottigen Felle, die sie trugen, die Bärenfelle, die sie heruntergeholt und um sich geschlagen hatten. Wir traten näher, und Fritzie hielt ihnen die Lampe unter die Pelzzotteln ins Gesicht. Auch der Hund war da, zwischen ihnen zusammengekauert, schwer wie ein Trittstein. Die drei Männer saßen um ein Faß gebeugt, auf dem noch das Kartenspiel lag und außerdem eine verloschene Laterne und eine leere Flasche stand. Sie hatten ihre letzten Karten hingeworfen und waren dann eng aneinandergerückt, hielten sich aneinander, mit wunden Knöcheln, vom Klopfen gegen die Tür, die sie auch mit Fleischerhaken traktiert hatten. Froststerne schimmerten von ihren Wimpern und ihren Bartstoppeln. Ihre Gesichter waren konzentriert, die Münder offen, als wollten sie einen wohldurchdachten Gedanken aussprechen, eine Vereinbarung, die sie in ihrer Umarmung getroffen hatten.

Erst nachdem man sie hinausgebracht und zum Auftauen in die Sonne gelegt hatte, kam überhaupt jemand auf die Idee zu untersuchen, ob sie alle völlig tot waren, durch und durch gefroren. Und dabei entdeckte man, daß Dutch James' Herz noch schwach schlug.

Die Energie fließt in den Blutlinien, die vor der Geburt verteilt werden. Sie tritt durch die Hände nach außen, die bei den Pillagers stark und knotig sind, groß, spinnenartig und rauh, mit empfindsamen Fingerspitzen, die sich darauf verstehen, Karten auszuteilen. Sie tritt auch durch die Augen nach außen, die kampflustig sind, von tiefstem Braun, die Augen derer vom Bären-Clan, unverschämt, wenn sie einen anderen direkt anstarren.

In meinen Träumen erwidere ich Fleurs Blick unverwandt, auch den der Männer. Ich bin nicht mehr die Beobachterin vom dunklen Gesims aus, das spillerige Mädchen.

Das Blut zieht uns zurück, als fließe es durch eine Ader in der Erde. Ich verließ Argus, ließ Russell und Regina mit Dutch dort zurück. Ich kam nach Haus und führe dort, abgesehen davon, daß ich mit meinen Cousinen und Cousins rede, ein zurückgezogenes Leben. Auch Fleur lebt zurückgezogen, unten am Matchimanito, mit ihrem Boot. Manche Leute sagen, sie hat den Wassermann Misshepeshu geheiratet oder daß sie in der Schande lebt mit weißen Männern oder Windigos oder daß sie sie alle umgebracht hat. Ich bin so ungefähr die einzige hier, die sie mal besuchen geht. In jenem Frühjahr ging ich, um ihr in ihrer Hütte beizustehen, als sie das Kind gebar, dessen grüne Augen und dessen Haut von der Farbe eines alten Pennys noch mehr Gerede in Gang gesetzt haben, weil keiner zu entscheiden vermag, ob das Kind ein Mischblut ist oder was sonst, in einem Räucherhaus gezeugt oder von einem Mann mit Bronzeschuppen oder von dem See selbst. Das kleine Mädchen ist unerschrocken, lächelt im Schlaf, als ob es wüßte, was den Leuten im Kopf herumgeht, als ob es die alten Männer reden hörte, die die Geschichte nach allen Seiten drehen und wenden.

Sie kommt jedesmal anders heraus und hat kein Ende und keinen Anfang. Und auch mit der Mitte liegen sie falsch. Sie wissen nur, daß sie überhaupt nichts wissen.

DRITTES KAPITEL

Herbst 1913 – Frühling 1914
Onaubin-geezis
Harschsonne

Nanapush

Ehe die Grenzen festgelegt wurden, ehe die Krankheit die Clans wie Spielstöckchen zerstreute, brauchte man als alter Mann nicht allein zu leben und für sich selbst zu kochen, mußte man sich nicht selbst das Haar flechten oder dem eigenen Schweigen zuhören. Man hatte als alter Mann ein paar Verwandte, konnte seinen Namen weitergeben, vor allem wenn der Name ein so bedeutender war wie Nanapush.

Mein liebes Mädchen, hör gut zu. Nanapush ist ein Name, der an Kraft verliert, sooft er in einer amtlichen Akte aufgeschrieben und aufgenommen wird. Deshalb habe ich ihn in all den Jahren nur einmal herausgerückt.

Kein Name, sagte ich zu Pater Damien, als er kam, um die Kirchenzählung zu erheben. *Kein Name*, sagte ich zu dem Regierungsvertreter, als er die Stammesliste erstellte.

«Ich führe den Namen eines Weißen», sagte ich zu dem Captain, der die Ratenzahlung gemäß unserem ersten Vertrag ablieferte, «aber auch mit dem werde ich euer Papier nicht unterzeichnen.»

Der Captain und dann der Holzpräsident, der Regierungsvertreter und schließlich viele von unseren eigenen Leuten haben lange und hart über eine Barzahlungsvereinbarung verhandelt. Aber nichts konnte da meine Meinung ändern. Ich habe schon zuviel verschwinden sehen – unberührtes Gras unter den Füßen und über mir die großen weißen Kraniche, für immer gen Süden verschlagen. Eines weiß ich. Land ist das einzige, was über die Generationen bleibt. Geld brennt wie Zunder, zerrinnt wie Wasser. Und was die Versprechungen der Regierung anbelangt, da ist selbst der Wind noch stetiger. Ich habe Ausdauer, wie die Pillagers, auch wenn ich dem Captain und dem Regierungsvertreter in gutem Englisch gesagt habe, was ich von ihren Papieren halte. Ich hätte meinen Namen schreiben können, und noch vieles andere mehr, in gestochener Schrift. Ich bin bei den Jesuiten erzogen in den Hallen von St. John, ehe ich wieder in die Wälder zurückgelaufen bin und all meine Gebete vergaß.

Mein Vater hat gesagt: «Nanapush. So wird man dich nennen. Weil der Name zu tun hat mit List und mit dem Leben im Busch. Weil er zu tun hat mit etwas, dem Mädchen nicht widerstehen können. Der erste Nanapush hat das Feuer gestohlen. Du wirst Herzen stehlen.»

Aber nicht das von Fleur, um auf sie zurückzukommen. Deine Mutter hat zugleich an mir gehangen und mir widerstanden, wie jede Tochter. Wie auch du jetzt.

Seit ich sie von der Krankheit rettete, hatte ich immer wieder mit ihr zu tun. Nicht, daß ich das anfangs wußte. Nur in der Rückschau ist da ein Muster. Ich war eine Rebe von wildem Wein, die sich um die Baumstämme schlang und sie zueinander zog. Oder vielleicht war ich, da ich von den Kashpaws kam, ein Zweig, der lang genug gelebt hatte, um den übernächsten Baum zu berühren, den der Pillagers, von denen es nur noch zwei gab – Moses und Fleur –, entfernte Verwandte, verwandt nicht so sehr wegen ihres Blutes als wegen des Namens und ihres zufälligen Überlebens. Oder vielleicht war nur ich da, Nanapush, wie immer mittendrin. Der Name hatte auch Einfluß auf das, was später geschah, denn durch Fleur Pillager wurde der Name Nanapush weitergegeben und wird nicht mit mir aussterben, er wird nicht in einer Kiste mit Knochen und Leder verrotten. Es hängt eine Geschichte daran, wie an allem eine Geschichte hängt, unsichtbar, solange die Dinge geschehen. Erst danach, wenn ein alter Mann in seinem Stuhl sitzt und träumt und redet, erst dann tritt das Muster klar hervor.

Wir haben so viel gesehen und doch keine Ahnung gehabt.

In dem Herbst, als Fleur wieder ins Reservat zurückkam, mitten durch die Stadt, hätte kein einziger von uns vermutet, was sie in diesem grünen Fetzen von einem Kleid versteckte. Ich erinnere mich noch gut, daß es zu eng war, hinten am Rücken aufriß und vorne spannte. Abgesehen von dem schwarzen Schirm, mit dem sie sich gegen die Sonne schützte, war es das, was mir auffiel, als ich sie begrüßte. Nicht ob sie Geld in dem Kleid hatte oder ein Kind. Und wer hätte noch gewagtere Dinge als das gedacht – daß Fleurs Füße zum Beispiel, die barfuß in abgetragenen Mokassins steckten, durch Blut geglitten waren? Oder daß sie einen erwachsenen Mann gezwungen hatte, mit einem Schwein zu tanzen? Ich hätte meine Augen stundenlang auf ihr ruhen lassen können, sie sah derart gut aus.

«Tochter!» sagte ich. «Besuch mich doch mal wieder. Erzähl mir, was du erlebt hast.»

Sie ließ ihren Blick einen Augenblick lang auf mir ruhen zum Dank für meine freundlichen Worte. Manchmal nannte sie mich Onkel, voller Zuneigung, und jetzt lächelte sie fast. Dann ging sie weiter, niemanden sonst eines Blickes würdigend. Sie wirkte nicht geschlagen, kein Anzeichen von Sorge war an ihr. Erst als auch Pauline zurückkam, konnten wir etwas ahnen von den schrecklichen, merkwürdigen Dingen, die in der weißen Stadt passiert waren. Aber wir wußten doch, daß etwas nicht stimmte.

Im Reservat wurde Staub aufgewirbelt. Verborgene Dinge konnten sich jetzt bewegen. Der verwunderte jugendliche Geist von Jean Hat humpelte aus dem Gebüsch um den Platz, an dem sein Pferd gespukt hatte, und in den dunkelsten Nächten rumpelte sein Karren durch unsere Gärten. Ein schwarzer Hund, der wie der Teufel aussah, ging um an der Abbiegung zum Matchimanito. Der Hund erschien der kleinen Mrs. Bijiu und ihren Kindern, als sie eines Abends aus der Stadt nach Hause gingen, und wollte sie erst vorbeilassen, als Mrs. Bijiu so schlau war, das Kreuz hochzuhalten, das ihre Tochter um den Hals hatte. Da sprang der Hund lautlos und gräßlich durch die Luft, geradewegs auf sie zu, aber weil er ja *odjib* war, eben ein Ding aus Rauch, passierte ihnen nichts. Er verschwand. Nur der stinkende Geruch von versengtem Fell blieb zurück und blieb in der Luft und auch in ihren Kleidern hängen, aus denen Mrs. Bijiu ihn nicht einmal mit Seifenlauge auswaschen konnte.

Andererseits verzog sich der Wassermann zu den tiefsten Felsen. Die Fische bissen in der Morgen- und Abenddämmerung hungrig an, und es gingen keine Boote unter. Manche erklärten, sie seien froh, daß Fleur zurückgekommen sei, weil sie das Unding im See unter Kontrolle hielt – wie sie das tat, darüber blieben wir lieber im ungewissen. Aber sie brachte auch die ganze Gegend um den Matchimanito durcheinander. Jene Wälder waren ein verlassener Ort, nur von den Geistern der Ertrunkenen und denen bewohnt, die der Tod unerwartet hinweggeholt hatte, wie Jean Hat. Trotzdem konnten wir einfach nicht anders, als dort zu jagen. Die Eichen waren riesig und das Unterholz weniger dicht, die Beeren dick und rund, die Tiere schienen fetter und zarter. Die Leute gingen dahin, obgleich sie weder den Toten noch den Lebenden dort begegnen wollten, vor allem Fleur nicht und auch nicht dem anderen, Moses, der mit der Krankheit fertig geworden war, indem er halb zum Tier wurde und in einer Höhle hauste.

In den ersten Tagen der Fieberseuche, als Moses noch klein war, sprach ich einen Zauber über ihn, gab ihm einen anderen Namen, um den Tod zum Narren zu halten, einen weißen Namen, den ich bei den Jesuiten gelernt hatte. Ich wies seine Familie an, ein kleines Grabhaus zu bauen, Nahrung danebenzustellen zusammen mit seinen Kleidern und seinem Hab und Gut und dann so zu tun, als sei der kleine Junge, der noch lebte, ein anderer. Weil sie darüber nicht laut sprechen durften, aus Angst, jemand könnte lauschen, ist es nicht verwunderlich, daß das Kind wirr wurde. Als er heranwuchs, nahm Moses zu oft seiner Mutter die Holzkohle aus der Hand. Er schwärzte sich das Gesicht und fastete, um Visionen zu haben, bis er ganz abgemagert war, aber er konnte keine Antwort finden. Vielleicht war er zu lange allein im Wald, vielleicht sah er zuviel. Er stand unter dem Schutz des Wassermannes, des Löwen im See, und eines Tages hatte er einen Wurf Katzen von einer alten Französin bei sich.

Während der letzten Epidemie, als er auf die Insel auf der anderen Seite des Matchimanito zog, gingen die Katzen mit ihm. Und immer wenn Moses jetzt in die Stadt kam, hatte er ein Halsband aus ihren Krallen um den Hals. Obwohl er noch ein Junge war, wollte er nicht mit Älteren reden, auch wenn er unmittelbar angesprochen wurde. Er hatte einen unverschämten Blick, wie das die Pillagers schon immer hatten, und schielte jeden an, der es auch nur wagte, Fleurs Namen zu denken. Er kam in den Laden, voller Dreck und Laub, kaufte Lebensmittel für Fleur und auch für sich selbst, hielt sie getrennt. Wir sahen zu, wie er den Fellrucksack doppelt mit Tüten voller Mehl, Kaffee, mit Kugeln und Schrot und einer Zuckerstange bepackte. Er kaufte auch Tabak und zahlte für alles mit Münzen und Scheinen.

So erfuhren alle, daß sie endgültig zurückgekommen war. Das Geld war es. Sie entrichtete die Jahresgebühr für alle Pillager-Parzellen, die sie geerbt hatte, und legte dann einen Vorrat von Lebensmitteln an, der den ganzen Winter über reichen würde. Und eben das Geld, die Münzen und Scheine, setzte noch mehr Gerede in Gang. Früher hatten die Pillagers immer mit Pelzen, Fleisch, Tierhäuten oder Beeren gezahlt. Viel mehr hatten sie nie. Als sich Moses dann mit langen schwingenden Armen in der Stadt zeigte, den ungepflegten Kopf wie ein Bisonbulle gesenkt, eine Ledertasche an sich gedrückt, aus der er dann einen Zwanziger herauszog und glattstrich, wußten wir alle, daß das Geld von ihr war, und daß so viel unmöglich der Lohn eines Sommers sein konnte.

Ich wartete, daß sie zu Besuch kommen und mir Genaueres erzählen würde.

Schon bald kam sie zu meinem Haus und setzte sich auf den zweiten Stuhl neben der Tür, da, wo sie damals einen Monat lang gesessen hatte, ohne ein Wort zu reden. Obgleich die Luft kühl war, saß ich gern da draußen und schaute auf die Straße, um zu sehen, was die Leute so taten, unterwegs zur Kirche und zur Stadt, den eifrigen Schritt der Jungen auf Freiersfüßen, das verstohlene Schleichen von Liebenden, die Heuladungen, die unsere besten Farmer, die Lamartines und die Morrisseys, in Pappelkarren hin und her fuhren, die Mädchen, die zu zweit zum Markt gingen und zwischen sich Kannen mit kostbarer Sahne trugen.

«Alter Onkel, du schaust gut aus», sagte Fleur im Näherkommen.

«Ich hab keine Süßigkeiten, um deine Schmeichelei zu vergelten», scherzte ich.

Sie lachte und spielte an meinem Hemdkragen. Ich hatte früher immer Pfefferminz in den Taschen gehabt, wenn ich zu Besuch am Matchimanito war, in besseren Tagen, anderen Zeiten, und sie erinnerte sich daran. Jetzt sah sie mich still an. Sie war sorgfältig gekleidet, in den perlenbestickten braunen Schal ihrer Mutter gewickelt, die geölten Haare so fest geflochten, daß sie auf ihrer Kopfhaut glänzten wie bei einer angemalten Puppe, sah aber müde aus. Sie lehnte sich zurück, von mir weg, und rieb sich das Gesicht.

«Tochter, hast du irgendwelche Schwierigkeiten?»

Sie zog den Schal fester um sich und runzelte über ihren spitzen Knöcheln die Stirn, dann öffnete sie die langen, schmalen Hände, drehte sie um, die Handflächen nach oben, als sähe sie da eine Antwort. Doch ihre Finger schlossen sich um nichts.

«Ich hätte nicht weggehen sollen», sagte sie.

«Meinst du von diesem Haus?» fragte ich, aber sie schüttelte den Kopf. Wir gingen hinein, zündeten die Lampe an, zogen die Stühle an den Tisch. Zu meiner Zeit hatte ich den Ruf, ein guter Spieler zu sein. Ich erriet immer, wie die Knochen versteckt waren, und in den

Jahren als Führer der weißen Jäger hatte ich Kartenspielen gelernt. Ich hatte mein einziges Kartenspiel sorgsam über die Jahre aufbewahrt, bis das Papier weich und braun war, kaum mehr fest genug zum Mischen. Als Fleur ein neues Spiel aus der Tasche zog, leckte ich mir die Lippen.

«Für dich», sagte sie und legte es zwischen uns auf den Tisch.

Meine Hände, vor Alter kalt und steif, wurden warm und flink. Dem Kartenstoß roch ich den Duft ihrer Neuheit an.

«Tochter», sagte ich, «du bist zuerst dran.»

Wegen des Jokers, den sie gleich beim ersten Zug bekam, wollte sie unbedingt abheben. Und später, als wir schon so lang gespielt hatten, daß ich gesprächig wurde, sagte ich zu ihr: «Pauline Puyat ist wieder zu Hause.»

Fleurs Hände hielten beim Mischen inne. «Und was ist?»

«Sie erzählt da so eine Geschichte.»

Fleur lächelte, und ihre Hände bewegten sich schnell.

«Onkel, die Puyat lügt.»

Während ich diesem Gedanken nachhing, paßte ich nicht genug auf ihre Finger auf und verlor immer wieder – zu Fleurs wachsender Belustigung. Aber die Puyat ging mir nicht aus dem Kopf.

Vielleicht erinnerst du dich nicht an die Leute, von denen ich rede, die Pelzhändler, von denen Pauline die einzig Übriggebliebene war von jenen, die gestorben und in alle vier Winde zerstreut waren. Sie war ganz anders als die Puyats, an die ich mich erinnern konnte, die waren immer unberechenbare Leute, scheu, niemals führend bei unseren Tänzen und Heilungen. In meinen Augen war sie eine bisher unbekannte Mischung von Zutaten, wie ein blasser Haferkuchen, der zusammengesackt oder hart geworden ist. Wir wußten nie, wie wir sie nennen sollten, oder wo sie reinpaßte, oder wie wir einen klaren Kopf behalten sollten, wenn sie da war. Deshalb versuchten wir, sie einfach nicht zu beachten, das ging gut, solange sie still war. Aber sie war anders, sobald sie den Mund aufmachte und anfing zu tratschen. Sie war eigentlich noch schlimmer als ein Nanapush. Denn während ich vorsichtig mit dem, was ich wußte, umging, neigte sie dazu, die Wahrheit zu verbessern.

Weil sie unscheinbar war, reizlos, kann man wohl sagen, legte Pauline es darauf an, die Aufmerksamkeit auf sich zu ziehen, indem sie seltsame Geschichten erzählte, die Schaden anrichteten. Man fragte sich allenthalben, ob sie an etwas leide, nicht ganz bei Verstand sei. Ihre Tante Regina, die mit einem Holländer verheiratet war, schickte das Mädchen hierher zurück, als sie sonderbar wurde, in Ohnmacht fiel und nicht schlafen konnte, Dinge sah, die nicht im Zimmer waren. Das alles will sagen, die einzigen Leute, die Paulines Geschichten glaubten, hatten eine Vorliebe für Gemeinheiten. Aber an denen ist ja kein Mangel.

Die Leute rätselten herum.

Sie zählten eins zum anderen, das Geld und daß sie Fleur nie sahen, und schließlich kam es zu Wetten, daß es im Wald ein Baby geben würde. Vielleicht hatte jemand in der Stadt Fleur Pillager das Geld gezahlt, damit sie wegging und nie wiederkäme. Sie hätte es auch von demjenigen gestohlen haben können. Alle meinten, in neun Monaten oder eher würde man es wissen, aber dann trat Eli Kashpaw auf die Bildfläche und trübte die Wasser.

Dieser Eli war seinem Vater nicht besonders ähnlich, und auch seinem jüngeren Bruder Nector nicht, da er nie auch nur Anstalten machte, sich mit Geschäftlichem, der

Politik oder der Kirche auseinanderzusetzen. Er bewarb sich nie um ein Stück Land und meldete sich auch nicht, während Nector beides tat und auch schon als Kind schreiben lernte. Eli hatte noch nie einen Stift in der Hand gehalten. Nector schrieb nach fünf Wintern Briefe, Wort für Wort so gestochen schön, wie die Nonnen schrieben. Eli versteckte sich vor der Obrigkeit, sah nie ein Klassenzimmer von innen, und obgleich seine Mutter Margaret (Rushes Bear nannte sie sich später, als sie anfing, die Dinge hier ernsthaft in die Hand zu nehmen) sich in der Kirche taufen ließ und versuchte, ihn zum Kirchenbesuch anzuhalten, war das Äußerste, was er tat, draußen vor der schweren Kieferntür zu sitzen und an einem Stock herumzuschnitzen. Nector hingegen ministrierte bei Pater Damien. Gegen Geld hackte Eli Holz, lud Heu auf, erntete Kartoffeln oder Preiselbeerrinde. Er wollte aber eigentlich Jäger sein wie ich und bat in jenem Winter vor der Krankheit, ob er mit mir jagen könne.

Ich denke wie die Tiere und weiß genau, wo sie sich verstecken, und in meinen Tagen bin ich den Spuren eines Rehs gefolgt durch die Zeit und durch Dickicht und gerodetes Land bis dahin, wo es zur Welt gekommen war. Du lächelst! Nur eines habe ich falsch gemacht, als ich ihm diese wichtigen Dinge beibrachte. Ich zeigte Eli das Jagen und Fallenstellen so früh, daß er fast zu sehr in der Gesellschaft von Bäumen und Wind lebte. Mit fünfzehn war er in Gegenwart von Menschen verlegen, besonders von Frauen.

Seine Augen flatterten und seine Hände drehten sich in seinen Taschen, wenn eine Frau in seine Nähe kam. Er konnte nicht einmal so lange ruhig stehen, daß die Mädchen merkten, daß er gar nicht so schlecht aussah, dieser schlanke Junge mit den Augenbrauen, die sich über seiner langen Nase wölbten. Aber selbst wenn sie ihn bemerkten, konnte Eli sie kaum grüßen, ohne in Schweiß auszubrechen und eine dumme, schwerfällige Entschuldigung hervorzustammeln. Eine Zeitlang meinten manche, daß der größere Teil der Kashpaw-Klugheit auf Nector übergegangen sei, obgleich er als zweiter geboren war und man sagt, daß das letzte Kind aus schlechterem Material ist.

Eli war einfach ruhiger, bedachter, langsamer im Handeln und in seinen Entscheidungen. Ich wußte das. Es zeigte sich auch, daß Eli wußte, wie man mit beiden Beinen auf dem Boden landet, daß er seine scheue Beschränktheit für sich zu nutzen wußte. Jene dummen Fehler, die er später beging, waren eine Folge seiner Verzweiflung, aber er hatte einen Charme, der zwar nicht für mich, aber offensichtlich für Fleur irgendwie sichtbar war. Wie hätte er sonst gleich zu Anfang einen Weg gefunden, sie zu überleben?

Ich half ihm natürlich ein wenig dabei.

Ich bin Nanapush, das darfst du nicht vergessen. Will sagen, ich wußte, was Eli Kashpaw interessierte. Er wollte etwas anderes, als was ich ihm über den Wald beibringen konnte. Er war nicht mehr nur neugierig darauf, wo ein Nerz fischt oder seine Höhle gräbt, oder wann die Hechte sich verstecken oder anbeißen. Er wollte erfahren, wie ich in den Tagen vor dem priesterlichen Verbot und der Krankheit drei Frauen zufriedenstellen konnte.

«Nanapush», sagte Eli, als er eines Tages an meiner Tür auftauchte. «Ich muß dich was fragen.»

«Dann komm rein», sagte ich. «Ich beiße nicht wie die kleinen Mädchen.»

Er war sicherer, ernster als im letzten Winter, als wir

zusammen zum Fallenstellen gegangen waren. Ich begann mich zu fragen, was an ihm so anders war, als er sagte: «Fleur Pillager.»

«Sie ist kein kleines Mädchen», antwortete ich und lud ihn an den Tisch. Er erzählte mir die Geschichte.

Es hatte angefangen, als Eli sich in der Nähe des Matchimanito völlig verlaufen hatte. Er war bei leichtem Regen auf der Jagd nach einem Reh, hatte aber kein Glück; dann lief er um ein Sumpfloch und schoß daneben, was ja nichts Ungewöhnliches ist. Das Reh war tödlich getroffen, aber noch in der Lage, sich zu bewegen. Es hätte noch den ganzen Tag laufen können, was ihn beschämte. Deshalb tupfte er etwas von dem Tierblut an den Gewehrlauf, ein Zauber, den er von mir gelernt hatte, und folgte seiner Spur.

Es war ein mühseliges Geschäft. Das Reh brach durch den Wald, nahm den schlechtesten Weg, zog in dichtes Gebüsch wie ein Gespenst. Stundenlang markierte Eli seinen Weg mit abgebrochenen Zweigen und Laubhäufchen, scharrte den Boden mit den Füßen auf oder hinterließ eine Stiefelspur. Aber der Weg und der Tag zogen sich hin. Aus einem für ihn unerfindlichen Grund gab er auf und hinterließ keine Zeichen mehr.

«Da hättest du umkehren sollen», sagte ich. «Du hättest es wissen sollen. Es ist kein Zufall, daß die Leute da nicht gern hingehen. Die Bäume sind zu groß, zu dick und oben zu verzweigt wie verschlungene Arme. Im Wind werfen sie ihre Äste ab, knarren gegeneinander und zerbrechen. Die Blätter sprechen eine kalte Sprache, daß einem der Kopf zerspringt. Man möchte sich hinlegen. Man möchte nie mehr aufstehen. Man hat Hunger. Man reißt schwarze Wildkirschen von den Ästen und stopft sie in sich hinein, dann scheißt man wie ein Vogel.

Das Blut wird einem dünn. Man ist dem Ort zu nah, an dem der Wassermann wohnt. Und man ist dem Ort zu nah, an dem ich die Pillagers begraben habe während der langen Krankheit, die sie genauso wie den Nanapush-Clan hinwegraffte.»

Und dies sagte ich zu Eli Kashpaw: «Ich kann Fleur verstehen. Ich bin allein. Ich weiß, es war kein normales Reh, das dich dort hinausgelockt hat.»

Aber das Reh war real genug, sagte er, mit einem Bauchschuß getroffen, geschwächt. Das Blut tropfte frischer, dunkler, bis er meinte, es genau vor sich zu hören und sich tief bückte, angestrengt, um in der hereinbrechenden Dämmerung noch etwas zu sehen, und als er nach vorn schaute, um etwas zu erspähen, sah er statt dessen einen Feuerschein. Er ging darauf zu und blieb knapp außerhalb des Lichtkreises stehen. Das Wild hing, bereits erlegt, an einem Seil und drehte sich hin und her. Als er die Frau sah, die es mit langen schnellen Bewegungen ausweidete, die Arme blutig und nackt, trat er auf die Lichtung.

«Das gehört mir», sagte er.

Ich verbarg mein Gesicht, schüttelte den Kopf.

«Du hättest gleich umkehren sollen», sagte ich. «Du Dummkopf! Du hättest es ihr lassen sollen.»

Aber er war dickköpfig, hatte die Kashpaw-Art, zu fordern, was ihm zustand. Er hätte das Tier sowieso nicht mit nach Hause nehmen, hätte es nicht zurückschleppen können, selbst wenn er die Orientierung gehabt hätte. Doch er blieb gegenüber der Frau fest und sagte, er habe dieses Wild zu weit verfolgt, als daß er es hergeben würde. Sie antwortete nicht. «Oder vielleicht halb», dachte er und musterte sie verlegen von hinten. Trotz allem, großzügiger konnte er nicht sein.

Sie arbeitete weiter. Beachtete ihn gar nicht. Er war so unerfahren, daß er die Hand ausstreckte und ihr auf die Schulter klopfte. Sie zuckte nicht einmal. Er ging um sie herum, beobachtete, wie das Messer schnitt, wagte sich in ihr Blickfeld. Schließlich sah sie ihn, aber sie schaute ihn verächtlich an, als sei er nichts.

«Du kleine Schmeißfliege.» Sie richtete sich auf, das Messer locker und lässig in der Hand. «Hau ab.»

Eli sagte, sie hätte so wild ausgesehen, daß nicht einmal ihre Schönheit ihn verwirren konnte, und ich beugte mich vor, besorgt, als er das sagte, besorgt, als er berichtete, wie ihr Haar von Schmutz verklumpt war, ihr Gesicht hager wie das einer knochigen Ziege, ihr Kleid ein herunterhängender Fetzen und keine Rundung an ihr außer den Brüsten.

Er bemerkte ja einiges.

«Keine Rundung?» sagte ich und dachte an die Gerüchte.

Er schüttelte den Kopf, ungeduldig, mit seiner Geschichte fortzufahren. Er hatte Mitleid mit ihr, sagte er. Ich erzählte ihm, daß der letzte Mann, der Mitleid mit Fleur gehabt hatte, mit den Füßen nach oben ertrunken in seiner Badewanne aufgefunden wurde. Ich sei mit den Pillagers befreundet gewesen, ehe sie weggestorben waren, sagte ich, und ich war vor Fleur sicher, weil wir beiden gemeinsam die Toten betrauert hatten. Sie war fast eine Verwandte. Aber das traf auf ihn ja nicht zu.

Eli sah mich mit einem ungläubigen Stirnrunzeln an. Dann sagte er, er sähe nicht ein, wieso sie so gefährlich sein sollte. Nach einer Weile habe er erkannt, daß ihr Verhalten eher Erschöpfung als Wut war. Sie hatte nichts dagegen, als er sein eigenes Messer hervorholte und ihr bei der Arbeit half. Als sie halb fertig waren, ließ sie ihn allein zu Ende machen, und dann wuchtete Eli das meiste Fleisch in den Baum. Die besten Teile nahm er mit in die Hütte. Sie ließ ihn ein, nahm kaum Notiz von ihm, und er half ihr, den kleinen Herd anzuwerfen und übernahm es sogar, Schmalz auszulassen. Sie aß das ganze Herz, fiel darüber her wie ein verhungertes Tier, dann fielen ihr die Augen zu.

So wie er ihr Verhalten beschrieb, war ich sicher, daß sie schwanger war. Die Anzeichen sind mir vertraut, und ich kann darüber reden, weil ich ein alter Mann bin, weit jenseits all dessen, womit eine Frau mich schwächen kann. Ich war um so sicherer, als Eli sagte, daß er sie in die Arme genommen und zu einem Haufen Decken auf einem Weidenbett getragen hatte. Und dann, so schwer zu glauben dies für einen alten Mann auch ist, auch wenn es zum ersten Mal das richtige war, rollte Eli sich auf der anderen Seite der Hütte auf dem Boden in einen Mantel und lag die ganze Nacht da und schlief allein.

«Warum also», sagte ich, «bist du jetzt zu mir gekommen? Du bist davongekommen, du hast es überlebt, sie hat dich sogar deinen Weg nach Hause zurück finden lassen. Du hast deine Lektion gelernt und nicht mal Federn lassen müssen.»

«Ich will sie haben», sagte Eli.

Ich konnte kaum glauben, daß ich recht gehört hatte, aber wir saßen am Herd, einander gegenüber, also mußte es wohl stimmen. Ich stand auf und drehte mich um. Vielleicht war ich nicht gerade großzügig, da ich meine eigenen Töchter verloren hatte. Vielleicht wollte ich Fleur als Tochter behalten, wollte, daß sie mich besuchen, mit mir scherzen, beim Kartenspielen gegen mich gewinnen würde. Aber ich glaube, es war nur gut für Eli, daß ich hart blieb.

«Vergiß das Ding, das dir so schwer im Hosensack hängt», sagte ich, «oder steck es woanders rein. Geh in die Stadt und such dir eine zahme Frau.»

Er saß brütend an meinem Tisch und sagte dann: «Ich brauche Erfahrung, keine Warnungen, nicht die Vorsicht meiner Mutter.»

«Du willst überhaupt keinen Rat!» Jetzt ging er mir zu weit.

«Liebeszauber ist es, worauf du aus bist. Ein Nanapush hat den noch nie gebraucht, aber die alte Aintapi oder die Pillagers, die verkaufen ihn. Geh und frag Moses nach einem Zauber und zahl deinen Preis.»

«Ich will nichts Vergängliches», sagte der Junge. Er war fest entschlossen. Vielleicht war es seine neue, sichere Gelassenheit, die meine Meinung änderte, seine Ruhe. Er war ganz anders, wie er so still dasaß. Mir wurde plötzlich klar, daß er erwachsen wurde, und wer war ich denn, ihn davon abzuhalten, zu einer Pillager zu gehen, denn irgendwer mußte es ja tun, der ganze Stamm meinte inzwischen, daß man sie nicht da draußen allein lassen konnte, eine wildgewordene Frau, die alles umlegte, was ihr in den Weg kam. Es hieß, man müsse ihr die Zügel anlegen. Vielleicht, dachte ich, war Eli der junge Mann, dies zu tun, auch wenn er nicht einmal zwei Wörter aneinanderreiben und einen Funken herausschlagen konnte.

Also gab ich nach. Ich sagte ihm, was er wissen wollte. Er fragte mich nach der alten Art, eine Frau dazu zu bringen, ihn zu lieben, und ich ging ins Detail, damit er keinen peinlichen Fehler beging. Ich erzählte ihm von der ersten Frau, die sich mir hingegeben hatte. Sanawashonekek war ihr Name, Flachgelegenes-Gras, der Ort, an dem ein Wild die Nacht verbracht hat. Ich beschrieb den ausgefallenen Geschmack von Omiimii, der Taube, und die Strapazen, die ich mitgemacht hatte, um meine zweite Frau zufriedenzustellen. Zezikaaikwe, die Unerwartete, war eine Frau, deren Name die genaue Vorhersage ihrer Sehnsüchte war. Ich gab ihm etwas aus der französischen Truhe, die meine dritte Frau hinterlassen hatte, aber noch konnte ich nicht von Weißen-Perlen sprechen, oder von unserer gemeinsamen Tochter mit dem Kosenamen Lulu. Ich zeigte ihm den Fächer einer Weißen, Perlengamaschen, die weiche, aus Rehleder hergestellte Puppe eines kleinen Mädchens.

Als Eli die schönen Dinge betastete und fragte, woher sie stammten, fielen mir die alten Zeiten ein. Reden ist das letzte Laster eines alten Mannes. Ich machte den Mund auf und ermüdete die Ohren des Jungen, aber das ist nicht meine Schuld. Ich hätte eben nicht so lange leben dürfen, so viel vom Tod sehen, so viele Geschichten in die Winkel meines Gehirns quetschen sollen. Sie hängen alle zusammen, und wenn ich erst mal anfange, gibt es kein Ende mit Erzählen, weil sie aneinandergehakt sind, von Maul zu Schwanz. Im Jahr der Krankheit, als ich als letzter übrig war, habe ich mich gerettet, indem ich eine Geschichte begann. Eines Nachts war ich schon soweit, die Puppe, die ich jetzt Eli gab, zur anderen Seite zu bringen. Meine Frau hatte sie zusammengenäht, nachdem unsere Tochter gestorben war, und ich hielt sie in den Händen, als ich das Bewußtsein verlor, als mir der Atem ausging, so daß ich kaum noch die Lippen bewegen konnte. Aber ich sprach weiter und kam wieder zu Kräften. Ich bin durchs Sprechen gesund geworden. Der Tod konnte gar nicht erst zu Wort kommen, verlor den Mut und reiste weiter.

Eli ging zu Fleur zurück und hörte auf, mich zu plagen, was ich als Anzeichen dafür nahm, daß sie den Fächer, die Perlengamaschen und vielleicht auch den übrigen Eli gern hatte, den Teil von ihm, wo er ganz er selbst war. Was mir klargeworden ist, war, daß man bei Frauen allen Instinkt einsetzen muß, um Verwirrung zu stiften. «Schau her», sagte ich zu Eli, ehe er zu meiner Tür hinausging, «es ist, als wärst du ein Stück Holz in einem Fluß. Kommt diese Bärin daher. Sie springt los. Laß sie nur nicht ihre Krallen in dich schlagen.»

Also dem Thema Fleur ausweichen, das war's vermutlich, was Eli tat. Aber wie sich zeigte, war er schon viel weiter, weit weg und außer Reichweite all dessen, was ich sagte.

Seine Mutter war es, die mir die Neuigkeit erzählte.

Margaret Kashpaw war eine Frau, die ihre Krallen in das Holzstück geschlagen und es zu einem Zahnstocher geschält hatte, und das wollte sie jeden Mann spüren lassen. Besonders mich, den Partner ihres toten Mannes bei einigen Jugendunternehmungen.

«Aneesh», grüßte sie und knallte meine Tür zu. Bei Margaret gab es kein Klopfen, weil man, vorgewarnt, hätte Luft holen oder entkommen können. Sie war ungestüm, herrschsüchtig, von niemand einzuschüchtern und voll Pep. Sie war eine kleine Frau, aber in der Wut so blind, daß sie's mit jedem aufgenommen hätte. Sie war obenrum dünn und nach unten zu dick wie eine Rübe, das Gesicht breit wie ein Sirupkuchen. Zu beiden Seiten hingen graue Zöpfe herunter. Mit dem Alter war ihr Scheitel in der Mitte breiter geworden, so daß es aussah, als rutschten ihre Zöpfe vom Kopf. Ihre Augen waren streng und klar, ihre Zunge messerscharf. Sie setzte sich sofort hin.

«Willst du vielleicht wissen, wozu du meinen Sohn gebracht hast?»

Ich murmelte vor mich hin, blieb lesend am Fenster sitzen und klemmte meine Brille von Pater Damien bequemer um die Ohren. Ich bekam einmal die Woche die Zeitung von Grand Forks. Es gab schlechte Nachrichten aus Übersee, und ich wollte mich nicht von Margaret in meiner Konzentration stören oder sie in mein Versteck eindringen lassen.

«Welcher Sohn?» sagte ich. «Elis kleiner Schatten? Du meinst Nector?»

«Pah!» Sie schlug mit der Hand auf die Zeitung, berührte das Gedruckte leicht, aber wagte nicht ganz, sie beiseite zu stupsen. Doch keineswegs aus Angst vor mir. Sie wollte nicht, daß sich Spuren auf ihrer Haut rieben. Sie hatte nie lesen gelernt, und die Unerklärlichkeit störte sie.

Ich zog meinen Vorteil daraus, schnappte mir die Zeitung vors Gesicht und blieb einen Moment lang so sitzen. Aber natürlich siegte sie, weil sie wußte, daß ich neugierig werden würde. Ich spürte, wie ihre Augen hinter der Zeitung blitzten, und als ich die Seiten hinlegte, fuhr sie fort.

«Wer hat meinen Eli gelernt, sich im Stehen zu lieben! Wer hat ihm gelernt, es am hellichten Tag mit einer Frau an einem Baum zu treiben? Wer hat ihm gelernt...»

«Wart mal», sagte ich, «woher weißt du das?»

Sie tat es mit einem Schulterzucken ab, sagte dann mit leiserer Stimme: «Boy Lazarre.»

Und ich, der ich wußte, daß die dreckigen Lazarres nicht umsonst spionieren, lächelte nur.

«Wieviel hast du dem fetten Hund gezahlt?»

«Sie sind wie Tiere in der Paarungszeit! Kein Schamgefühl!» Aber ihre Empörung war verpufft. «Gegen die Hüttenwand», sagte sie, «gleich daneben. Im Gras und oben in den Bäumen. Von wem hat er das gelernt?»

«Vielleicht von meinem verstorbenen Freund Kashpaw», überlegte ich.

Sie blies wütend die Backen auf. «Nicht von dem!»

«Vielleicht weißt du's nicht.» Ich legte meine Brille vorsichtig auf das Fensterbrett. Ihre Hand konnte blitzschnell ausholen. Sie zischte. Die Worte flogen wie scharfes Gras zwischen ihren Zähnen.

«Alter Mann», sagte sie verächtlich, «zwei schrumpelige Beeren und ein Zweig.»

«Ein Zweig kann wachsen», bot ich an.

«Aber nur im Frühling.»

Dann war sie weg, zur Tür hinaus, meine Zunge bebte noch, um das letzte Wort zu haben, und ich wußte immer noch nicht um die ganze Reichweite meiner Ratschläge. Erst später fragte ich mich, ob nicht vielleicht aus beiden Richtungen her etwas im Gange war, ob Fleur ihre Schamhaare um die Knöpfe von Elis Hemd gewickelt, ob sie ihm vielleicht rauchende Pülverchen oder zerstoßene Schlangenwurzel in den Tee gerührt hatte. Vielleicht hatte sie ihm im Schlaf die Nägel abgebissen, die Stückchen verschluckt, Fäden von seinen Kleidern geschnitten und eine Puppe daraus gemacht, um sie zwischen den Beinen zu tragen.

Denn sie wurden kühner, bis das ganze Reservat darüber klatschte.

Dann kam eines Tages der breite, unberechenbare Lazarre, ein Indianer, dessen Geburtsurkunde einfach nur «Boy» angab, aus den Wäldern zurück; er sprach verquer und brachte die Wörter durcheinander. Zuerst dachten die Leute, der Anblick der Leidenschaft habe ihm den Verstand gespalten. Dann kamen sie zu einem anderen Schluß, stellten sich vor, daß Fleur Lazarre beim Zuschauen ertappt und ihn festgebunden, ihm die Zunge herausgeschnitten und dann falsch herum wieder angenäht hatte.

Am selben Tag, als ich das hörte, platzte Margaret ein zweites Mal bei mir herein.

«Bring mich zu denen da draußen, du Brillenschlange», befahl sie. «Und zwar den kurzen Weg, über den See. Also halt dich morgen mit dem Boot bereit, bei Sonnenaufgang», knallte sie mir beim Abschied hin. Sie stapfte durch die Tür und verschwand und ließ mir kaum genug Zeit, die Nähte und Löcher des Bootes aus alten Tagen zu flicken, das ich in ein Buschversteck an der ruhigeren Bucht am Südende des Sees gezogen hatte. An jenem Nachmittag strich ich gekochtes Kiefernharz auf die Nähte und tat mein Bestes. Ich fühlte mich in diese Situation hineingezogen, selber neugierig; zwar wollte ich weder dem Mädchen, dessen Leben ich gerettet hatte, noch dem Jungen, dem ich Rat in Sachen Liebe gegeben hatte, nachspionieren, und doch war ich in der Morgendämmerung mit den Paddeln unten am Wasser.

Das Licht war kühl und grün, die Wellen auf dem See waren kleine, wirre Kräusel, und es hatte sich noch kein steter Wind eingestellt. Wir ließen den jungen Nector maulend, aber sicher am Ufer zurück. Das Wasser konnte tückisch sein, konnte den unvorsichtigen Jungen oder den vertrockneten, gierigen Toren wie uns Tücken bieten. Ich hielt die Hand in die Strömung.

«Margaret», sagte ich, «der See ist zu kalt. Außerdem kann ich nicht schwimmen, nicht so gut.»

Aber Margaret war entschlossen und hatte sich mit der Gefahr abgefunden.

«Wenn er mich haben will –» sie sprach von dem Wassermann, aber aus Vorsicht gebrauchte sie keine Namen – «werd ich es ihm mit gleicher Münze zurückzahlen.»

«Oh», sagte ich, «ist es schon so lang her, Margaret?»

Ihre Augen blitzten auf, und ich wünschte, ich hätte den Mund gehalten. Aber erst später, als wir losgefahren waren, bemerkte sie: «Nicht so lang, daß ich den Bodensatz in Betracht ziehen würde.»

Ich gab ihr die Schmalzdose, in der ich meinen Köder aufbewahrte.

«Nimm die mal lieber, Margaret. Schöpf lieber.»

So hatte ich wenigstens auf der langen Überfahrt die Befriedigung zu sehen, wie sie sich mit säuerlicher, aber verzweifelter Entschlossenheit zum Schöpfen und Ausgießen beugte. Wir lagen tief im Wasser. Das Wasser bedeckte unsere Fesseln, als wir am Ufer landeten, aber Margaret mußte den Mund zu einer Linie fest zusammenpressen. Das ganze Unternehmen war schließlich ihre Idee gewesen. Sie war so erleichtert, endlich auf festem Boden zu stehen, daß sie mir half, das Boot herauszuziehen und zwischen einen Haufen zerfaserter Wurzeln einzukeilen. Sie wrang ihren Rock aus, setzte sich neben mich, keuchend von der Anstrengung. Sie holte etwas von dem getrockneten Fleisch aus ihren Kleidertaschen, zerrte daran wie eine junge schnappende Schildkröte. Wie ich sie um ihre scharfen, kräftigen Zähne beneidete.

«Nun iß schon», sagte sie, «oder ich bin beleidigt.»

Ich steckte das Dörrfleisch in den Mund.

«So ist's recht», höhnte sie, «lutsch nur lang genug, dann wird's schon weich.»

Ich hatte keine andere Wahl. Anders konnte ich es gar nicht herunterbringen.

«Ach geh», sagte ich nach einer Weile. «Ich hab gerade so bei mir gedacht. Ich hatte früher diese alte, unfruchtbare Hündin. Sie ging immer auf Nummer Sicher. Aber ihre einzige Befriedigung war es, den Jungen zuzuschauen.»

Margaret sprang mit flatternden Röcken auf die Füße. Ich war zu weit gegangen. Ihre Fäuste versetzten meinen Ohren zwei schnelle, wütende Schläge, die mich taumeln und mir so schlecht werden ließen, daß ich das Gleichgewicht verlor und gar nicht mehr wußte, wo ich war. Sie machte sich auf, den Abhang hoch und in die Pillager-Wälder. Aber ich weiß nicht, wann sie losging, wie lang sie blieb, und ich hatte mich gerade wieder auf die Reihe gebracht, als sie zurückkehrte.

Inzwischen war der Himmel bleigrau geworden, die Wellen rollten weiß und ungleichmäßig. Margaret kramte Tabak aus einem Beutel in ihrer Tasche, warf ihn aufs Wasser und sprach ein paar wirre, beschwörende Worte. Wir sprangen ins Boot, das mehr denn je leckte, und stießen uns ab. Der Wind blies heftig, in schweren, spiraligen Böen, und ich war hart gefordert. Ich hab noch nie zuvor oder seither gesehen, wie schnell man schöpfen kann. Die alte Frau ließ die Dose blitzschnell hochfahren und eintauchen und unterbrach, als wir halb drüben waren, kaum den Rhythmus, um noch einmal in ihre Taschen zu greifen und diesmal den ganzen Beutel in die tosenden Wellen zu kippen. Von da an wechselte sie zwischen Arbeit mit den Armen und Anrufungen verschiedener Manitus einschließlich der Heiligen Jungfrau und Ihrem Herzen, jenen heiligen blutigen Klumpen, den die blaugekleidete Frau auf dem schrecklichen Bild in der Hand hält, das Margaret bei sich an die Wand genagelt hatte. Wir schafften es gerade noch zurück, ehe der Regen herabgoß, und hievten uns über den Bootsrand. Als wir wieder bei mir zu Hause waren, schürte ich das Feuer, und als sie etwas warme Brühe getrunken hatte und ihre Kleider allmählich dampfend an ihr trockneten, erzählte mir Margaret, was sie mit eigenen Augen gesehen hatte.

Fleur Pillager war schwanger und würde im Frühling ein Kind bekommen. Zumindest hatte Margaret dies mit ihrem abschätzenden Blick festgestellt.

Jetzt mußte Margaret also schnell arbeiten. Sie wollte unbedingt ihren Sohn zurückhaben. Deshalb unternahm sie ihren letzten Stich, ihren allerletzten Versuch, und der war gut. So gut, daß er fast klappte.

Margaret Kashpaw ging wegen Gemeinheiten in den Untergrund.

Während Eli einen Ring von Fallen um den Pillager-See legte und jetzt schon seit Wochen rausging, um sie zu überprüfen, ohne seinen kleinen Bruder, legte auch Margaret ihre eigenen Fallen. Ihre waren genauso sorgfältig gestellt, und zwar um den Küchentisch. Sie deckte Geschirr auf, Tassen, Kaffee und frische Gaulette, Fett und Trockenbeeren, Köder für jeden, der kommen würde. Früher oder später, das wußte sie, würde jemand kommen. Und das stimmte, obgleich es dauerte, bis der Schnee hoch lag.

Eines Nachmittags bei Tauwetter mitten im Winter biß Pauline an. Ich war zufällig gerade auch dabei, dem Tisch einen Besuch abzustatten, Essen zu stehlen wie ein Wiesel, und hörte mit offenen Ohren zu. Natürlich konnte Pauline, als sie erst einmal angefangen hatte, den Mund nicht halten. Es war, als nähme sie den ersten Schluck aus der Flasche, und von da ab nahm die Flasche sie. Sie saß in Margarets Stuhl. Sie war ein flinkes, sprödes Wesen, hochnervös, und sie stopfte Brot in sich hinein und plapperte durch die Krümel. Während sich ihre Lippen bewegten, schweiften ihre Augen von der Wand zum Boden, allen Blicken ausweichend, bloß darauf bedacht, daß man ihr glaubt. Das braune Haar hing ihr in Strähnen über die Ohren. Ihre Hände zitterten wie struppige Flügel, wenn ihre Stimme schrill wurde.

Sie kenne Fleur, sagte sie, sie habe in Argus mit ihr gearbeitet. Pauline verzog den Mund und runzelte die Stirn, dann fuhr sie fort. Da war die Metzgerei, die Karten, was im Räucherhaus passiert war. Während sie die Dinge beschrieb, die sie gar nicht gesehen hatte, hoben sich ihre Finger in die Luft, wurde ihre Stimme schrill. Wir sagten nichts, starrten sie nur an, als sei sie ein sprechender Vogel. Wie ich schon sagte, sie war die geborene Lügnerin, und so würde sie auch sterben. Sie war so geübt im Täuschen, daß es schon zu einer Art Wahrheit wurde.

«Ach was», sagte ich, «das einzige, was wir sicher wissen, ist, daß Fleur Pillager Geld in ihrem Kleid hatte. Ist doch kein Verbrechen.»

«Wie sie drankam aber!» sagte Margaret.

Pauline schlürfte Kaffee, spielte mit dem Kreuz um ihren Hals und sah traurig und erstaunt über ihre eigenen Gedanken aus.

«Eifersüchtige Hennen kreischen gern», sagte ich und verschlang einen Schöpflöffel dicken Beerenpudding, ehe Margaret mir die Schüssel aus den Händen schnappte.

«Manche Männer kommen bloß hierher, um sich vollzustopfen.»

«Ich geh ja schon», sagte ich. «Ich laß euch leere Schüsseln zurück.» So, wie ich es sagte, mußten sie merken, auf welche Beleidigung ich rauswollte. Margarets Augen fingen Feuer, und Pauline wurde dunkler und fleckiger im Gesicht.

«In den alten Zeiten», sagte Margaret schnell, «konnten sogar die Weißhaarigen mehr als nur reden.»

«Du solltest mich mal morgens erleben», tönte ich.

Paulines Augen wurden riesig, und sie rutschte auf ihrem Stuhl hin und her. Margaret konnte der Versuchung nicht widerstehen.

«Du wirst nicht leicht sterben.» Margaret tat, als schimpfe sie. «Du wirst durch den Boden ragen.»

Pauline schrie, stopfte sich den Schürzenzipfel in den Mund und lief zur Tür hinaus. Aber da war es Margaret schon egal. Sie hatte die Geschichte von Fleur und Argus, in den Worten eines Augenzeugen.

Ich ging. Als Mann braucht man sich an seine Sterblichkeit nicht auch noch erinnern zu lassen, und Pauline war seit kurzem Helferin von Bernadette, die unsere Toten wäscht und aufbahrt. Manchmal hielt Pauline jetzt auch die Totenwache. Sie paßte gelegentlich die erste Nacht auf die Kinder eines Witwers auf, backte und kochte für einen Leichenschmaus und lauschte in der Kirche verzückt der Lesung des Priesters. Sie war die Krähe des Reservats, sie lebte von unseren Überresten, und sie kannte uns am besten, weil die Überreste unsere Geschichte erzählten.

Ich hätte niemals gewollt, daß Pauline mich als Toten erlebte. Nicht mit diesen kalten Augen, so hell und neugierig, spitzen Nadeln. Da würde ich mich lieber ganz allein ins Gebüsch schlagen, wie ein kranker Hund.

Noch Tage nach ihrer Unterhaltung putzte und kehrte Margaret mit neuer Energie. Es sei gut für das Mädchen, daß dies ans Tageslicht gekommen sei, sagte sie zu mir.

Die Kenntnis von so etwas zu unterdrücken könne jemand wie Pauline umbringen.

Margaret sprach mit der Befriedigung eines Menschen, der von seiner eigenen Großzügigkeit profitiert, obgleich es wirklich stimmte. Keiner, der Pauline danach sah, konnte daran zweifeln, wie gut es ihr tat, daß sie von der Geschichte befreit war. Sie ging beschwingter, als hätte die Geschichte vorher auf ihr gelastet. Die Leute sagten, wenn sie mit der Hostie im Mund von der Kommunion zurückkomme, sei sie vor lauter Erleichterung über ihre Unschuld ganz aufgeblasen. Denn jetzt war die Last ihres Geheimnisses an Margaret weitergegeben.

Nur betrachtete Margaret es nicht als Last, sondern vielmehr als Segen, der sie wie ein Donnerschlag zwischen die Augen getroffen hatte, der sie derart erregte, daß sie zuerst gar nicht wußte, wie sie ihn nutzen sollte. Eine Zeitlang dachte sie einfach über das Problem nach. Ihrer Ansicht nach, und wenn sie zurückrechnete, war es ziemlich früh, daß das Kind sich zeigte, aber nicht ausgeschlossen. Fleur war einen Monat im Reservat zurückgewesen, ehe sie Eli bezirzte, und das hätte sie mit dem Zauber getan, den sie zwischen den Beinen trug, sagte Margaret, weil sie einen Mann brauchte. Margaret war sicher, daß das Kind nicht von Eli war, aber für den vollen Beweis würde sie bis zu dem Tag warten müssen, an dem es kam. Es würde gespalten sein, sagte sie voraus, spalthufig wie ein Schwein, mit Haaren aus Stroh. Seine Augen würden blau leuchten, seine Haut totenweiß glänzen. Margaret kostete die Abartigkeiten aus, die das Kind zeigen würde. Rote Schlappohren, ein merkwürdiges Muttermal, Hühnerlippen, einen Finger zuviel, durch den der Makel seiner Empfängnis klar würde.

Paulines Geschichte gab ihr noch mehr Feuer. Fleur hatte die Männer angelockt und sie dann zum Spaß getötet. Reichte ein Gerücht wie dieses nicht, jeden Mann abzuschrecken?

Das glaubte jedenfalls Margaret, und manche andere auch, wohingegen ich Fleur nicht nur als Tochter ansah, sondern auch aus der Sicht eines Mannes begriff, daß die Gefahr keine Rolle spielte, so wie Fleur aussah und sich gab, so unmöglich und doch zugleich erreichbar, daß selbst die Vertrockneten und Gebeugten rings um den Reservatladen so viel sahen, daß allmählich in ihren Träumen ein Licht aufleuchtete.

In meinen Augen jedenfalls konnte eine Frau ihrem Sohn nicht mehr viel sagen, wenn er sich einmal entschieden hatte. Aber Margaret Kashpaw war da anderer Ansicht, hatte ein unerschütterliches Vertrauen in ihre Fähigkeit, ihren Jungen immer wieder in ihre Arme zurückzuholen. Manche Mütter schwellen an ihrer Macht, Leben zu geben, und zwar so sehr, daß sie die Vorstellung nähren, sie könnten ihre Kinder wieder zu Samen schrumpfen lassen. So eine war Margaret.

Später im Winter war ich gerade bei Margaret zu Besuch, als der schmächtige Nector, den wir im Scherz Elis Zwilling nannten, weil er seinem älteren Bruder in allem so ähnelte, mit einem Reiher zur Tür hereinkam. Der Vogel war grau, noch am Leben, mit gelben, strahlenden Augen und einem verletzten Flügel. Nector setzte ihn ab und verband ihm die schuppigen Füße mit einem Lumpenstreifen, dann auch die Flügel. Er wickelte den Stoff mehrmals um den Vogel und fesselte ihn vollständig, so daß er nur noch den Kopf bewegen konnte. Als der lähmende Schreck verflogen war, stieß er mit seinem Schlangenhals heftig in die Luft. Sein Flügel war schon lange verletzt, so daß er nicht hatte nach Süden fliegen können, und wie er den ersten Teil des Winters überlebt hatte, und wovon, ahnten wir nicht.

Eli kam herein, legte seinem Bruder die Hand auf die Schulter, und Nector sagte, er hätte den Vogel für Elis Frau gefangen.

«Frau!» sagte Margaret, aber es war klar, daß sie dieses Wort schon vorher gehört hatte. «Keine Frau von dir wird je auf Land leben, das nicht den Kashpaws gehört. Du wirst sie nach Hause bringen.» Natürlich wußte sie, daß da bei Fleur keine Chance war. Sie zuckte nicht zurück, griff nur nach dem Schnabel des Vogels und hielt ihn fest.

Eli beachtete das gar nicht. Er sagte zu Nector: «Sie hat Vögel gern.»

«Sie hat alles mögliche Getier gern», sagte Margaret herausfordernd.

Der Reiher schaute böse von der Tischmitte um sich, mit Margarets Hand auf dem Schnabel. Als Eli lachte, straffte sie ihre faltigen Gesichtszüge und mürrischen Lippen und vergaß, daß ich zuhörte. Margarets Stimme zitterte, aber als sie ihren ältesten Sohn ansah, waren ihre Augen hart wie Schrot. «Ich nehm an, du gehst einfach und läßt uns für uns selber sorgen», sagte sie mit täuschender Sanftmut.

Elis Gesichtsausdruck besagte, daß er den Köder, den sie ihm hinwarf, nicht aufnehmen und streiten würde. Sein Weg war klar. Der Haarschnitt, den Margaret ihm verpaßt hatte, war verwachsen, und das Haar kroch ihm den Hals hinunter und über seinen Kragen. Er sah jung aus, gerötet und strahlend, in Flammen. Die ganze Woche war er mit Fleur bei den Fallen gewesen, und er hätte genausogut in der kommenden Welt sein können, oder in einer früheren, so wenig kümmerte ihn die augenblickliche.

«Ich bin so gut wie verheiratet, Mama», war alles, was er sagen mußte, damit Margarets Hand sich bewegte und den Reiher losließ, während sie sprach; dabei fesselte sie Elis Aufmerksamkeit so sehr mit ihrer Stimme, daß er nicht schnell genug reagieren konnte, als der Reiher nach seiner Hand pickte und sie wie einen Frosch aufspießte. Dann fingen die beiden an zu schreien und sich gegenseitig aufs heftigste zu beschimpfen. Deshalb nahm ich den Vogel, band ihm den Schnabel mit einem Stückchen Stoff zusammen und ging mit Nector zusammen weg.

Man hätte meinen sollen, daß die alte Frau mittlerweile nachgegeben hätte, aber tatsächlich konnte sie es damals und eigentlich auch später nicht. Da ihre älteren Kinder alle aus dem Haus und auf ihre Parzellen in Montana gezogen waren, wollte sie hier einen Ort haben, auf den sie für ihr Alter bauen konnte. Eli war da ihre beste Chance. Sie konnte sich nicht auf Nector verlassen, den die Liebe zum städtischen Leben deutlich für Schulen außerhalb des Reservats zu bestimmen schien. Sie wollte eine einfache Schwiegertochter, über die sie herrschen konnte, ein Mädchen, das ihren Rat annehmen und das sie nicht aus dem Haus sperren würde. Jeder wußte, daß Fleur Pillager nicht so war, keine zweite Mutter brauchte. Ogimaakwe hatte ihre Töchter so erzogen, daß sie über sich selbst herrschten. Zumindest dachte Margaret das, bis Monate später Pauline kam und klopfte, als es schließlich soweit war, daß Fleurs Kind geboren werden sollte. Und hier kommst du ins Spiel, Mädchen, also hör gut zu.

Inzwischen war es Frühling, das Eis milchig, porös und brüchig, das Wasser offen für ein Boot, wenn man es wie ich wagte, diesen Weg einzuschlagen. Fleur hatte Schwierigkeiten mit ihrem Baby. Das war alles, was ich hörte, da Pauline und Margaret die Einzelheiten für sich behielten. Da er nichts Besseres wußte, hatte Eli Pauline zu Hilfe geholt, aber sie war nicht zu gebrauchen – zwar gut darin, die Seelen sanft in den Tod zu geleiten, aber schlecht darin, ihnen Leben einzuhauchen, im Grunde hatte sie Angst vor dem Leben, Angst vor der Geburt und Angst vor Fleur Pillager. Also holte das Mädchen Margaret, die immerhin möglicherweise die Großmutter war.

Wir nahmen wieder den kürzesten Weg, paddelten rüber. Unterwegs beschimpfte mich Margaret, die um ihr Leben Wasser schöpfte, mehrmals dafür, daß ich mein Boot in derart schlechtem Zustand hielt. Sie versicherte mir wiederholt, daß ihre Gründe, in dieser Angelegenheit zu helfen, keine Verwandtschaftsbande seien. Ihre Anwesenheit sollte nicht als Anerkennung zählen, sondern es war lediglich ihre Pflicht, den Beweis zu sehen, wie er auch immer aussehen mochte – das Haar aus gelbem Stroh, die flammenden Augen. Aber du hattest keines dieser Merkmale.

Du wurdest an dem Tag geboren, an dem wir den letzten Bären auf dem Reservat schossen, und zwar betrunken. Pauline war es, die ihn erschoß, und der Bär war betrunken, nicht sie. Diese Bärin war über den Wein aus dem Laden hergefallen, den ich unter meiner Jacke über den See gebracht und dann in einem verrotteten Baumstumpf oben in den Wäldern hinter dem Haus gelagert hatte. Sie zerbiß den Korken und leerte die weiße Tonflasche, dann verlor sie ihre Sinne und stolperte in das zertrampelte Gras von Fleurs Garten.

Zu dem Zeitpunkt waren wir schon einen Tag in Bereitschaft, Nector hatten wir bei Margaret gelassen, wo er auf sich selbst gestellt war. Die ganze Zeit war kein Laut von Fleurs Hütte zu hören, nur bedrückende Stille wie im Inneren einer Trommel, ehe der Stock auf sie fällt. Eli und ich ließen uns an den Holzstoß sinken. Wir machten ein Feuer, wickelten uns in Decken. Mir knurrte der Magen vor Hunger, denn Eli fastete aus Sorge, und ich wollte nicht vor seinen Augen essen. Er hatte blutgeränderte Augen, wenn er unter seiner Last, die immer schwerer wurde, stöhnte und redete und betete.

Am zweiten Tag beugten wir uns zum Feuer hin, gespannt auf das Geräusch eines Babyschreis. Unsere Ohren nahmen alles in den Wäldern wahr, das Rascheln von Vögeln, das Knacken von verwelktem Frühlingslaub und Zweigen. Unser Gehör war inzwischen so scharf, daß wir das gedämpfte Geräusch hörten, das die Frauen im Haus machten. Da war jetzt mehr Aktivität, was uns hoffen ließ. Der Herddeckel rasselte, Töpfe klapperten gegeneinander. Pauline oder Margaret kam an die Tür, und wir hörten, wie Wasser mit Schwung auf den Boden klatschte. Da rührte sich Eli, holte frisches Wasser. Aber erst am Nachmittag dieses zweiten Tages wurde die Stille endlich unterbrochen und dann war es, als ob alle Manitus der Wälder durch Fleur redeten, losgelassen, debattierend. Ich erkannte sie wieder. Schildkrötes zitterndes Kratzen, Adlers hohes Schreien, des Eistauchers verrückte Bitterkeit, Otter, Wolfs Heulen, Bärs leises Brummen.

Vielleicht hörte der Bär, wie Fleur rief, und antwortete.

Ich war allein, als es passierte, da Eli aufgesprungen war, als die Stille zerbarst, sich den Arm mit seinem Jagdmesser aufschlitzte und von der Lichtung wegrannte, geradewegs nach Norden. Ich blieb ruhig sitzen, als er weg war, und probierte von dem Essen, das er abgelehnt hatte. Ich setzte mich näher ans Feuer, mit dem Rücken gegen die Holzscheite gestützt, und als ich gerade noch mal nehmen wollte, streifte die betrunkene Bärin vorbei. Sie schnüffelte am Boden, wälzte sich in einem Geruch, der ihr zusagte, zog sich hoch und setzte sich verwirrt auf den Hintern wie ein Hund. Ich sprang mit einem Satz oben auf den Holzhaufen, wie, weiß ich nicht, denn meine Glieder waren von der feuchten Kälte ganz steif. Ich duckte mich, schrie zum Haus hinüber, rief nach dem Gewehr, zog aber damit nur die Bärin an. Sie schleppte sich herüber, gab ein langgezogenes Winseln von sich, ein Husten, und fixierte mich mit einem langen, geduldigen Blick.

Margaret stieß die Tür auf. «Erschieß ihn, du alter Narr», brüllte sie. Aber ich stand mit leeren Händen da. Margaret war ärgerlich über diese Lappalie, stellte fest, daß ich ihr nicht gehorcht hatte, weil sie sich diese Plage vom Hals schaffen und zu Fleur zurückkommen wollte. Sie kam geradewegs auf uns zu. Ihr Gesicht war schmal vor Erschöpfung, ihr Schritt wütend. Sie bewegte die Arme wie Kolben und kam so schnell, daß sie und die Bärin einander gegenüberstanden, ehe ihr klar war, daß sie nichts hatte, womit sie hätte angreifen können. Vernünftig war Margaret Kashpaw, und sie drehte sich auf der Stelle um. Fleur hatte ihr Gewehr über dem Mehlbrett in einem Gestell aus Geweih, aber Margaret kam nicht dran. Die Bärin folgte ihr, bei Fuß wie ein junger Hund, und als Margaret sich an der Haustür umdrehte, mit ausgebreiteten Armen, um den Weg zu versperren, stieß die Bärin sie mit einem heftigen, verträumten

Schlag beiseite. Dann spazierte sie nach drinnen und richtete sich auf die Hinterbeine auf.

Ich bin ein Mann, und darum bin ich nicht sicher, was passierte, als die Bärin in das Geburtshaus kam, aber sie reden ja untereinander, die Frauen, und manchmal vergessen sie, daß ich zuhöre. Daher weiß ich, daß Fleur, als sie die Bärin im Haus sah, von solcher Angst und Kraft erfüllt wurde, daß sie sich auf dem Deckenhaufen aufrichtete und gebar. Dann holte Pauline das Gewehr herunter und schoß der Bärin aus nächster Nähe ins Herz. Das sagt sie jedenfalls. Aber sie sagt, daß das Blei die Bärin noch stärker machte, und das kann ich nur bestätigen. Denn ich hörte das Gewehr losgehen und sah das Tier dann brüllend aus dem Haus taumeln. Es raste an mir vorbei, schlug sich durchs Gebüsch in die Wälder und ward nie mehr gesehen. Es hinterließ auch keine Spur, vielleicht war es also nur ein Bären-Geist. Ich weiß es nicht. Ich hockte noch immer auf dem Holzhaufen.

Ich war so vorsichtig, dort zu Ende zu essen. Nach allem, was ich später so mitbekam, glaubten die Frauen fest, daß Fleur tot war, so kalt und still war sie nach der Geburt. Aber dann schrie das Baby. Das habe ich mit eigenen Ohren gehört. Bei diesem Laut, sagen sie, habe Fleur die Augen geöffnet und geatmet. Und da machte sich Margaret dann an die Arbeit und rettete sie, packte ihr Wermut und Moos zwischen die Beine, wickelte sie in Decken, die mit Steinen gewärmt waren, massierte ihr den Magen und zwang sie, eine Tasse aufgekochte Himbeerblätter nach der anderen zu trinken, bis Fleur schließlich stöhnte, das Baby an die Brust zog und lebte.

Und jetzt wirst du fragen, wie du eine Nanapush geworden bist. Du wirst dich fragen, wie ein Mann ohne Frau seinen Namen weitergeben konnte. Natürlich durch die Sitte, mit der wir unseren Freund Pater Damien zu Gefallen waren, die Sitte der Taufe. Ich war am nächsten Tag noch da, als der Priester kam, bereit zum Spenden der Sterbesakramente, aber dann sehr erfreut, statt dessen neues Leben vorzufinden. Er trug seine Hostie und den Kelch bei sich. Ich gab ihm einen Schöpfer aus dem Eimer. Er begrüßte Margaret, hatte aber das richtige Gespür und überquerte die Türschwelle nicht.

Margaret flüsterte, um Fleur nicht zu wecken. Sie ließ den Priester Weihwasser auf den Kopf des Babys gießen und die Worte sagen, aber als sie Fleur hörte, nahm sie das Kind an sich und mit ins Haus, ehe ihm der Name gegeben werden konnte. Ich blieb mit Damien bei der Holzbeuge, wo ich mir inzwischen einen kleinen Reisigschutz gebaut hatte.

«Ich muß das Kirchenbuch vervollständigen», sagte er. «Der Name des Vaters?»

Ich sprach nicht sofort, sondern dachte zuerst über seine Frage nach. Ich redete mir ein, Eli würde vielleicht nicht zurückkommen, und selbst wenn, wer wußte denn schon sicher, daß er der Vater war? Außerdem war er jung, und mit Hilfe seiner Brüder würden in seinem Clan immer Nachkommen sein. Ich dachte daran, wie Margaret über meine Fähigkeiten hergezogen war. Ich dachte an den Nachmittag, als Pauline sich den Mund zerfetzt hatte. Ich dachte an meine Frauen, vor allem an Weiße-Perlen und unsere Tochter. Jetzt hatte ich die Gelegenheit zu reden und das Recht dazu. Ich hatte für die Frauen in der Hütte immer für ein gutes Feuer gesorgt, indem ich Holz hackte, bis ich meinte, daß es mir die angespannten Armmuskeln zerriß. So viele Geschichten waren in Umlauf, so viele Möglichkeiten, so viele Lügen. Die Wasser waren so trübe, daß ich dachte, ich könnte ruhig noch einmal darin herumrühren.

«Nanapush», sagte ich. «Und ihr Name ist Lulu.»

VIERTES KAPITEL

Winter 1914 – Sommer 1917
Meen-geezies
Blaubeersonne

Pauline

Ich verließ Argus, weil ich die Männer nicht loswurde. Nächtelang stapften sie durch meine Träume auf der Suche nach dem Schuldigen. Pauline! Mein Name war ein Grollen auf ihren Lippen. Ein Verdacht, eine Sicherheit, ein eiserner Haken an einer Schiene.

Dutch James rottete im Schlafzimmer dahin, wurde Stück für Stück kleingesägt. Erst nahm ihm der Doktor ein Bein fast ganz ab, dann den anderen Fuß, einen Arm bis zum Ellbogen. Seine Ohren welkten ihm vom Kopf. Er stand unter Morphium, und manchmal redete er bis tief in die Nacht. Regina, die mit Rinde und Stachelschweinborsten und ihrer Stickerei neben ihm im Sessel saß, gab ihm Antwort, beruhigte ihn, erzählte ihm lange Geschichten. Es war wirklich merkwürdig. Ganz plötzlich liebte sie ihn, und er liebte sie. Ich sah es ganz unverhüllt in seinen Augen, hörte es im Summen ihrer Stimme, dem leisen Flüstern zwischen ihnen. Es war eine gräßliche Art von Flitterwochen: Bettpfannen und stinkende Bandagen aus aufgerollter weißer Baumwolle, ausgekochte Scheren, eine abscheuliche Stickigkeit, Fenster, die man wegen der Fliegen nicht aufmachen konnte.

Doch Regina würde ihn zweifellos wieder gesund machen. Und da er, auch gesundet, hilflos auf sie angewiesen sein würde, erwachte Reginas Interesse an ihm, und sie umsorgte ihn wie ein Kind. Sie brauchte mich nicht mehr. Und ich war ebensosehr darauf aus freizukommen. Dutch war mir peinlich. Er zog einen Strom von hilfreichen Kirchendamen in das Haus am Rande des Städtchens, und keine kam mit leeren Händen. Man konnte sich darauf verlassen, daß jede eine Torte oder einen Flammerie brachte, ein leichtes, helles Hühnerfrikassee, einen Topf voller Saubohnen, einen mit Spinat oder Mangold grün gefärbten Reisring, jeweils als Eintrittspreis dafür, Dutch besichtigen zu dürfen.

Er war ein Wunder, und im selben Maße, in dem er weniger wurde, türmten sich die Lebensmittel um uns auf. Wenn sie seiner ansichtig wurden, fiel den Damen der Unterkiefer herunter, und ihr Atem ging schneller. Sie zogen weiße Kampfertüchlein aus dem Ärmel und hielten sich den duftgetränkten Stoff vor die Nase. Die Augen tränten ihnen. Als schließlich draußen die Luft eiskalt geworden war und wir die Töpfe und Pasteten in einem verschlossenen Schuppen aufbewahren konnten, als diese Besuche endlich aufhörten, war Dutch soweit verheilt, daß er meine Tante heiraten konnte. Es war Dezember, trocken, die Straßen waren noch frei, als ich schließlich meine Chance sah.

Die Witwe Bernadette Morrissey und ihr Bruder Napoleon kamen eines Tages in einem eleganten grünen Wagen herunter nach Argus. Beide waren in schwere, warme Schaffellmäntel gewickelt. Sie kamen, um Dinge einzukaufen, die man oben im Norden im Reservat nicht bekam. Sie waren wohlhabende Leute, Mischlinge, die Gewinn daraus zogen, Parzellen aufzukaufen, die viele alte Chippewa nicht zu halten wußten. Ihre Farm war für jene Zeit groß, sechshundertvierzig Acres. Napoleon hatte zwar eine Schwäche für den Alkohol und war ein so eingefleischter Junggeselle, als habe der Bischof ihn zum Zölibat verpflichtet, aber trotzdem galt er als guter Katholik und pflichtbewußter Bruder, weil er seine Schwester und ihre drei Kinder aufgenommen hatte. Bernadettes großer, gutaussehender Sohn Clarence hatte mitgeholfen, ein zweistöckiges Haus zu bauen. Sie hielten Hühner, einen Stall mit sechs Milchkühen, zwei Schweine, hatten einen Gemüsegarten und sogar ein paar Gänse. Die beiden anderen Kinder Bernadettes waren Töchter, Sophie und Philomena. Sophie war die ältere, hochaufgeschossen und schlampig. Philomena war lieb und rundlich. Ich kannte die beiden von früher, von der Klosterschule, und obwohl mir damals ihre gezierte und eingebildete französische Art auf die Nerven gegangen war, hielt ich es für ratsam, mich nach ihnen zu erkundigen, sehnsüchtig zu seufzen, den Blick zu senken und verlegen auf meine Füße zu starren, bis Bernadette fragte, was denn los sei. Da sagte ich es ihr.

Wie ich von Regina geschlagen würde. Von Dutch beschimpft. Von meinem kleinen Vetter Russell, den ich nicht gern verließ, nun aber doch wohl verlassen mußte, verspottet. Ich erzählte, daß ich die rauhen Dielenbretter schrubbte und Milch butterte, Salbe kochte und Verbände wusch, und welches Heimweh ich hatte.

«Die Arbeit wird bei uns nicht leichter sein», sagte Bernadette, «aber schlagen werden wir dich nicht.»

Bernadette hatte meine Mutter gekannt, und ihr hatte mißfallen, wie ich von ihr im Stich gelassen worden war. Sie bot mir reine Nächstenliebe, aber ich nahm an. Ich wollte keinen falschen Stolz herauskehren und Bernadette den Lohn verwehren, den sie schließlich von Gott dafür erhalten würde.

Außerdem bin ich fest davon überzeugt, daß ich mit Bernadette Morrissey verwandt bin. Wir sahen einander so gleich, wenn wir die Straße hinuntergingen, kantig und knochig wie verhungernde Kühe, und auch im Wesen war ich ihr ähnlich, viel ähnlicher als ihre eigenen Töchter. Bernadette brachte mir auch das Lesen und Schreiben der Nonnenschrift bei, die sie während ihrer französischen Erziehung in Quebec gelernt hatte. Sie besaß eine ganze Truhe voller Traktate und Bücher und kannte sich mit Zahlen aus; sie machte die Buchführung für die Farm und nahm immer ein Blatt voller Zahlen mit, wenn sie ging, um die Kranken und Sterbenden zu besuchen. In tiefster Nacht, wenn sie darauf wartete, daß sich die Engelsschwingen schlossen, zählte sie zusammen und teilte und zog ab und rechnete Beträge aus. Die Nonnen hielten sie für fromm, weil sie die Sterbenden besuchte. Ich wußte, daß sie praktisch veranlagt war und die Ruhe brauchte, um ihre Abrechnungen zu machen.

Was Napoleon anging, so will ich nicht behaupten, daß ich ihn zu den Aufmerksamkeiten, die er mir bald entgegenbrachte, ermutigt hätte. Ich gab vor, nicht zu bemerken, wo seine Hand hinfiel, sein Ellbogen vorbeistrich. Ich schreckte davor zurück, in seiner Nähe zu sitzen oder barfuß vor ihm zu tanzen, wenn er mit der Fiedel aufspielte. Ich wußte, daß Bernadette mich mit Sicherheit zurückschicken würde, wenn er aufdringlicher würde, es sei denn, er böte mehr. Mädchen in meinem Alter heirateten schon, das stimmt. Aber für gewöhnlich keine Männer, die so grau waren und vom Branntwein und einem schweren Schicksal gezeichnet. Er war so alt wie die Männer in der Metzgerei und sprach der Flasche noch fleißiger zu. Er versteckte seinen Whiskey in den Futterkrippen, in der Kornschütte, begrub ihn unter Steinen im Wald, bot ihn mir an.

«Kipp ihn aus», flüsterte ich, als er mich hinterm Haus in die Enge getrieben hatte. Er legte den Flaschenbauch an meine Wange, rollte ihn hin und her und lachte mich aus, weil ich so starr und ängstlich dastand.

Jedenfalls hörten die Träume auf, sobald Argus hinter mir lag, das heißt, bis ich den Fehler machte, laut darüber zu reden und alles, was passiert war, wieder wachzurufen. Und daran waren Margaret Kashpaws Umgarnungen schuld. Sie zog mir die Wahrheit oder eine Version davon aus der Nase, ich weiß nicht wie, und dann verachtete sie mich noch, weil ich zu schwach war, ihr zu widerstehen. Als ich das Haus der Kashpaws verließ, fühlte ich mich sowohl schwerer als auch leichter. Leichter war mir, weil die Last von meinen Schultern genommen war, und schwerer, weil ich wußte, daß die Träume wieder über mich hereinbrechen würden.

Und sie taten es, nur träumte ich jetzt vor allem von Fleur. Nicht so, wie sie im Reservat war, wo sie in den Wäldern wohnte, sondern von jenen letzten Kühlhaustagen, wo ich von ihr willenlos gemacht, bedrängt, getrieben wurde wie ein Blatt im Wind. Ich durchlebte das Ganze wieder und wieder, jenen klaren Augenblick vor dem Sturm. Jede Nacht, wenn ich den Balken herunterfallen ließ, war es mein Wille, der das Gewicht trug und es an seinen Ort fallen ließ – nicht Russells und nicht Fleurs. Und deshalb würde am Tag des Jüngsten Gerichts meine Seele das Opfer sein, mein armer Körper auf das Rad des Teufels geflochten werden. Aber trotz dieser Zukunft war ich zusätzlich dazu verdammt, schon in diesem Leben zu leiden. Jede Nacht mußte ich mitansehen, wie die Männer Fleur auf den Mund schlugen, sie prügelten, in sie eindrangen und sie ritten. Ich spürte alles. Meine Schreie kamen aus ihrem Mund und mein Blut aus ihren Wunden.

Ich hatte Angst davor, die Augen zuzumachen, weil ich wußte, daß ich im Schlaf um mich schlagen und Sophie und Philomena, die mit mir das Bett teilten, treten würde. Aber immer wieder schlief ich ein, träumte, und über Wochen schlug ich ihnen blaue Flecke an Armen und Beinen, bis Bernadette mich schließlich in eine Ecke verlegte, wo ich die schlimmen Träume allein bekämpfen konnte. Und obwohl ich dort gegen nichts anderes trat als gegen die Wände, erbarmte sie sich meiner. Sie gab Moses Pillager Geld, damit er aus leichtem, gespaltenem Eschenholz einen besonderen Reif für mich machte, mit Darmseiten kreuz und quer überzogen, einen Traumfänger. Ich hängte ihn neben dem Kruzifix in meiner Ecke auf, aber er wirbelte meine Träume nur noch mehr durch, noch dichter, noch schneller, bis ich gar nicht mehr schlief.

Ich fand erst Ruhe am Morgen, nachdem Mary Pepewas gestorben war, allein, nur in meiner Gegenwart, ein Mädchen etwa in meinem Alter.

Als die Pepewas' nach Bernadette Morrissey schickten, lief sie sogleich durchs Haus, um Stoffetzen zum Putzen, ihr Strickzeug und die Buchführung für die langen Stunden der Sterbewache zusammenzusuchen. Sophie und Philomena streckten hinter dem Rücken ihrer Mutter die Zunge heraus und hielten sich die Nase zu. Ihre Töchter verabscheuten die Ausscheidungen, die Gerüche, die Eimer und Pfannen, die gespült werden mußten, deshalb ließ Bernadette sie zu Hause. So ging ich mit ihr beim Licht einer Laterne die Straße hinunter zu dem Haus, eilig, hinter dem dicken kleinen Jungen der Pepewas' her, der geschickt worden war, um uns zu holen. Ich fand es aufregend, in der bewegungslosen Dunkelheit unterwegs zu sein, und dann flog Kokoko, das Käuzchen, wie Rauch von einem Ast auf und rief. Bernadette machte das Kreuzeszeichen und faßte mich an, damit ich es auch tat.

Als wir ankamen, ging es Mary Pepewas besser, so weit, daß ihre Familie, einer nach dem anderen, schlafen ging, erschöpft und im Vertrauen auf unsere Fürsorge. Sie hatte die Lungenkrankheit, hatte helles Blut gehustet, stundenlang gestammelt und gezittert, aber nun sank sie in einen ruhigen, gleichmäßigen Schlaf. Bernadette schickte mich mit den Kindern in die Scheune. Ich kuschelte mich auf dem Heuboden zusammen und wartete schlaflos und hellwach, bis Bernadette mir die Laterne übergab und den Platz mit mir tauschte. Es muß schon gegen Morgen gewesen sein. Ich ging ins Haus und setzte mich auf die Holzbank neben Marys Bett und schaute sie an, wie ich noch nie jemanden zuvor angeschaut hatte. Früher war sie unansehnlich und dick gewesen. Jetzt war sie ausgezehrt und schmal. Wir waren zusammen in die Missionsschule gegangen, bevor ich runter nach Argus zog. Ich versuchte, mich an etwas zu erinnern, was Mary getan oder gesagt hatte, irgendeine Einzelheit. Aber das einzige, was mir einfiel, waren ihre dicken Beine und die kaputten Lederschuhe, die ihr von den Füßen schlappten, wenn sie vom einen Ende des Lehmhofes zum anderen rannte. Ich stellte mir diese Füße vor, sah sie immer schneller sausen, bis sich das Bild verwischte. Ich begann im Wachen zu dösen und im Wachen, mit offenen Augen, zu träumen. Und da sah ich, daß Mary Pepewas sich zu verändern begann.

Sie rührte sich nicht. Sie bäumte sich nicht vom Bett auf oder krümmte sich, um dem Tod auszuweichen oder ihn von ihrem Gesicht zu schieben, als er sich herabließ, in sie drang, ich weiß nicht wie. Sie ließ sich von ihm wie von dunklem Wasser erfüllen, und dann begann sie, wie ein schmales, am Ufer festgebundenes Boot nach draußen zu ziehen. Doch ihr Unterkiefer hielt sie zurück, hemmte sie, denn als die Strömung sie fortziehen wollte, ging ihr der Mund auf, weiter, überweit, so als wollte sie sich selbst verschlingen. Die Wellen kamen, und dann schloß sie lautlos die Augen, zerrte und schaukelte. Vielleicht hätte ich sie, Hand über Hand, zum Ufer zurückholen können, aber ich sah ganz deutlich, daß sie fortwollte. Das verstand ich. Und deshalb hob ich die Finger in die Luft zwischen uns, und ich schnitt das Seil dort ab, wo es sich bindfadendünn gescheuert hatte.

Sie trieb dahin. Ihr Gesicht ließ los und ihr Mund schloß sich. Ich stand auf, als sie fortgegangen war, und rief die anderen ins Zimmer, selbst überrascht, wie leicht ich mich fühlte, als sei auch ich losgeschnitten worden. Ich verhakte die Finger um einen Stuhl, nur um ruhig zu bleiben. Wenn ich die Schuhe auszog, würde ich mich in die Lüfte erheben. Wenn ich die Hände vom Gesicht nahm, würde ich lächeln. Eine kühle Schwärze hob mich hoch, aus dem Zimmer hinaus und durch die Tür. Ich hüpfte, drehte mich und landete am Rande der Lichtung. Mein Körper wogte. Ich riß Blätter von einem Ast und stopfte sie mir in den Mund, um mein Lachen zu ersticken. Der Wind rüttelte in den Bäumen. Der Himmel verhärtete sich zu Licht. Und in diesem Augenblick fuhren meine Schwingen schwindlig kreisend durch die Luft, und mit drei kräftigen Schlägen erhob ich mich und sah, was unter mir lag.

Sie waren dumm und klein, drängten sich hinter den beleuchteten Fenstern. Sogar Bernadette, die mich doch lehren sollte, was ich wissen mußte, schien nur müde, als sei dies keine Freude. Nur ich, die ich zuschaute, mit Atem erfüllt, erkannte den Tod als eine Form von Gnade.

Sie sagen, oder Bernadette sagt, als sie mich später am Morgen auf dem Baum fanden, sei ihnen der Schreck in die Glieder gefahren, weil ich so gefährlich über dem Abgrund hing. Sie staunten, wie ich hatte hinaufklettern können, da der Stamm sieben Fuß hoch glatt war und keinerlei Hand- oder Fußhalt bot. Aber ich erinnerte mich an alles und war nicht im geringsten erstaunt. Ich wußte, daß ich, nachdem ich meine Kreise gezogen, beobachtet, alles gesehen hatte, auf meinem Lieblingsast gelandet war und den Kopf unter die schützenden Flügel gesteckt hatte. Dann hatte ich geschlafen, schwarz und traumlos, wunderbar vollkommen, so wie ich seit dem Kühlhaus nicht mehr geschlafen hatte und wie ich jetzt jede Nacht schlafen würde.

Danach wußte ich, daß ich anders war, aber ich hielt dieses Wissen streng geheim. Ich hatte das Herz eines barmherzigen Lumpensammlers. Ich wurde verschlagen und fromm, gefährlich sanft und mild. Ich trug die abgelegten Kleider der Nonnen, folgte Bernadettes Pfaden, betrat jedes Haus, in dem der Tod sich anmeldete, und hieß dann den Tod willkommen. Und weil ich keine Witwe war, wie die Frauen, die sich sonst um die Toten kümmern, wie auch Bernadette, deshalb strengte ich mich um so mehr an. Ich schrubbte und wachste bis spät in die Nacht, polierte auch noch den erbärmlichsten Nickelbeschlag, der ihren Herd zierte, hackte Holz, knetete und buk dann das Brot, das die Lebenden zum Mund führen würden. Von Bernadette lernte ich, wie man einen Leichnam auslegt, wie man ihn wäscht und kämmt und die Ausgänge verstopft, ihn sorgfältig ankleidet und ihm schließlich einen Rosenkranz um die Hände legt. Ich ging mit Toten um, bis das kalte Gefühl ihrer Haut ein Trost war, bis ich ich mir nicht mehr die Mühe machte zu baden, wenn ich die Hütte verlassen hatte, sondern andere mit denselben Händen berührte, den Tod weitergab.

Wir legten sie unter Gebeten in die Erde, wenn sie Christen waren, oder setzten sie, falls nicht konvertiert, an der Todesstraße der Alten ab, mit einem zusätzlichen Paar Schuhe. Mir war nicht wichtig, was nach dem Leben kam. Mir war es gleich. Ich begleitete Bernadette und wartete auf den Augenblick, der mir Frieden brachte.

Im Frühling jenes Jahres tauchte Misshepeshu unter und wurde kaum mehr in den Wellen des Sees gesehen. Er schlug keine Boote zu Splittern und ertränkte keine Mädchen mehr, aber er beobachtete uns, mit hohlen, goldenen Augen.

Unserer Ansicht nach flammten Lulus Augen hell wie seine. Allerdings hatte sie die unverkennbare Nase der Kashpaws, zu breit und an der Spitze etwas eingedrückt. Sie war hübsch. Sie hatte Fleurs dickes, schnell wachsendes Haar. Tiefschwarz. Sie bekam früh Zähne, deutete mit ihren rundlichen flinken Fingerchen darauf, schien stolz auf ihre Schärfe und Zahl. Sie wollte immer auf den Arm, und deshalb wurde sie noch bis in den zweiten Sommer ihres Lebens herumgetragen.

Margaret, die den größten Teil ihrer Zeit im Haus ihrer

Schwiegertochter verbrachte, besorgte das Herumtragen zu einem großen Teil. Margaret hatte sich über Fleurs Weigerung, das Land der Pillagers zu verlassen, geärgert, und sie hatte sich dagegen gesträubt, daß Eli sich in Fleurs Hütte einnistete. Die Verlockung einer Enkeltochter jedoch war zu stark, und jetzt blieben sie und Nector manchmal tagelang in Matchimanito und verließen sich darauf, daß Nanapush ihnen berichtete, was in der Stadt passierte. Sie bildeten eine Art Clan, aus Stückchen von Altem wurde Neues geschaffen, ein wenig war man fromm nach der alten Art und ein wenig nach der neuen. Mit jedem Haushaltsmitglied, das sie mitschleppen konnte, besuchte Margaret die Messe. Sie band sich Lulu mit einem alten Schal vor die Brust und ließ das Kind das ganze Benediktus hindurch stillsitzen, ganz vorne, wo der Weihrauch seine Haut berührte, als bedürfe es der Läuterung.

Was auch der Fall war. Lulu war verzogen und stolz, kein bißchen bescheiden. Sie lachte über Pater Damien in seinen Röcken, über die Nonnen in ihren gestärkten, scharfkantigen Hauben. Sie schaute unseren Kirchenältesten interessiert, mit fixer Aufmerksamkeit ins Gesicht und kreischte über die komischen Augen, die sie machten. Alles reizte sie zum Lachen. Der Anblick ihrer eigenen Füße. Mein Gesicht.

Aber natürlich war ich seit Argus auch nicht hübscher geworden.

Im Gegenteil, ich wuchs zu schnell, war hoch aufgeschossen wie ein Heurechen, und mein Gesicht gewann keine mildernde Anmut. Meine Stirn wurde runzlig, weil ich die Augen vor dem Anblick bestimmter Dinge fest verschloß. Mein Kinn wurde stärker, und mein Mund versank darin. Meine Nase war lang. Gott hatte mich bei der Erschaffung übersehen, hatte mir keine Zeichen seiner Gunst geschenkt. Ich bestand nur aus Ecken und scharfen Kanten, ein Mädchen aus gebogenem Blech.

Der Frühling wurde von Tagen trockener und duftender Hitze überholt. Obwohl ich nie mit leeren Händen zum Matchimanitosee ging und immer eine kostbare kleine Neuigkeit für Margaret mitbrachte, kam ich etwa um jene Zeit zu der Überzeugung, daß die Kashpaws und Pillagers mich nicht gern um sich hatten. Nicht, daß sie je etwas in dieser Richtung gesagt hätten. Wenn Fleur nicht mit anderen Dingen beschäftigt war, die sie angeblich tun mußte, spielten wir bis spät in die Nacht Karten, wir vier um den Tisch, ich, Fleur, Eli und Margaret oder Nanapush, alle mit einer Tasse starken Kaffee neben dem Ellbogen, derweil das Kind in einer Decke schlief, die um zwei Seile geschlagen und festgenäht worden war. Die Seile hingen in Schlaufen zu Boden, so daß ihre Mutter, wenn Lulu sich rührte, sie wiegen konnte, indem sie den Fuß unterm Tisch hin- und herschwang.

Doch immer lag etwas in der Luft. Sie rückten nicht mit der Sprache heraus. Und Margaret hörte auf, mich an der Tür zu begrüßen, bot alte Essensreste an und buk erst einen neuen Laib, wenn ich schon ein oder zwei Stunden da war. Ich spürte die Frostigkeit noch mehr, als Fleur und Eli in meiner Gegenwart anfingen, fremd miteinander zu tun, als wäre ich hingegangen und hätte Lügen erzählt, irgendwelche Märchen darüber, wie sie sich aufführten.

Und trotzdem war für mich das, was zwischen ihnen war, deutlicher, als wenn sie sich berührt hätten. Ich konnte nicht zwischen den beiden durchgehen – so geladen war die Luft, von Funken und glühenden Nadeln erfüllt, siedend. Ihre Körper zogen einander an wie Eisenerz und Magnetstein und stießen mich ab, oder bauten sich, wenn ich hartnäckig Widerstand leistete, bedrohlich vor mir auf, zum Erschlagen nah. Von anderen habe ich gehört, daß Margaret erzählte, ich sei unstet geworden, würde ihnen nie in die Augen schauen. Aber in Wahrheit konnte ich sie nur Stück für Stück betrachten, niemals ganz, denn mir kam es immer vor, als schwollen und schrumpften sie im Wechselspiel. Seine Hände wurden riesig, wenn sie sich auf das Kartenspiel legten, seine Unterarme blähten sich, während ihre Taille sich als Antwort darauf zuzog und ihre Brüste sich spannten und schwer wurden. An manchen Tagen sah ich die Zeichen, die kleinen Kerben ihrer Zähne auf seinem Arm, die versengten Monde blauer Flecken an seiner Kehle. Oder ich spürte die Berührung, einen Geruch, eine Wärme, wie Sonne, die einen Nachmittag lang auf Haut herunterscheint. Morgens, bevor sie sich im Matchimanito wuschen, rochen sie wie die Tiere, wild und berauschend, und manchmal hinterließen ihre Finger in der Abenddämmerung Spuren wie Schnecken, glänzend und naß. Mir tat der Kopf davon weh. Eine Schwere breitete sich zwischen meinen Beinen aus und schmerzte. Meine Brustwarzen rieben sich wund und spitzten sich zu, und ein klaffendes Verlangen ergriff mich.

Ich glaubte, ich müsse heiraten, müsse einen Mann für mich finden. Ich dachte, der Grund dafür, daß ich unerwünscht war, sei mein Alleinsein. Also sah ich mich im Dorf um. Ich fiel auf. Nanapush, der allzu genau beobachtete und mich mit solcher Gier hänselte, bemerkte mich eines Tages im Kaufladen und machte Napoleon auf mich aufmerksam, der etwas Schlaues antwortete, irgendeinen Witz, und mir dann die Hand auf den Nakken legte, gleichgültig, als sei ich ein Stück Vieh von seinem Hof. Ich schüttelte mich frei, sah ihn danach aber in einem anderen Licht. Statt der angegrauten Haare und dem harten Mund bemerkte ich seine starken Hüften, die Breite seines Nackens.

Er trug einen gestutzten französischen Schnurrbart, und seine Lippen waren platt und dunkel. Wie sich herausstellte, hatte er noch mehr Haare auf der Brust, was mich anfangs erschreckte. Im Wald gab es ein altes Haus, jetzt verlassen und am Einstürzen, das früher einmal einer Frau mit zwei schwachsinnigen Töchtern gehört hatte. Eines Tages sagte er zu mir, ich sollte mich dort mit ihm treffen, und ich tat es. Es war ein heißer, schwüler Nachmittag. Wir sprachen nicht. Ich legte mich auf den Boden, und Stück für Stück zog er mir alles aus, was ich anhatte.

«Du bist dürr wie ein Kranich», sagte er; die einzigen Worte.

Ich war auch unbeholfen. Ich legte mich dicht an seinen ausgestreckten Körper, überragte ihn aber am Kopf und an den Füßen. Das Licht strömte zu harsch und hell durch die ungedichteten Balken. So ganz ohne Kleider sah ich, wie sich all meine Knochen an meiner Haut abzeichneten. Ich versuchte, die Augen zu schließen, konnte sie aber nicht zulassen, weil ich das Gefühl hatte, wenn ich seinem Blick nicht standhielt, könnte er mich betrachten, wie er wollte. So drückten wir uns mit weit offenen Augen aneinander und starrten uns feindselig an, aber dann machten wir es doch nicht. Aus irgendeinem Grund hörte er auf, nicht wegen etwas, was wir gesagt oder getan hatten, eher wie ein Hund, der ein geschmackloses Gift in seinem Fressen wittert. Wir lagen still da. Nichts bewegte sich, nur die Mäuse hinter den Wänden, die den ganzen Nachmittag hin und her huschten und dann die stickige Nacht hindurch, in der ich noch blieb, lange nachdem er ging, und mir eine ganz andere Szene zwischen uns beiden ausmalte.

In meiner Vorstellung paarten wir uns in blinder Dunkelheit, bewegten uns schneller als jeder Gedanke. Wir jaulten wie Katzen in einer Futterkrippe, tauchten und bockten wie Pferde in der Hitze. Ich schnappte ihn mit meinem Schnabel wie eine Maus mit winzigen Knöchelchen. Er mahlte mich zu Pulver und streute mich auf dem Boden aus. Und doch wachten wir, als der Morgen durch die leeren Fenster und Türen drang, unversehrt auf, heil, bereit für weitere Wonnen. Unsere wunden Münder glitten übereinanderhin und unsere Hände zu dem, was sie kannten. Und schon drang durch den Wald und über die Straße und den nächsten Hügel, als seien die Mäuse mit dem Klatsch ausgeschwärmt, das Gerede der Leute.

Was die Leute in Wirklichkeit redeten, war alles andere als das, was ich sie in meiner Phantasie sagen ließ. Sie lachten. Napoleon nahm sein Pferdegespann und zog nach Süden, wo er es, unten bei Sioux, an die Lehrer verkaufen wollte. Das hörte ich eines Abends von Clarence, als Bernadette draußen war, um die Wäsche von der Leine zu nehmen. Er sah mich nicht an dabei, sondern redete mit vollem Mund in seinen Teller.

Es schnitt ein, die halbe Minute, die seine Worte in der Luft hingen. Dann sagte ich mit kalter Stimme: «Der kommt wieder.»

Da drehte sich Clarence zu mir und setzte ein spöttisches Gesicht auf. Er war noch jung, aber er hatte Spaß an Skandalgeschichten; er verstand sich auf Zahlen wie seine Mutter, hatte ein großes frisches Gesicht mit regelmäßigen Zügen und einem roten Bogenmund. Mit Clarence hätte ich es probieren sollen, das sah ich jetzt, aber ich wußte auch, was er sah – die Bohnenstange von einer jungen Frau, die auch die anderen sahen, mit streng zurückgekämmtem Haar, das zu einem einzelnen Zopf geflochten war, die kleinen starrenden Augen, die nie zwinkerten. Ich hätte ihm erzählen können, daß ich geheime Mittel kenne, Napoleon an mich zu binden. Oder daß ich wisse, daß Napoleon nur so weit nach Süden reisen würde, wie ich die Leine, an der ich ihn hielt, locker ließ, und daß er, am würgenden, ruckenden Ende angekommen, schon heimkehren würde. Das hätte ich sagen können, aber ich war mir nicht einmal sicher, ob mir daran lag. Ich hatte das Gewicht von Napoleons Händen, ihre harten Innenflächen nicht gemocht. Es hatte mir nicht gefallen, mich selbst nackt, gerupft und gehäutet zu sehen. Ich hatte meine sehnliche Neugier schon befriedigt. Ich wußte jetzt, daß Männer und Frauen ihre Körper aneinanderrieben, schwitzten und schrien, weinten, die Hüften auf und nieder stießen und dann still wurden. Danach lagen sie da und schauten an die Wand und horchten, wie hinter den Balken unaufhörlich die Mäuse kratzten.

Die Monate vergingen und sammelten sich an, bis schließlich ein Jahr vorüber war, und weiterhin half ich Bernadette. Manchmal ging ich inzwischen schon allein los, und wenn ich kam, wußten nicht einmal die Alten mehr, daß ich noch Jungfrau war und keinen verstorbenen Ehemann hatte. Ich kam vor den Priestern, tauchte in meinen schwarzen Kleidern auf, und wenn die Leute mich jetzt die Straße entlanggehen sahen, überlegten sie schon, wer wohl vom Tod geholt wurde, ob Mann, Frau oder Kind. Ich war eine Hebamme, der sie mit Neugier, aber auch mit Furcht begegneten. Ich war ihr Schicksal. Irgendwo im Hinterkopf wußten sie, daß ihr Körper, den sie pflegten und putzten, den sie betrunken machten, dem sie Vergnügen gewährten und versagten, den sie fütterten, sooft es ging, und den sie erleichterten, daß dieser Körper, den sie so hingebungsvoll liebten, zu seiner Zeit auch zu mir kommen würde. Und trotzdem war ich in meinen schwarzen Kleidern für manche noch unsichtbarer als zuvor, und jetzt zeichnete sich das Bild meines Lebens deutlich genug ab. Der Tod würde ebenso achtlos an mir vorbeigehen wie die Männer, und ich würde ein langes unerbittliches Leben führen.

Das, was Napoleon mir zu zeigen begonnen hatte, fehlte mir besonders, wenn ich das Haus der Pillagers besuchte. Trotzdem blieb ich nicht fern. Ich ging hin in der Hoffnung, daß Eli mit Fleur zusammen wäre. Jetzt, wo ich verstand, was sich zwischen Mann und Frau abspielte, jetzt, wo ich wußte, daß ich es nicht erleben würde, versuchte ich, mir wenigstens die Hände an dem Feuer zwischen ihnen zu wärmen.

Und von dort war es nur ein winziger Schritt zur Eifersucht.

Eines Tages hatten wir die Tür schon weit aufgemacht und die neu gekauften Fenster aus Ölpapier herausgenommen, und trotzdem herrschte in der Hütte noch drückende Spätsommerhitze. Drum zogen wir den Tisch nach draußen und spielten auf dem festgestampften Lehmhof ein paar Runden Binokel. Margaret hatte eine räudige Hündin, die gerade gejungt hatte und von blinden, sich anklammernden Jungen zu Boden gezogen wurde: Ihr einziger Instinkt war es, sich saugend festzuhalten. Die kleine Lulu spielte bei der Tür mit Erbsen und Eicheln. Eli kam in den Hof, klatschte drei Fische auf ein Brett, schlitzte sie auf, um sie auszunehmen, und warf die Innereien den schnappenden Hunden hin.

Fleur hatte die Stirn gerunzelt, überlegte, war dabei, mich wieder einmal bei irgendeinem Spiel zu besiegen. Sie warf die Karten hin.

«Macht keinen Spaß», sagte sie. Die Worte rieselten ihr aus dem Mund. «Die Dreckschleuder ist mit Gedanken woanders.»

Fleur unterschätzte mich, sie hielt so wenig von mir, daß mir fast war, als verachte sie mich. Seit der Nacht, in der sie mich auf den Armen ins Bett getragen, mich zwischen die Hauptbücher und Schnurballen gelegt hatte, war ich für sie nur noch ein Stück Wand. Alle Aufmerksamkeit, die neben Eli abfiel, widmete sie ihrem Kind. Sie brachte Lulu zu schnell zu viele Wörter bei, so daß das kleine Mädchen ein nicht enden wollendes, nervendes Gesinge und Gerede von sich gab, das die anderen nachsichtig belachten. Und wie sie sie anzogen! Sogar jetzt trug Lulu, obwohl sie im Dreck spielte, winzige rote Armkettchen und mit einem Blumenmuster bestickte Mokassins aus Rehleder. Ihr leuchtendgrünes Kleidchen war um den Bauch mit einem Ledergürtel zusammengehalten, und ihr glänzendes Haar war fest geflochten. Als Fleur sie hochhob, nahm Lulu die Hüften ihrer Mutter zwischen die Knie und klammerte sich fest. Sie nahm einen Blusenknopf zwischen die Finger und ließ sich von Fleur schaukeln. Ich wandte mich ab. Ich spürte die Fremdheit, die sich zwischen uns ausbreitete, wie kaltes Wasser durch einen gebrochenen Damm, und gleichzeitig fühlte ich mich von Elis Hitze angezogen, von der Wärme, die von ihm ausging, während er ganz in seine kleine Aufgabe vertieft war. Er legte die Fische in einen Topf mit Wasser, wischte sich die Hände am Gras ab und brachte im Hof ein Kochfeuer in Gang.

Ich ging ihm helfen. Anfangs war er nur der Mann gewesen, den Fleur um sich hatte, eben ein Cousin von mir. Dann war es, als sei ein Vorhang aus Wasser gefallen. Ich sah plötzlich die geschmeidige Kraft seiner Hüften, dann seine Taille, die starke Brust, die drahtigen Arme und die Höhlung seiner Kehle, den schwarzen, schwingenden Zopf. Ich sah seine dichten Augenbrauen, die flache, kräftige Nase, die aufgeworfenen Lippen. Seine Jugend.

An der Art, wie er sich bewegte, konnte ich ablesen, wie es in seinen Armen sein mußte. Er widmete sich jeder Beschäftigung voll. Ging darin auf. Genauso würde er sich auch auf mich konzentrieren. Und da dachte ich, als er den Blick hob und sah, daß ich ihn anschaute, daß er es wüßte. Denn er verharrte einen Herzschlag zu lang.

Und hier geschah es auch, während Fleur und Lulu im Haus waren, um Mehl zu holen, daß ich die Hand ausstreckte und sie an ihm heruntergleiten ließ. Meine Knöchel streiften ein Stückchen seiner Haut. Darauf hielt er meine Hand in seiner fest. Einen Augenblick lang dachte ich mit wilder Sicherheit, daß er meine Finger an seine Lippen drücken würde. Aber er betrachtete meine Hand nur mit Neugier, ohne Absicht, und dann warf er sie zurück, wie einen Fisch, der zu klein zum Essen ist.

Und so wandte ich mich von ihm ab und begehrte ihn gleichzeitig, voller Haß.

Ich schlief wieder in dem großen Bett mit Bernadettes Töchtern, weil ich seit Mary Pepewas' Tod nie mehr aufwachte, um mich trat oder ihnen blaue Flecken beibrachte. Aber dann hatte ich eines Nachts einen Traum. Eli war nahe, atmete, heiser vor Begierde, doch hielt er sich zurück. Sein Haar fiel lose herunter und streifte über mein Kopfkissen, als er das Gesicht senkte. Ich bäumte mich auf, ihm entgegen, schwang mich weit hoch und bekam ihn doch nicht zu fassen, nicht ganz. Ich wachte auf, und neben mir schliefen die Mädchen – Philomena gerade zehn und Sophie, die mit ihren vierzehn Jahren jünger war als ich. Sophie kuschelte sich näher heran. Ihr Haar lag ausgebreitet über dem Kopfkissen und klebte zwischen meinen Lippen. In dieser Nacht lag ich lange wach und betrachtete sie beim Schlafen. Sie war ein hübsches Mädchen, mit braunem Haar und braunen Augen, einem weichen roten Mund und einem unverbrauchten Körper, der nicht dick wurde, und mit Zähnen, die nicht faulten, egal, wie viele Tüten Bonbons sie aß, heimlich, nachts unter unserer Bettdecke.

Ich fing an, Sophie auch während des Tages zu beobachten.

Im Laden von DuCharme bekam sie jedesmal, wenn wir in die Stadt gingen, Bonbons geschenkt. Sophie vergrub die gestreifte Tüte in ihrer Rocktasche und verteilte die sauren Drops und Kaugummis sparsam Stück für kostbares Stück. Ihre Beine waren schlank und lang wie die eines Füllens, ihr Körper schon der einer Frau. Die Lippen waren fast zu voll und zu rot, aber trotzdem war sie hübscher, als bisher irgendwer bemerkt hatte, außer DuCharme. Als ich später, eines anderen Nachts, nach Atem ringend und erhitzt von Eli aufwachte, hörte ich, wie ihre Zähne die gestreifte Kruste der Pfefferminzbonbons aufknackten, hörte, wie sie an dem schaumigen Innern saugte, roch den wilden Sassafras- und Lakritzegeruch, den sie ausatmete. Die Süße ihres Atems war durchdringend, und ihre Glieder, die an meinen vorbeistreiften, regten sich in unbewußtem Vergnügen an dem Geschmack in ihrem Mund. Ich war älter, trank meinen

Kaffee schwarz, schnitt ihr Haare und Zehennägel, denn sie war faul. Ich war die Nenntante und viel zu ernst für Pfennigbonbons. Aber als ich mir ihren schlanken braunen Körper vorstellte, der in dem Baumwollnachthemd, das ich ihr genäht hatte, ausgestreckt neben mir lag, fiel mir ein, was ich tun würde.

Während das Dämmerlicht uns beide einhüllte, spürte ich fast, wie es sein mußte, in Sophies Gestalt zu stecken, anstatt in die meine gezwängt zu sein, wie es war, wenn man sich nicht in Wände auflöste, sondern sorglos war und eben flügge geworden, wenn man die hungrigen Blicke von Männern zurückwarf wie die Oberfläche eines Teichs, der den Himmel reflektiert, so daß man nie den seichten Grund sieht. Wegen dieser Gedanken, an den Teich und an die Männer, ging ich ein paar Tage später zum Händler und kaufte den blauen Stoff. Ich bezahlte ihn mit Münzen, die die Augen einer toten Frau verschlossen hatten. Ich nähte dem Mädchen das Kleid praktisch auf den Leib. Sie hielt sich krumm, ihr Haar war wirr, Schmutzkrusten klebten an ihren Schenkeln und Ellbogen, und sie strömte einen Geruch aus wie Entenfedern, ölig und gewitzt. Ihre bloßen Füße rieben schlurfend über die Dielenbretter, aber ihre Augen zeigten Interesse. Sie freute sich an der Farbe des geblümten Kattuns, daran, wie er ihr über der Brust und den Hüften spannte, weil ich ihn dort so eng nähte, daß man ihre Brustwarzen sah, wenn sie sich zusammenzogen.

Bernadette wären meine plötzlichen Aufmerksamkeiten für ihre Tochter vielleicht aufgefallen, aber sie war damit beschäftigt, die Farm zu verwalten und Napoleon im Zaum zu halten. Er war zurückgekommen, und sie war mißtrauisch. An einem kühlen Morgen, der laut war von den Schreien von Vögeln, kam sie um die Scheunenecke und sah, wie er mich mit den Armen an die Wand sperrte. Weil sie dort stand, schob ich ihn von mir. Ich sah den Blick voller Überraschung und dann Bestätigung in ihren Augen und wußte, daß kein Wort von mir ihre Schlußfolgerungen verhindern konnte. Deshalb wechselte ich das Thema und gab ihren Gedanken eine andere Richtung. Ich schlug vor, einen weiteren Mann zum Helfen bei der Heuernte einzustellen. Ich gab Gründe an und erwähnte Eli Kashpaw. Sie war eine praktische Frau und wußte die kluge Idee zu schätzen. Ich sagte, ich böte mich an, ihn zu holen.

Am nächsten Tag war es frisch, die Blätter rollten sich trocken an den Rändern, und eine kaum merkliche Kühle hing in den Schatten, bevor die Hitze sich niedersenkte. Fleur saß auf einem Stein am See, von ihrem eleganten schwarzen Schirm beschattet. Sie drehte ihn träumerisch hin und her. Ihr Rock breitete sich aus wie eine Falle für Fische. Lulu stolperte am Ufer entlang, suchte Steine und warf sie nach den Wellen. Keine Mutter außer Fleur hätte es gewagt, ihre Tochter an den See dieses Ungeheuers mitzunehmen.

«Eli ist im Wald», sagte Fleur unvermittelt, als ich herankam.

Daran erkannte ich, daß sie mehr sah, als ich dachte, und ich tastete mich mit Bedacht vor.

«Bei den Morrisseys drüben gibt's Tagelöhnerarbeit», sagte ich. «Heumachen.»

Fleur zog ein Stückchen Trockenfleisch aus der Tasche und steckte es sich zwischen die Zähne.

«Da, wo du wohnst.» Ihre Stimme spannte sich ironisch.

Er mußte es ihr erzählt haben. Sie mußten über meine irrenden Hände kräftig gelacht haben.

«Ich werd auf ihn aufpassen», sagte ich. «Manchmal nehmen diese Morrisseys es nicht so genau, wenn's an die Abrechnung geht. Man muß ihnen auf die Finger schauen.»

Fleurs Gesichtsausdruck wurde schärfer, weil sie merkte, daß an mir mehr dran war, als sie wahrhaben wollte.

«Ich sag es ihm», entschied sie schließlich. Ihr Gesicht war voller scharfer Klingen.

Sie prüfte, sie überlegte, sie würde sich einen Spaß machen. Ich wußte, daß sie es ihm sagen würde. Und ich hatte recht, denn es waren kaum zwei Tage vergangen, bis er im Haus der Morrisseys auftauchte. Inzwischen hatte ich Kerzen und Bänder eingetauscht für das, was ich von Moses brauchte, der auch den Traumfänger gemacht hatte. Er gab mir das Beutelchen mit dem Zauberpulver, dann sah er mir scharf in die Augen und zwang mich, ihm zu sagen, wen ich einfangen wollte. Er entlockte mir Elis geflüsterten Namen, was bei ihm große Heiterkeit auslöste, aber dann verzog sich sein Gesicht. Ich rannte los, bevor er aufheulte, und Fleur fiel mir ein. Sicherlich würde ihr merkwürdiger Vetter ihr meine Pläne verraten, aber jetzt war es schon zu spät. Ich konnte mich nicht mehr bremsen. Das Pulver, das Moses zusammengemischt hatte, bestand aus feingeriebenen Wurzeln, Kranichschnabel, noch etwas anderem und Stückchen von Sophies Fingernägeln. Und das alles würde ich in Elis Mittagessen mischen.

Vom ersten Tag an wußte ich, daß das, was ich plante, möglich war. Ich war auf dem Hof, als Eli am späten Nachmittag über die Felder hereinkam. Ich wartete auf dem Amboß im Schatten des Hauses, und Sophie stand draußen und trank gerade aus dem Trog des Windmühlenbrunnens. Sie beugte sich über das Wasser und schlürfte es wie eine Kuh. Der Baumwollstoff klebte an ihrem Rücken, dort, wo sie schwitzte. Ihre Taille war zierlich und ihr Nacken – rot verbrannt an der Stelle, wo ich ihr die Haare aufgesteckt hatte – war schlank wie ein Riedgras. Eli schaute ihr zu. Als sie sich umdrehte, sich den Mund am Arm abwischte, die Hände trockenschüttelte, kam er her. Er fragte, ob er einen Schluck zu trinken haben könnte. Da nahm Sophie den Blechbecher vom Drahthaken und hielt ihn unter den tröpfelnden Strahl, der hart herausschoß, wenn der Wind wehte, aber an Tagen wie diesem – wenn es heiß und still war und die Luft schwer vom Licht – fast versiegte.

Sophie sah zu, während er einen vorsichtigen Schluck nahm, die Augen ruhig über den Becherrand gerichtet; dann kippte er sich den Rest des Wassers über die Brust und fragte, ob er sich waschen dürfe. Sophie nickte und trat beiseite. Eli wischte die ertrunkenen Motten und Grashüpfer beiseite, steckte den Kopf rasch ins Wasser und zog ihn wieder heraus. Er schöpfte sich Wasser über Wangenknochen und Hals und trocknete sich das Gesicht mit einem Taschentuch ab. Er warf Sophie einen langen Blick zu, unter dem sie sich mit verwischtem und glühendem Gesicht abwandte. Sie schaute zu, wie ihre eigenen Finger ein Unkraut zerpflückten, dann warf sie es plötzlich zu Boden und lief weg, daß ihre nackten, schmutzigen Fersen flogen.

Eli starrte hinter ihr her und schaute durch mich hindurch, die ich reglos und dunkel wie der eiserne Keil, auf dem ich saß, an meinem kühlen Ort verharrte. Er konnte im Schatten nichts erkennen. Seine Augen zuckten nicht einmal. Ich stand auf, nachdem er fort war, und ging Sophie nach zur Tür hinein. Ich setzte ihr Ideen in den

Kopf, erzählte ihr, wie Eli sie angeschaut und was ich gesehen hätte. Dieser Teil war fast zu einfach, er kostete keine Überlegung, keine Mühe. Sie war hirnlos wie ein neugeborenes Kalb.

Dabei hatte Sophie natürliche Fähigkeiten, an die ich nicht im entferntesten herankam. Am späten Morgen der folgenden Tage kam sie auf die Idee, ihm Wasser mit Ingwergeschmack zu bringen, oder eine Limonade, die sie aus Zucker und Zitronensäure braute. Sie blieb ein Weilchen draußen, kitzelte sich mit Grashalmen an den Armen und sang, bis Clarence sie zurück zum Haus schickte. Jeden Tag buk ich eine winzige Prise des Zauberpulvers in Elis Gerstenkuchen. Damit sollte der Samen des Verlangens gesät werden. Dann ermunterte ich Sophie dazu, mit eigener Hand das restliche Essen zu richten, Brot, das sie zu dick aufschnitt, zähes, fettes Fleisch, süßen Kuchen, den ihr Messer ungeschickt plattdrückte. Sie sparte ihre Süßigkeiten für ihn auf, bot ihm mit Staubflusen verklebte Zimtstangen an, Bonbons, die sie in ihrer Bluse oder in der Rocktasche trug. Er nahm sie. Ihr Vorrat schrumpfte. Napoleon zog sie damit auf, daß Eli sie nicht aus den Augen ließ, und Clarence schwor, ihn umzubringen, falls er die Hand hinlegte, wo er nicht sollte. Ich war hoch befriedigt. Nachts hörte ich, wie Sophies Kiefer die letzten paar Pfefferminzbonbons zermalmten, hörte ihr entschlossenes Kauen. Sie war soweit, als der Tag kam.

Nur wir drei waren auf der Farm, Sophie, Eli und ich. Bernadette hatte die Jüngste mit in die Stadt genommen, und Clarence und Napoleon halfen einem Vetter irgendein Erntewerkzeug reparieren, während Eli eine letzte Ladung Heu auflud. Ich ließ mir von Sophie beim Bakken helfen. Berge von Teig, gesüßter und Sauerteig, füllten unsere Schüsseln. In die erste Portion, die für Eli, knetete ich das letzte bißchen Pulver. Wir ließen die Laibe unter Handtüchern gehen und drückten sie dann mit der Faust flach. Sophie schaute aus der Tür, wobei sie sich an der Flanke kratzte, und benützte widerwillig den Kamm, den ich ihr in die Hand gab.

«Da ist er!» sagte sie und deutete mit dem Finger. Aber ich schaute nicht hin. Ich schob sein zweimal gegangenes Brot in den Backofen. Ich sah ihn vor meinem inneren Auge, sein abgetragenes blaues Hemd und seinen Gürtel, seine Arbeitshose, die an den Knien und am Hintern glattgewetzt war, den glänzenden Flecken Haar, das angestrengte Zustechen und Hochschwingen der Gabel, wenn ein Mann in der Ferne Heu aufschobert. Er brauchte die Backzeit eines Schubs Brot, um sich bis zum Sumpf hinüberzuarbeiten, dem tiefen, der das ganze Jahr über feucht blieb. Dort, wo es kühl war, hielt er inne. Ich kippte das gebackene Brot aus der Form. Die Kruste war noch kaum hart geworden, als Sophie den Wasserkrug füllte, ein Stück Butter griff, den Laib in die Armbeuge nahm und türenknallend hinauslief.

Auch ich ging nach draußen. Ich stahl mich in den Wald und schlug den versteckten Pfad außen um das Feld herum ein, den Pfad, der direkt zu dem Sumpf führte. Ich verbarg mich an einer Stelle, wo die Büsche sich lichteten, spähte hinaus und sah beide auf der Erde vor dem neuen Heuhaufen, den Eli neben dem alten aufsetzte, an dem die Kühe unten herum alles abgefressen hatten, bis er wie ein riesiger Pilz aussah. Eli saß mit gekreuzten Beinen da. Er hatte das Brot im Mund. Ihre Hand lag auf der Erde zwischen ihnen. Ich sah, wie Sophie einen Halm Bartgras pflückte und ihm damit den Arm hinaufstrich. Er lächelte sie an, strich mit seinem Jagdmesser

Butter auf den Rest des Brotes und kaute. Er trank aus dem Krug, schlug in der Luft eine Fliege tot und lehnte sich auf die Ellbogen zurück. Und dann duckte ich mich tiefer in meine Laubhöhle, wandte alle meine Gedanken dem Mädchen zu, versetzte mich in sie hinein und ließ sie tun, was ihr allein nie im Traum hätte einfallen können. Ich stellte sie in das gebrochene Stroh, und sie machte einen Schritt über Eli weg, so daß je ein Bein neben seinen Schultern stand. Und als sie so dastand, hob sie langsam den Rock.

Darunter war sie nackt, wie immer, wenn es heiß war. Sie bückte sich und drückte dann ihr entblößtes Selbst auf seine Brust. Er fuhr sich mit der Zunge über die Lippen und schüttelte den Kopf, wie um ihn freizubekommen. Eine dünne Panik durchschoß mich. Ich dachte, Moses hätte versagt. Aber da nahm Sophie ein letztes Stückchen weicher, gaumenroter Lakritze aus ihrem Mund und drückte es ihm zwischen die Lippen. Er schob die Hände über ihre Schenkel, unter die aufgeplusterte Woge ihres Rockes. Sie erschauerte, und ich grub die Finger in die zähen Klauen des Giftsumach, in die Grasnarbe des Waldes, umklammerte Rinde und ließ mich nach hinten, in Sophies Lust sinken.

Er hob sie hoch und trug sie zum Wasser. Sie stand wie angewurzelt da, benommen, nicht wach genug, ihr Kleid abzustreifen. Er stieg ins Wasser, schälte sich die Kleider vom Leib und warf sie ans Ufer. Sie wartete im seichten Schlamm, dann watete sie gehorsam hinein. Sie fielen übereinander her. Er ließ seinen Mund über ihr Gesicht wandern, biß sie durch den Stoff in die Schulter, zog ihr an den hellbraunen Haarsträhnen den Kopf nach hinten und leckte ihren Hals. Er zog ihre Hüften zu sich her, und ihr Rock trieb auf dem Wasser wie eine Blume. Sophie erbebte, ihre Augen verdrehten sich ins Weiße. Sie schrie laut den Namen Gottes, und Blut trat auf ihre Lippe. Dann begann sie zu lachen.

Und ich, verloren in wildem Dickicht, fing ebenfalls zu lachen an, als sie begannen, sich zu schaukeln und zu wiegen. Sie blieben unermüdlich dabei. Sie durften nicht aufhören. Sie hätten ertrinken können, noch immer in Bewegung, vor Erschöpfung Wasser schlucken. Ich trieb Eli zum Höhepunkt und raubte ihm dann seine Erleichterung und ließ ihn noch einmal beginnen. Ich weiß nicht, wie lange, wie viele Stunden. Ihre Körper wuchsen zusammen, und die Haut hing lose um sie. Brust und Beine runzelten sich wie bei Kröten, ihre Gesichter schwollen an, ihre Augen blähten sich, aber hörten nicht auf, sich zu bewegen. Ich kannte kein Erbarmen. Sie waren mechanische Apparate, Spielzeuge, Puppen, die über ihre Grenzen aufgezogen waren.

Endlich ließ ich sie innehalten, wann und wie weiß ich nicht. Die Sonne stand tief, und über dem Hügel tauchten die winzigen Schatten der Männer auf. Wie von Marionettenfäden abgeschnitten schleppte Eli sich zum Ufer, drückte sich die Hose vor den Bauch, arbeitete sich durch das Schilf und taumelte so dicht an mir vorbei, daß ich ihn hätte anfassen können, und weiter zwischen die dunkleren Bäume.

Allein gelassen stolperte Sophie jetzt zur Seite, fand das Gleichgewicht wieder und stand dann triefend da, ein Kind. Sie spähte in das Riedgras, das sich hinter ihm geschlossen hatte, und rief seinen Namen. Ich antwortete.

«Du wirst eine Tracht Prügel kriegen», schrie ich. «Mach, daß du ins Haus kommst!»

Aber sie sank in dem sauren Schlamm auf die Knie,

ließ den Unterkiefer hängen und wurde so schlaff, daß ich sie widerspenstig und konfus über die Felder schleppen mußte.

Am Abend brühte ich Wasser für das Bad des Mädchens und goß es zum kalten dazu. Ich pellte ihr die Kleider ab, zeigte Bernadette, wo sie geblutet hatte, wo das Kleid zerrissen war. Ich teilte ihr meinen Verdacht mit – ich gab vor, nur zu vermuten –, aber Sophie selbst überzeugte Bernadette davon, daß meine Worte wahr waren. Das Mädchen brütete vor sich hin, gefaßter als sie je zuvor gewesen war, mit Lippen, die heiß und dick vom Küssen waren, gab aber kein Wort von sich. Sie hielt den Blick auf den Boden gerichtet und weigerte sich, uns anzusehen und zu sprechen. Clarence hatte seine Flinte geladen, und jetzt stritt er sich mit Bernadette herum, ob er Eli einen Besuch abstatten sollte oder nicht. Er konnte nicht beurteilen, ob etwas passiert war. Nur die Tante, Pauline Kashpaw, kannte die Wahrheit und hockte auf ihr.

Ich blieb in meinem Stuhl sitzen und putzte reife Stachelbeeren, bis meine Finger und dann die ganzen Hände dunkel und fleckig waren. Bis Sophie stumm ins Bett ging, bis Clarence zu zanken aufhörte, die Flinte wegstellte und einschlief. Ich blieb an meinem Platz, ließ die Lampe herunterbrennen und zwickte weiter die Enden von den Beeren, die die Bijius uns verkauft hatten.

Es tat nur wenig zur Sache, was die Morrisseys dachten oder zu welchem Schluß sie kamen. Ich wußte, was ich getan hatte. Und während die Nacht verging, drang Furcht in meine Gedanken. Ich war zu weit gegangen. Der letzte Teil, als ich sie nicht hatte aufhören lassen, als ich meine Macht erprobt hatte, mußte mich verraten haben. Eli würde es wissen, aber das machte nichts. Es war nicht wie damals, als er meine Hand zurückgeworfen hatte. Er konnte nicht mit Fleur darüber lachen, ohne seine Untat preiszugeben. Viel mehr Gedanken machte ich mir über Sophie, die so still geworden war, in deren Gesicht sich etwas wie ein Gedanke formte.

Ich grübelte über die Lage der Dinge, bis die Lampe heruntergebrannt war, und auch dann rührte ich mich nicht. In der Dunkelheit fiel mir schließlich ein, was ich tun konnte. Ich mußte wohl ein Weilchen eingeschlafen sein, nachdem ich die Antwort gefunden hatte, denn als das Licht grau wurde und die Sonne durch die Bäume brach, schreckte ich auf meinem Stuhl hoch, und die Beeren kullerten mir über die Füße.

Später am Tag bekam ich Bernadette allein zu fassen. Wir hängten an Drähten, die zwischen den kleinen Krüppeleichen gespannt waren, Wäsche auf.

«Ich habe die beiden gesehen», sagte ich zu ihr. «Es war mehr als ein Verdacht, aber ich wollte nicht petzen.»

«Setz dich hin», sagte sie mit ernstem und strengem Gesicht. Als wir uns zwischen den trocknenden Hemden auf die Steine setzten, drehte sie sich rasch nach allen Seiten, um sicherzugehen, daß keiner hörte, was wir redeten.

«Ich bin ihr nachgegangen, weil ich Angst hatte, daß was passieren könnte, aber es war zu spät. Sie hat den ersten Schritt gemacht.» Ich wandte wie vor Scham das Gesicht ab. «Dann habe ich mich versteckt. Ich habe vom Wald aus gerufen. Da riß sich Eli dann los und lief fort.»

«So», sagte Bernadette. Ihr Gesicht wurde noch härter. Sie erhob sich und ging ins Haus. Ich hörte, wie sie mit einem Ledergürtel auf Sophie einschlug, und ich spürte es genauso, wie ich an dem Sumpfloch ihre Lust in mich gesogen hatte, genauso, wie ich alles gespürt hatte, was Fleur geschehen war. Ich lief hinter Bernadette nach drinnen, und als sie mit dem Arm ausholte, im Begriff, ihn erneut auf Sophies brennenden Rücken heruntersausen zu lassen, hielt ich sie am Ellbogen fest und sagte: «Hab Erbarmen!» Der Lederriemen fiel zu Boden. Bernadette stolperte auf ihre Tochter zu und fing an zu weinen, aber das Mädchen blieb ungerührt. Sie schien über Nacht eine neue Fähigkeit erworben zu haben. Ein Begreifen – das war es vielleicht am ehesten, denn sie sah mich an, und ihre braunen Augen waren über der Schulter ihrer Mutter ganz klar.

«Wenn hier jemand Erbarmen braucht, dann du», sagte sie, «du knochige Todeshure.»

Was nun wieder Bernadette so erregte, daß sie zu weinen aufhörte und in solchen Grimm über Sophie geriet, daß sie sich an ihrer eigenen Spucke verschluckte, durchdringend schrie und nach Sonnenstäubchen in der Luft schlug. Ich mußte sie beruhigen, versichern, sie habe sich verhört und sie solle einen Schluck heiße Milch trinken. Aber sie wollte sich nicht beschwichtigen lassen und kam noch in derselben Stunde auf genau die Lösung, die ich erhofft hatte. Sie beschloß, Sophie weit fortzuschicken, nach Grand Forks, wo eine strenge Tante lebte, fromm und kinderlos, direkt neben einer Kirche.

Gleich am nächsten Tag schrieb Bernadette einen Brief und ging zu Fuß in die Stadt, um ihn dem Regierungsvertreter zu übergeben. Sie kam mit einem leeren Koffer aus geblümtem Karton auf der Schulter zurück. Dieser war für Sophies Siebensachen – die beiden Nachthemden, die ich wusch, trocknete und bügelte, das Haarband und die guten Schuhe, das andere Kleid, das sie außer dem blauen

Baumwollkleid besaß, einen Kamm und ihre Stöckchenpuppe. All das wurde in den Koffer gepackt, und Sophie sah zu, geistesabwesend und verstockt, als hätte all das nichts mit ihr zu tun. Auch am Tag ihrer Abreise, an dem das Wetter kalt und schlechter war, verabschiedete sie sich weder, noch nahm sie sonst Notiz von uns, als Napoleon sie auf den Vordersitz des Pferdewagens hob. Auch schien es ihr gleichgültig, ob der geblümte Koffer mitkam, der sorgfältig zwischen der Holzladung verstaut war, die Napoleon verkaufen wollte. Sie schüttelte die Decke ab, die ich ihr um die Schultern legte, und blickte unverwandt geradeaus, als der Wagen auf die Straße schlingerte.

Sie wirkte so versteinert und benommen, daß wir nie geahnt hätten, wie sie uns alle, zehn Minuten vom Haus entfernt, zum Narren halten würde, indem sie vom Wagen sprang.

Sophie landete zwar noch auf Reservatsgebiet, aber durchaus nicht in der Nähe der Abzweigung zum Matchimanito. Wie konnten wir ahnen, daß sie quer durch den Wald stracks zu den Pillagers laufen würde? Ich habe gesagt, sie hielt uns zum Narren, doch nicht absichtlich, denn es waren Fleurs Absichten, auf die das Mädchen zustürmte, durch Himbeerdornen und Laubgewirr, sich der Schmerzen nicht bewußt und hilflos, gegen ihren Willen dorthin gezogen.

Napoleon war so angewidert, daß er nicht nach Hause umkehrte, sondern einfach in die Stadt fuhr und das Holz für Schnaps verkaufte. So hatte ich keine Ahnung von Sophies Flucht, bis zum nächsten Tag, als ich früh aufbrach und zu Fuß die fünf Meilen zum Matchimanito ging. Kaum daß ich auf die Lichtung um Fleurs Hütte trat, sah ich Sophie.

Sie kniete im Hof, steif wie ein Soldat, die Hände zu einem Kirchturm gefaltet, und hatte das blaue Kattunkleid an. Sie starrte auf Fleurs Tür und wandte kein Auge davon. Ich näherte mich ihr vorsichtig, wedelte mit der Hand vor ihrem Gesicht hin und her, rief sie beim Namen, aber sie blieb stumm. Ich beugte mich über sie und puffte sie endlich vor Verzweiflung in die Seite.

«Das ist sinnlos», sagte Fleur. Sie war geräuschlos herangekommen. Sie lächelte mich gleichmäßig und hungrig an, mit blitzenden Zähnen, und wieder sah ich die Wölfin, die die Männer unten in Argus kennengelernt hatten, diejenige, die lachte und sich ihr gesamtes Geld ins Kleid stopfte.

Ich hatte mir jedoch den Rücken gestärkt, indem ich nicht die ganze Verantwortung für das, was geschehen war, auf mich nahm.

Gewiß, Sophie war unschuldig. Aber genauso gewiß fand der Teufel in ihr auch ein leeres Gefäß, faul und vollgestopft mit Gier nach kleinen Lüsten.

«Eli ist an den Fallen zugange», sagte Fleur. Sie betrachtete lange und nachdenklich mein Gesicht. «Obwohl der Pelz erst im Spätherbst was taugt.»

Ihr starker Hals war bloß. Sie trug eine rote Bluse und einen langen, weiten schwarzen Rock, und ihr Haar war fest zusammengerollt um ihren Hinterkopf geschlungen.

Ich sah ihr in die Augen. Das Gewicht meiner Gefahr gab mir Mut.

«Das letzte Mal, als ich Eli gesehen habe, ist er mit der Hose in den Händen durch den Wald gelaufen.» Ich deutete mit dem Kinn. «Fort von ihr.»

Das Lächeln auf Fleurs Gesicht wurde so breit und blendend, daß ich blinzeln mußte, auch wenn ich nicht glaube, was die alten Männer sagen. Ich glaube nicht, daß die Pillagers einem so leicht etwas anhaben können.

«Er versteckt sich vor dir wie ein Hund», rief ich. Das Körnchen Wahrheit in allem, was ich sagte, bewahrte meine Stimme vor dem Überschnappen.

Ich deutete auf Sophie, die sich immer noch nicht gerührt hatte, die stocksteif da kniete. Mein Mund öffnete sich, aber die Worte versagten mir. Die Tür zur Hütte ging auf, und Margaret trat mit einer Schüssel, Brot und einem Löffel heraus. Sie bückte sich und versuchte, Sophie ein wenig Fleischbrühe in den Mund zu flößen. Aber das Mädchen preßte die Kiefer zusammen, ohne ihren Gesichtsausdruck zu verändern.

«Stell's hin», sagte Fleur.

Margaret stellte die Schüssel hin, und wir gingen ins Haus. Fleur lief hin und her und schichtete, einzeln und demonstrativ, Zweige für ein Feuer zum Kochen aufeinander. Margaret arbeitete schweigend an einem perlenbestickten Tabakbeutel, bis das Licht düster wurde. Einige Zeit nachdem die Lampe angezündet war, hörten wir oder spürten vielmehr, wie Sophie umfiel.

«Holen wir sie doch rein», schlug Margaret vor.

Aber Fleur sagte: «Legt ihr eine Decke über.» Ich ging also hinaus und wickelte eine Decke um Sophies zusammengesunkene Gestalt, und dann gingen wir alle zu Bett. Aber ich war wieder von der alten Schlaflosigkeit befallen. Ich drehte und wälzte mich in meinen Decken auf dem Boden beim Herd und zwang meine Gedanken auf dem Problem hin und her wie eine Säge, bis ich schließlich alles in Stücken hatte und begriff, daß ich es nicht wieder zusammensetzen konnte.

Am nächsten Morgen lag Sophie wieder auf den Knien, den Kopf nach hinten geworfen, die Arme steif an den Seiten und die Fäuste geballt. Das Haar wehte ihr in der windigen Morgendämmerung wie ein Kranz um den Kopf. Die Suppenschüssel war umgekippt, der Inhalt verschwunden, von ihr oder den Hunden aufgegessen. Auch einige Minuten später, als ein heftiger Regen heruntergoß, rührte sie sich nicht. Margaret stapfte noch einmal nach draußen und brummelte dabei vorwurfsvoll vor sich hin. Sie schrie nach Fleur, aber es kam keine Antwort. Dann rief sie mich. Ich wäre hingegangen, um ihr zu helfen, nur hielt Fleurs Blick mich davon ab. Die alte Frau fällte mit dem Beil vier Pfähle und rammte sie in die weiche Erde um das Mädchen. Darüber zog sie ein Öltuch und baute so einen kleinen, rohen durchhängenden Unterschlupf um Sophie, die naß und jämmerlich und unbeweglich darunterkniete.

«Herzlos!» rief Margaret ärgerlich, als sie zur Tür hereinkam. Ich schaute weg. Aber Fleur sagte zu ihr: «Ich habe meine Gründe, wirst schon sehen.»

Der Tag ging langsam dahin, und Sophie rührte sich nicht, nicht einmal, als Eli in den Hof trat, mit sechs Enten an einer Schnur.

Ich schaute aus der Tür, als es geschah. Er schenkte mir natürlich keinerlei Beachtung, sondern blieb vor Sophie stehen. Er stand eine ganze Weile da. Dann pumpte er sich mit falscher Tapferkeit voll. Man sah ihm richtig an, wie er das machte. Er schob die Hüfte vor, zählte die ansehnlichen Enten, drückte einmal die Faust an die Stirn, schüttelte sich und ging dann größer und aufrechter zur Tür hinein.

Vielleicht hatte ich mitangesehen, wie sich in diesem Moment etwas an ihm veränderte, vom Knaben zum Mann, vom Mann zum Betrüger von Frauen. Denn er war ruhig, als er eintrat, verwundert, wie ein jeder es hätte von Rechts wegen sein dürfen. Er ging direkt auf Fleur zu, schuldlos, bestürzt.

Ich schaute genau zu und sah einen Augenblick lang ganz deutlich, was sich abspielte, genau wie damals, als Dutch James den hinteren Deckel seiner Uhr aufgestemmt hatte.

Fleurs Gesichtsausdruck war ganz offen. Dann begriff sie. Ihre Züge umschatteten sich, das Muster wurde dunkel. Sie erhob sich und wandte sich von Eli ab. Sie ging zum Herd, nahm eine Gabel, um ein brutzelndes Stück Wild in einem Topf zu wenden. Sie sagte nichts, aber als er näher trat und die Hand auf ihren Arm legte, zog sie den Arm nur fort. Und da wußte er es. Er drehte sich um und räumte das Feld, ließ die Tür sperrangelweit offenstehen. Wir hörten nicht, welchen Weg in den Wald er einschlug.

Fleur schien danach keine Verwendung mehr für mich zu haben, deshalb machte ich mich davon. Die Straße, von der die Hauptabzweigung zu den Pillagers abging, war ausgetreten und jetzt einfach zu gehen, und während ich sie überquerte, schnitt die Kälte wie mit Messern. Ich ging wie in einem Traum, erschöpft und unruhig. Es war einer jener kalten, trüben Abende, die Vorboten des Winters sind, eine Nacht des ersten Frosts. Die Luft roch naß und gleichzeitig trocken, nach Schnee. Ich kehrte zu den Morrisseys zurück, wo die beiden Männer gerade ein spätes Abendessen verzehrten, das sie sich selbst gemacht hatten – gebratenes Fleisch, Brot und Zwiebeln.

«Wo zum Teufel warst du?» fragte Napoleon. Seine Zunge war noch rauh vom Trinken, und er roch nach der Scheune, in der er vermutlich geschlafen hatte.

«Bei den Pillagers.»

«Deckenindianer», sagte er in häßlichem Ton. «Ich will nicht, daß du dich da draußen rumtreibst.»

Ich machte im Herd ein Feuer an, um mir ein paar Haferflocken zum Abendessen zu kochen. Clarence schlüpfte zur Tür hinaus, und plötzlich stand Napoleon hinter mir. Er faßte mir von unten in die Bluse und legte seine Hand über meine Schulterblätter.

«Sie haben Sophie da draußen», sagte ich, und einen Augenblick später war er schon unterwegs. Ich hörte die Tür aufgehen und dann zuschlagen, hörte das Stampfen von seinen und Clarences Stiefeln auf der Straße verhallen. Ich kochte mir einen Topf Milch und aß im Stehen. Dann wickelte ich mich in eines von Bernadettes Wintertüchern und ging hinaus, hinter ihnen her, den Weg nach Matchimanito zurück.

Was danach passierte, ist allgemein bekannt, Teil unserer Geschichte geworden. Die Männer kamen an. Sie sahen Sophie, die immer noch kniete, versuchten sie aufzuheben und stellten fest, daß sie sich nicht von der Stelle bewegen ließ. Sie stemmten sich mit ihrem ganzen Gewicht gegen sie und versuchten, sie wenigstens umzustoßen, um sie wegschleifen zu können, aber es gelang ihnen nicht, sie auch nur einen kleinen Zoll weit von der Stelle zu bewegen, und schließlich wichen sie in wachsender Furcht und Verwirrung zurück. Sie stürmten auf dem Pfad davon und ohne ein Wort an mir vorbei.

Nichts an Sophie hatte sich verändert, als ich hinkam, und jetzt wich ich nicht mehr von ihrer Seite. Ihre Haut fühlte sich kalt an, wächsern, wie tot, und schmierig vom Ruß des kleinen Feuers, das Margaret Kashpaw entfacht hatte. Der Schnee begann zu fallen und hüllte uns beide ein. Ich schürte das Feuer, holte Holz. Ich zog das Umschlagtuch um uns beide.

Napoleon und Clarence waren nach dem Priester gerannt, hatten in der nächtlichen Finsternis bei ihm an die Tür geklopft. Ihr Entsetzen und ihre Erregung schreckten ihn auf, und er folgte ihnen ins Kirchenschiff, wo Schwester Anne vor dem Heiligtum der Misson, Unserer Heiligen Jungfrau, eine späte Wache hielt.

In den folgenden Jahren lernte ich SIE in allen Einzelheiten kennen.

SIE war vollkommen, aus dem feinsten französischen Stuck gemacht, in die Farbe des Mittagshimmels gekleidet, in ein Satingewand mit Pailletten und einen gefälteten Schleier. SIE war in dem Augenblick verewigt, in dem SIE die schmalste aller Mondsicheln überschritt. Sterne umkreisten IHRE Füße, die mit all ihrem Gewicht auf einer zuckenden Schlange standen. Die Schlange hatte sich aufgebäumt, um zuzustoßen, und war giftgrün angemalt. Der Fuß der Jungfrau war klein, weiß und wunderbarerweise nackt. IHR Blut war so rein, daß es das Gift in jeder Wunde würde bezwingen können. Und wie wohl SIE das wußte. SIE verschmähte es, nach unten zu schauen. IHRE Augen waren auf die Stelle gerichtet, an der die Sünder vor ihr knieten, und IHRE Hände waren geöffnet, ihren Seelenqualen entgegengestreckt. In die eine Handfläche war ein Blutstropfen gemalt. In der anderen schien eine goldene Sonne. SIE hatte eine volle Figur, die sich zu einer schlanken Taille verengte, dann in breite Hüften auslief. IHR Hals war stark und milchigweiß, von Muskelsträngen durchzogen. IHR Gesicht war mehr als einfach nur heilig oder schön. Die Nase war groß, mit einem kleinen Höcker nach links, und IHRE Lippen waren voll, halb geöffnet, als seien sie im Begriff, mit einem Geheimnis herauszuplatzen. IHRE Brauen waren dicht und IHRE Augen hellbraun. Und, was merkwürdig war, in ihnen glänzte dieselbe lebhafte, neugierige Spannung wie in denen der Schlange.

Von dem Wunder erleuchtet schwang Clarence sich über das dünne Holzgeländer und holte SIE aus der Kirchennische.

Schwester Saint Anne, die klein und leidenschaftlich war, sprang daraufhin auf und lief ihm nach, wobei sie trotz ihres schweren Gewandes Clarence über Meilen auf den Fersen blieb. Napoleon und der Pater stolperten über die nur schwach erleuchtete Straße. Ich hockte, vom Netz der Ereignisse umfangen, noch immer im Hof der Pillagers neben Sophie, als Clarence mit der Statue in den Armen auf die Lichtung platzte. Einen Augenblick später kam Schwester Anne an, atemlos, die Röcke von Kletten und Zweigen gerafft und verklebt, das zarte Gesicht glühend, ein verschwommener Fleck im schwachen Licht.

Sie brauchte nichts zu sagen. Die Kraft ihrer Entschiedenheit war genug.

Clarence stand unsicher da, erschrocken und begeistert über seinen Mut, jetzt aber unfähig, sich den nächsten Schritt vorzustellen, nämlich, was mit der Statue anzufangen, wie sie einzusetzen sei, um seine Schwester von der Stelle zu bewegen.

Schwester Saint Anne befahl ihm entschlossen, sich zu ergeben, und diesmal setzte Clarence die Jungfrau ab, so daß SIE genau auf die Stelle herunterschaute, an der ich mit Sophie kniete. Mondlicht fiel über die Bäume und ließ das heilige Antlitz, das so still und fasziniert war, sichtbar werden.

«Gesegnet seist Du, Maria, voller Gnaden!» begann die Nonne voller Dankbarkeit. Während des Betens trat sie näher an die Statue heran und schlug mit ihrem Gewand nach Clarence, so daß er zurückwich. Als das Gebet beendet war, stand sie schützend neben der Jungfrau.

Margaret war auf den Hof gekommen, das graue Haar aufgelöst über den Schultern, eine Decke um sich. Sie stellte die Lampe, die sie trug, auf die Erde, und so knieten wir auf dem gestampften Lehmboden des Hofes, während Clarence sprach oder zu sprechen versuchte. Er stotterte. Er wirkte töricht und wie betäubt, als Schwester Saint Anne ihm auf den Zahn fühlte. «*Was hast du gesehen? Noch mal.*» Und da sie in Erklärungen verwickelt waren, war ich die erste Zeugin des Vorfalls, ja, im Grunde genommen die einzige Zeugin, außer Sophie, denn ich erzählte nicht, was ich sah, weil ich glaubte, daß es nur für das Mädchen bestimmt war und für mich, mein persönliches Wunder, das nicht von Trompetengeschmetter gestört werden sollte.

Ich habe keine Ahnung mehr, welches Gebet ich in jener Nacht sprach, ich weiß die Worte nicht mehr. Ich kann mich nicht mehr daran erinnern, daß meine Lippen sich bewegten und auch nicht daran, ob in meinem Kopf etwas vor sich ging. Ob mir die Knie weh taten, ob ich Hunger hatte, ob ich etwas spürte – das alles ist weg. Was ich vor mir sehe, ist ein ungleichmäßiges Licht, sehr klein in der ungeheuren Dunkelheit, gedämpft auf den beiden Gesichtern, die einander ansahen: die Jungfrau, so wißbegierig und lebendig, und Sophie, so dumpf. Das Gesicht des Mädchens nach oben gekehrt, schlaff, weniger menschlich als das der kleinen Statue, die IHRE Blutstropfenhand darbot, IHRE scheinende Sonne. Die Jungfrau schaute unverwandt herunter. IHRE Stirn war klar, IHRE Wangen knochenbleich,

IHRE Lippen, die so eindringlich eine geheime Silbe formten, zitterten plötzlich. Und da sah ich die erste Träne.

Es kamen noch mehr. Ohne daß sich IHR Gesichtsausdruck veränderte, weinte SIE einen wahren Tränenschauer aus IHREN großen braunen Augen. Die Tränen gefroren zu harten Tropfen, blieben unsichtbar in den Winkeln IHRES Mundes hängen, bildeten einen durchsichtigen Glanz auf IHREM Säulenhals, kullerten die steifen Falten IHRES Gewands hinunter und fielen auf die sich bäumende Schlange. Und dann gab es den Aufruhr, nicht wegen der Tränen der Statue, die keiner sonst bemerkte, sondern wegen Sophie, die aufzustehen versuchte, es aber nicht konnte, da ihre Knie auf gräßliche Weise arretiert waren, so daß sie kopfüber in den frischen Schnee fiel.

Clarence faßte sie unter den Armen und zog sie an seine Brust. Napoleon kam in den Hof gestolpert und glotzte mit offenem Mund wie ein Kind, als er sah, daß das Mädchen befreit war. Der Pater kam und schaute Schwester Saint Anne fragend an, aber sie blieb stumm, ein Rätsel. Er hätte mich anschauen sollen. Ich kniete weiter an meinem Platz unter den Augen der Jungfrau. Unsere Blicke hatten sich ineinander verfangen, und keiner merkte es, als ich die Hand ausstreckte und die hartgewordenen Tränen einsammelte, die um IHRE Füße verstreut lagen. Sie glichen ganz normalen Quarzkieseln von der Art, wie Kinder sie aufheben und sammeln. Ich ließ sie in meine Rocktasche fallen und dachte nicht daran, daß die Wärme meiner Beine sie wieder zu Tränen schmelzen würde, was auf dem Heimweg geschah, so daß mir schließlich, als ich zum Haus der Morrisseys kam, als einziger Beweis nur der feuchte Stoff blieb, der bald trocknete, und die Erinnerung, die sich an meinem Wissen schärfte.

Viele Monate lang grübelte ich noch über das nach, was ich gesehen hatte. Vielleicht, dachte ich zuerst, hatte die Jungfrau beim Anblick von Sophie Morrissey Tränen vergossen, weil SIE selbst nie den Fluch der Männer erfahren hatte. SIE war nie berührt worden, hatte nie die einengende Hitze des Fleisches gekannt. Aber später, als Napoleon und ich uns wieder und wieder trafen, nachdem ich in Unschuld zu ihm gekommen war, als ich nicht länger als eine Nacht ohne seinen Körper auskommen konnte, der hart und gnadenlos war, aber so warm, wenn er aus mir herausglitt, daß mir jedesmal Tränen in die Augen stiegen, da wußte ich, daß das Gegenteil der Fall war.

IHRE wissende Anteilnahme war der Grund für IHRE Reaktion gewesen. In Gottes vergeistigter Umarmung erfuhr sie Entbehrungen, die grausamer waren, als wir es uns vorstellen können. Sie weinte, mit all ihrem Gewicht dem Erdball verbunden, im Geist erkannt und im Fleisch erkannt und festgepflanzt wie Staub. Sie wollte IHN nicht, noch war sie gedankenlos wie Sophie, sondern jung und voller Furcht vor der Berührung SEINER großen Hand auf IHRER Seele.

FÜNFTES KAPITEL

Herbst 1917–Frühling 1918
Manitou-geezis
Starke Geistsonne

Nanapush

Es gab nichts zu sagen, als Eli an meiner Tür auftauchte. Seine Hände waren geöffnet und hingen wie leblos seitlich an ihm herab. Das Haar fiel ihm dick und locker über die eine Backe, als sei er in Trauer. Ich sah sein Gewehr, das er auf den Rucksack auf seinen Schultern gebunden hatte, und ein kleines Bündel, das er mir überreichte. Als ich den Stoff aufmachte, sah ich, daß er mir einen Vorrat an Mehl, Schmalz und Zucker gebracht hatte, und ich wußte, daß er bleiben wollte. Schließlich sagte ich zu ihm: «Setz dich doch und iß einen Teller Eintopf.» Also kam er herein, aber er wollte nichts essen. Vermutlich sah er selbst, daß das Fleisch in dem Topf nur ein armseliger Ziesel war, der hätte überwintern sollen, solang er noch am Leben war. Eli saß auf dem Bett, während ich aß, aber er schaute mich nicht an und sagte nichts. Schließlich wurde ich sein verschlossenes Gesicht leid.

«Ich bin ein alter Mann, dem nicht mehr viel Zeit bleibt», deutete ich an.

Er holte tief Luft und stieß sie betont traurig aus.

«Aha, der Wind kommt schon auf!» ermutigte ich ihn. Aber jetzt blickte er mich an, ärgerlich, daß ich, sein Ratgeber, nun nicht verstehen wollte, wie ernst sein Problem war. Dabei wußte ich ganz genau Bescheid. Ich zog meinen Stuhl an das schwächer werdende Licht und sah mir ein paar Kataloge und ein paar Briefe vom Landgericht an, die mit der Post gekommen waren. Das Postsystem war für die Indianer noch immer eine neue und ungewohnte Angelegenheit, und ich war vom Regierungsvertreter ausersehen, Nachrichten in Umschlägen zu bekommen. Sie waren adressiert an Mr. Nanapush, und ich bewahrte jeden auf, den ich bekam. Ich hatte eine ganze Ledermappe voll, die zusammengebunden unter meinem Bett verstaut war.

In Sorge, er hätte mein Interesse verloren, richtete Eli ein paar grimmige Worte an die Tischplatte und verhakte seine Finger. Er knotete seine Finger auf und zu, bis die Knöchel ein unangenehmes Knacken von sich gaben.

«Verteil das Feuer ein wenig», sagte ich daraufhin, «das Holz brennt zu heiß und die Zweige knacken.»

Er wrang seine Finger, stocherte eine Weile im Feuer und ließ sich wieder auf seinen Stuhl fallen. Dann hörte ich ihn auf einmal mit den Zähnen knirschen, und schließlich stöhnte er heraus:

«Was ein Mann so alles durchmachen muß!»

«Welcher Mann?» sagte ich.

«Dieser hier!» Er legte sein Gesicht in die Handflächen und ließ dann höchst eindrucksvoll den Kopf mit einem Knall auf meinen Tisch fallen.

«Ein Glück, daß mein Tisch auch aus festem Holz ist.»

«Onkel, hab Mitleid mit deinem armen Neffen!» forderte er ärgerlich.

«Mein Neffe hat schon genug Mitleid mit sich selbst.»

«Du magst mich also auch nicht mehr», sagte er mit

bitterer Stimme und zog dabei an seinen langen, unordentlichen Haarsträhnen. «Überhaupt keiner mag mich mehr.»

Ich wußte, er war zu eitel, sich auch nur ein einziges Haar auszureißen.

«Manch einer würde sich ein Büschel oder zwei ausreißen wegen dem, was er getan hat», sagte ich und beugte mich näher. «Schau dir mein Haar an, stellenweise so dünn, daß da gar nichts mehr ist. Ich habe einmal dieselbe Schwäche gehabt wie du – aber für Frauen, nicht für kleine Mädchen.»

«Sie war kein kleines Mädchen!» Jetzt wurde er hellwach, durch mein ungerechtes Urteil aufgebracht. «Und außerdem war ich verhext!»

«Das zieht nicht», meinte ich und schüttelte den Kopf. «Fleur hat früher schon schwache Männer gekannt, und die Entschuldigung wird sie nicht glauben.»

«Also gut», entgegnete er, «aber hör dir folgendes an. *Sie* hat jetzt noch etwas Schlimmeres getan. Und ich werde nicht zu ihr zurückgehen. Sie macht mir angst.»

«Endlich.» Ich blätterte weiter die trockenen, knisternden Seiten meiner Zeitung um. Gemessen an diesem hoffnungslosen Winter, dem Schmerz in meiner Hüfte, durch den ich mich so schlecht fühlte, daß ich nicht jagen konnte, und dem totalen Ausverkauf unserer Parzellen durch die Weißen, waren Eli Kashpaws Probleme eher von geringer Bedeutung, und doch wollte er mich partout mit Grasbüscheln steinigen.

«Schau her, du Narr», sagte ich. «Mach die Augen auf. Sogar dein kleiner Bruder begreift besser als du, was los ist. Man bietet uns in den Verträgen Geld, Bargeld für Land. Was wirst du mit dem Geld tun?»

«Jetzt gleich?» fragte Eli aggressiv, ausweichend.

«Ja», sagte ich. «Was würdest du jetzt in diesem Augenblick mit fünfzig Dollar tun?»

«Ich würde sie vertrinken», sagte er mürrisch; auf die Gefahr hin, meinen Zorn herauszufordern, obgleich ich wußte, daß er selten trank. Die Genugtuung gab ich ihm nicht, sondern hing meinen Gedanken weiter nach.

«Wie so viele», sagte ich, «würdest du plötzlich aufwachen ohne ein Land, auf das du deinen Fuß setzen kannst.»

«Ich will sowieso nicht hier in der Gegend wohnen bleiben!» schrie er wütend.

Ich warf die Zeitung hin. «Das ist das einzige, woran du denken kannst! An dich!»

Zufrieden damit, daß er mich in Rage gebracht hatte, tat Eli so, als hätte er mein Mitgefühl, und beschäftigte sich jetzt mit dem kalten Eintopf. Er vertilgte ihn ganz, als sei es zartes Rindfleisch, wovon wir allerdings seit dem Regierungserlaß nichts mehr gesehen hatten. Als er fertig war, lehnte er sich zurück, und ohne daß er es wollte, zeigte sein Gesicht den faden Geschmack von verdorbenem Zieselfleisch. Und gleichzeitig einen ersten Anflug von Mitleid mit mir. Aber ich wollte keines.

«Von diesem Indianerrindfleisch hab ich eine ganze Herde, gebrändet nach Regierungsart», erklärte ich. «Ich habe vor, das Vieh zusammenzutreiben.»

Er konnte sich kein Lachen leisten, deshalb bestrafte er mich mit einem ausdruckslosen Blick. Er rollte etwas Tabak und rauchte, um den Fettgeschmack loszuwerden.

Nach einer Weile dachte er laut. «Wenn Fleur nur in der Kirche wäre, könnte ich hingehen, vom Priester Vergebung bekommen, und dann müßte sie vergessen, was passiert ist.»

Er schaute zu mir herüber, wieder in der Erwartung irgendeiner Reaktion. Aber ich war so verärgert über diese törichten Überlegungen, daß ich mich allmählich fragte, ob ich ihm überhaupt helfen wollte. Ich mußte mich mit so vielen anderen Dingen herumschlagen. Ich hatte Pater Damien bereits über unser Anishinabe-Land, das an den Rändern angenagt war, Zeugnis abgelegt; und die Farmer rundherum warteten nur, daß es unter den Auktionshammer kommen würde. So wenige von uns verstanden überhaupt das Geschriebene auf den Papieren. Einige gaben mit Daumenabdrücken und Kreuzen ihr Land weg.

Als junger Mann habe ich mir als amtlicher Übersetzer einen Namen gemacht, das heißt, bis zur Unterzeichnung des Beauchamp-Vertrags, bei der ich zu Riß-in-einer-Wolke sagte: «Tu bloß den Daumen nicht in die Tinte.» Einer der Beamten kapierte, und ich verlor meinen Job. All dies hätte Eli nicht gleichgültiger sein können. Er machte jetzt seine Zigarette aus, indem er sie auf dem Herd zerdrückte und den Tabakrest aufhob. Er sah immer noch hoffnungsvoll aus und wartete auf den Rat, den er nicht verdiente. «Leg deine Decken hin, wo du willst», sagte ich zu ihm. Es gab nur den Boden aus festgetretener Erde, der im Winter sogar dicht beim Herd eiskalt war. Ich erwartete, daß solch beharrliche Unbequemlichkeit ihn nach Hause treiben würde. Er war enttäuscht, kniete sich aber bescheiden hin und deckte sich mit dem groben braunen Mantel zu.

«Mein Junge», sagte ich in die Dunkelheit, als wir schlaflos dalagen. «Die da draußen werden noch viel schlechter essen als nur Ziesel, wenn kein Mann zum Jagen da ist. Margaret gehört nicht zu den Indianern, die laut Vertrag ihre Rationen in der Stadt bekommen.»

Eli gab ein rauhes Lachen von sich. «Im Winter wird Fleur ein Loch ins Eis hacken und im See fischen.»
«Und bis dahin?»
«Bis dahin schießt sie gut.»

Sechs Tage später konnte ich Eli nicht mehr hören. Jeder einzelne Schneetag schien endlos, in der Falle mit einem schlechtgelaunten Jungen. Eli hing herum, murrte, schlief und aß außerdem meinen Schrank völlig leer bis auf die letzte Kartoffel, und leerte auch das kleine Paket, das er mitgebracht hatte und das mir den ganzen harten Monat hindurch gereicht hätte. Zwei Tage lang hatten wir nichts zu essen außer Fett und Brotkrümel. Am siebten Tag überreichte ich ihm sein Gewehr. Er sah es überrascht an, aber schließlich ging er gen Norden los. Ich ging allein hinaus, um nach den Fallen zu sehen. Ich hatte ein Büschel Bartgras gefangen, ein Stück grauen Pelz, einen kleinen Kadaver, der über Nacht von einer Eule abgefleddert war, und ein Kaninchen, das nichts taugte, weil es voller Würmer war. Ich ging nach Hause und machte Feuer, trank Tee aus getrockneten Nesseln und überlegte, daß ich am Ende dieses Winters, der schlimmer war als ich befürchtet hatte, wohl meine Mokassins würde kochen müssen. Das war wenigstens ein Vorteil. Ich hatte mir noch nicht angewöhnt, gefärbte Lederschuhe aus dem Laden zu tragen. Die können einen umbringen. Nach einer Zeit ging ich los und schaute in den Mehlsack, von dem ich wußte, daß er leer war, und er war immer noch leer. Da legte ich mich wieder hin.

Ich hatte ein Stück Holzkohle in der Hand, mit dem ich mir das Gesicht schwärzte. Ich legte mir meine Ottertasche auf die Brust und meine Rassel in greifbare

Nähe. Ich fing langsam an zu singen und meine Helfer anzurufen, bis die Worte aus meinem Mund kamen, aber nicht mehr meine waren, bis die Rassel losging, das Lied sich selbst sang, und ich dann in den tiefen hellen Schneewehen deutlich Spuren von Elis Schneeschuhen sah.

Er wanderte kreuz und quer, schwach vor Hunger, ohne darauf zu achten, wie der Wind blies, und ohne die Wolken anzurufen, daß sie den Himmel bedecken sollten. Er wußte nicht, was er jagte, was für ein Zeichen er suchte oder verfolgen sollte. Er ließ sich vom Schnee blenden, und fast ließ er sein Gewehr fallen. Und dann wurde das Lied stärker und ließ ihn innehalten, bis er begriff, durch den tiefen Schnee und die dünne feste Kruste, durch den hohen Wind und die jagenden Wolken, daß alles um ihn her dazu angetan war, einen Elch zu erlegen.

Er hatte die Spuren schon vorher gesehen, unten bei einem zugefrorenen seichten Sumpfloch. Dahin ging er also, wissend, daß Elche dumm und phantasielos sind, obgleich sie ein besonders gutes Gehör haben. Eli ging vorsichtig um den Rand der Senke herum. Jetzt hatte er wirklich seine Gedanken beisammen. Sein Blick war klar geworden, und er sah gerade vor sich die Spur, die über das Eis und zurück ins Gebüsch und Unterholz führte. Er trat sofort aus der Witterung und bog ab, ging parallel und kam dann in einem Bogen zurück, um die Spur des Tieres zu finden. So verfolgte er es, niemals direkt hinter dem Tier, immer witternd und vorsichtig auf dem harschigen Boden, und kam so auf seinen geflochtenen Schuhen näher, während der Elch bei jedem Schritt stolperte und durch das Eis einbrach, bis er schließlich zu einer Lichtung kam und äste.

Jetzt wurde das Lied laut. Ich strengte mich an. Elis

Arme und Beine waren schwer, und ohne Nahrung konnte er nicht denken. Sein Kopf war leer, und ich fürchtete deshalb, daß er einen Fehler begehen würde. Er wußte, daß der Elch nach dem Äsen aus der Witterung gehen würde, um sich auszuruhen. Aber die Bäume wurden dichter und kleiner und standen eng zusammen, und die Schatten waren schon dunkelblau und wurden immer länger.

Elis Mantel, den Margaret gemacht hatte, war eine alte graue Armeedecke, die mit Kaninchenfellen gefüttert war. Als er ihn ablegte und das Innere nach außen kehrte, so daß nur der weiche Pelz die Zweige streifte und nicht verriet, wie er näher kam, faßte ich Mut. Er zog die Schneeschuhe aus und ließ sie auf einem Baum. Er stopfte seinen Hut in die Tasche, machte sein Gewehr fertig und – innehaltend und alle Sinne auf eine Bewegung, auf die Umrisse gerichtet – näherte er sich langsam.

Mach das Fleisch nicht sauer, erinnerte ich ihn jetzt, *ein starkes Herz schlägt langsam*. Wenn er den Elch erschreckte, so daß Adrenalin ins Blut strömte, würde das Fleisch zäh werden und den Essiggeschmack der Angst annehmen.

Eli näherte sich vorsichtig. Der Elch tauchte auf. Ich hatte ihn genau im Blick wie er dastand, ein massiges männliches Tier, braun und arglos im gewöhnlichen Spätnachmittagslicht. Das Gestrüpp, in dem er stand, war schwer zugänglich und nach allen Seiten dicht, so daß es Elis Kugel leicht vom Ziel abbringen konnte.

Aber mein Lied lenkte sie richtig.

Das Tier brach auf die Knie. Eli stürzte aus seinem Versteck, zu schnell, aber der Schuß hatte getroffen, und das Tier war tot. Eli rollte es mit einem Ast auf den Rükken und schnitt es dann mit dem Messer in der Mitte auf. Ihm war so kalt, daß ihm fast die Tränen in den Augen standen, und die Wärme des Kadavers machte ihn schwindlig. Um Kraft für die schwere Arbeit zu sammeln, die er vor sich hatte, nahm er vorsichtig die Leber heraus und schnitt ein Stückchen ab. Mit einem Stück Stoff, das er sich vom Hemdsaum riß, wickelte er das Stück ein, streute Tabak darauf und vergrub es unter einer Handvoll Schnee. Den Rest aß er zur Hälfte. Das übrige hob er für mich auf.

Er zerlegte das Tier sorgfältig, aber so schnell wie möglich, genau nach meinen Anweisungen. Er hatte einmal in seiner Jugend mit dem Messer in den Magen eines Rehs gestochen, so daß die Säure sich im Fleisch ausbreitete, und ich hatte den ganzen Tag kaum noch mit ihm gesprochen. Er drehte seine Jacke wieder richtig herum, beschmierte sie mit Talg, den er in einem Paket in seinem Hemd hatte, schnitt dann schnell warme Fleischscheiben ab und band sie mit Sehnen an seinen Körper, so daß sie sich seinem Körper anpassen würden, wenn sie froren. Er machte ungleichmäßige Klumpen von Lendenfleisch an seinen Oberschenkeln fest, band dann rechteckige Stücke an seine Beine unter die Knie. Er drückte einen neuen rot dampfenden Körper an sich, packte sich mit Schwung einen Braten auf den Rücken und knotete sich dessen Sehnen um die Brust. Über den Hut band er sich einen Rippenkorb, der über sein Gesicht ragte, und machte ihn unter dem Kinn fest. Zuletzt wickelte er sich noch dicke Fleischpakete um jeden Unterarm und über die Ellbogen hoch. Was er nicht mehr auf sich packen konnte, bedeckte er mit Schnee und Zweigen, oder zog es mit Mühen in die Äste einer Esche. Er war zu schwer beladen, um alles zu verstecken, und das Licht wurde schwächer; deshalb nahm er seine Schneeschuhe und zerrte dann das Fell ein Stück von dem Fleischversteck weg und ließ es als Ablenkung liegen. Inzwischen war es dämmrig und der Weg noch weit.

Wenn es schrecklich kalt und die Last schwer ist, ist die Versuchung groß, den Schritt zu beschleunigen, um das Blut zu wärmen. Der Körper kämpft und geht schnell, aber die Geschichten von Jägern, die mit dem Fleisch ihrer eigenen Beute erfroren sind, lehren es anders. Ich hab da Erfahrung. Eli war inzwischen zu einem solchen kalten Ding geworden, hätte er geschwitzt, der Film auf seiner Haut wäre gefroren und hätte seinem Blut alles Leben, alle Wärme entzogen.

Ohne die Augen für die Welt um mich herum zu öffnen, zog ich die Trommel unter meinem Bett hervor und schlug einen Schrittrhythmus darauf, den Eli hören und dem er folgen sollte. Immer wenn er schneller wurde, hielt ich ihn zurück. Ich verstärkte den Rhythmus immer, wenn er unter der Last, die er trug, schwankte. So kehrte er zurück, und als ich das Echo seines keuchenden Atems hören konnte, ging ich – noch immer singend – hinaus, um ihm zu helfen. Er glänzte, denn das Fleisch an ihm war marmorblau gefroren. Das Elchblut war auf seinem Mantel und auf seinem Gesicht zu Mehl geworden. Seine Gesichtszüge waren erstarrt, die Kraft in seinen Gliedern fast erschöpft. Ich befreite ihn von der Last, die er an seiner Brust hielt, und trug sie auf den Armen ins Haus. Er folgte nach. Ich trennte das andere Fleisch von Elis Körper und versteckte es draußen im Schuppen. Das Fleisch stand von selbst in Stücken, ein Elch, der in die Form von Eli verwandelt war, ein Panzer, der keinem anderen gepaßt hätte.

Eli war stocksteif, wollte sich nicht bewegen, sein

trockener Mund stand offen, als ich ihn durch die Tür zog. Ich nahm ihm die Kleider ab, fand das Stück aufgesparte Leber unter seinem Arm und aß es. Dann tropfte ich ihm etwas Wasser zwischen die Lippen, wickelte ihn in eine Decke und brachte ihn an den Herd. Ich nahm die Nieren und das Herz aus Elis Taschen und schnitt sie in kleinere Stücke. Mir zitterten die Hände, als ich die Stücke einsalzte. Das Wasser lief mir im Mund zusammen, als ich sie ins Feuer legte, und als ich das bratende Fleisch roch, war ich den Tränen nah. Ich gab Eli den ersten Anschnitt, und er fiel dankbar darüber her. Als ich meinen Teil in den Mund steckte, als ich ihn herunterschluckte, fühlte ich, wie ich auf meinem Stuhl zu Kräften kam. Von dem Herdfeuer erleuchtet, nahm alles um mich herum schärfere Konturen an. Die Gedanken kehrten wieder.

«Du bist mein Sohn», sagte ich, gerührt von dem Geschmack von Verbranntem, «du bist mein Verwandter.»

Eli war zufrieden und stupste einen Knochen ins Feuer. Er war, wie du dich erinnerst, damals erst neunzehn. Was er mir also erzählte, was durch die Wärme und unsere Portion Fleisch, durch die Erschöpfung und durch seine große Erleichterung, überhaupt zurückzukommen, allmählich herauskam, all das konnte die wilde Spekulation eines jungen Gemüts sein, eines jungen Mannes, der zu viel aufnahm, zu schnell, der sein eigenes Herz überanstrengte, der es nicht ertragen konnte, seinem Absturz ins Auge zu sehen, der phantasierte, der sich im Geistigen verloren hatte, und der sowohl entsetzt über den eigenen Treuebruch als auch voller Sehnsucht nach Fleur war.

Und folgendes erzählte er mir:

In der ersten Zeit nach Sophie hielt er sich so lange von

Fleur fern, bis ihm klarwurde, daß er es nicht ertragen konnte. Er kam zurück, und sie ließ ihn wieder ins Haus. Aber sie weigerte sich zu reden, ihn zu berühren oder auch nur einen Bissen für ihn zu kochen. Bei ihr und doch wieder nicht bei ihr zu sein, war fast schlimmer als allein zu sein. Nach drei Tagen von Fleurs Vermeidungstaktik sehnte er sich mit der Intensität ihrer ersten Begegnungen nach ihr, als – und hier bitte ich um Nachsicht, denn ich kann nur wiederholen, woran ich mich erinnere, auch gegenüber einer Enkelin – die beiden sich draußen, an Bäumen, auf den Tannennadelkissen oder auf dem nackten Boden im Garten liebten. Nach einer Woche begehrte er sie doppelt so verzweifelt wie bei ihren ersten Begegnungen, und nach zweien litt er ganz entsetzlich. Sein Blut pochte beim Rascheln ihrer Röcke. Wenn sie ihn zufällig streifte, fühlte sich seine Haut wie verbrannt an. Das Feuer griff um sich. Er strebte nach ihr wie eine Flamme nach Luft. Die Nächte waren noch schlimmer. Denn sie duldete ihn in einer Ecke des Bettes, und er konnte von seinem kühlen Platz ihre Wärme spüren und die Fülle ihrer dunklen, grün geräucherten Haare riechen.

Wenn er mit seinem Verlangen gekämpft hatte, fiel er immer in einen langen Schlaf, erschöpft davon, Fleurs Gleichgültigkeit aushalten zu müssen. Aber eines Nachts, vielleicht, weil der weiße Mond den Garten durchflutete, blieb er wach, wälzte die Situation im Kopf hin und her, versuchte, eine Form zu erkennen. In diesem Moment bemerkte er, wie Fleur sich bewegte. Heimlich, gewandt wie ein Otter, der von einem Stück Holz gleitet, kroch sie aus dem Bett und war dann Sekunden später zur Tür hinaus. Er hörte, wie der Riegel leise wieder einschnappte, und dann folgte er ihr nach, ohne jemanden zu wecken. Die Nacht war klar und zu kalt zum Baden, obgleich ihm eine Bewegung der Zweige in der unteren Ecke der Lichtung anzeigte, daß Fleur den Weg hinunter zum See eingeschlagen hatte. Er ging denselben Weg und schlüpfte durchs Gebüsch ans Ufer, gerade noch rechtzeitig um zu sehen, wie Fleur aus ihrem groben Nachthemd trat und nackt und gelenkig, das Haar tiefschwarz herabhängend, durch eine Lichtbahn in die Wasser des Matchimanito schritt.

Die ruhigen Kräusel schlossen sich über ihrem Kopf, und nichts war zu sehen außer dem Mond, der von jeder kleinen Wellenbewegung zurückstrahlte. Er hielt den Atem an und wartete, daß Fleur wieder auftauchen würde, und warf sich dann selbst hinein, tauchte zu der Stelle, wo sie verschwunden war. Mehrmals brach er durch Eisschichten, so im Schock, daß seine Lungen sich zusammenzogen, so erschreckt, daß er fühllos war; mehrmals zog er sich tiefer ins Wasser und drehte mit den Armen einen weiten Bogen. Und erst viel später, er wußte nicht genau wie, schleppte er sich zurück ans Ufer und legte sich halb erfroren und bewußtlos an eine große verschlungene Wurzel.

Er lag noch immer da, als Fleur herauskam.

Eli schaute mich aufmerksam an, in Erwartung einer Reaktion, was die Weisheit eines älteren Mannes von diesem Erlebnis hielte. Lange Zeit beobachtete ich das Holz, vom Feuer an den Wachstumsringen angesengt und angenagt. Ich schaute zu, wie die Kohlen aufflackerten und auseinanderfielen. Ich legte Holz nach, so daß die Gluthitze uns ins Gesicht schlug. Ich sah ihn an. Er war jetzt weniger jungenhaft. Ich redete, als hätte ich das alles schon früher gehört.

«Du bist seither nicht von zu Hause weggegangen», sagte ich zu ihm. «Du hast bis jetzt gewartet, diese ganzen Monate?»

Er nickte. Da war noch mehr.

«Ich war so dumm, ich hab gar nichts begriffen. Sie ging da noch an anderen Abenden hin. Manchmal wachte ich auf, und ihr Haar war ein feuchter Zopf, der zu mir hin herüberflog, und einmal fand ich an ihrem Hals eine schwarze Locke von Tang vom Grund des Sees.»

«Sie ging gern schwimmen», entgegnete ich. «Sie hat gesunde Lungen.»

Eli sah mich mit scharfem Blick an, im Zweifel, ob ich begriff, und ich sah, daß er vom Gegenteil überzeugt war.

«Der See ist schwarz gefroren. Der Schnee geht mir bis zur Brust. Das letzte Mal, als Fleur und ich miteinander zu tun hatten, war, ehe ich für die Morrisseys arbeitete, während der Ernte.»

Er hielt seinen Blick in ungehöriger Weise fest auf mich gerichtet, so daß ich etwas ahnte.

«Du meinst, daß deine Frau schwanger ist.»

«Vielleicht. Nicht von mir.» Eli lehnte sich in die Schatten zurück, verschränkte in selbstgerechter Genugtuung die Arme vor sich.

«Du bist ein Narr.»

«Sag das nicht, alter Mann. Du warst ja nicht dabei.»

«Stimmt», sagte ich, «kleiner Junge. Ich habe nie gespürt, wie kalt das Wasser war. Aber ich habe auch nicht gespürt, wie warm es war letzten August im Sumpf.»

Wir schwiegen angespannt. Dann konnte ich meine Worte nicht mehr zurückhalten. «Ich hab dir mit dieser Frau geholfen, mit der du nicht umgehen konntest und die vernünftige Männer abschreckt. Ich hab dir beigebracht, wie du sie ohne Zauber selbst bekommen konntest. Ich habe dir gewisse Gegenstände gegeben, die mich an meine letzte Frau erinnerten. Ich hab dich aufgenommen. Und über kurz oder lang ist es dir so langweilig, daß du einer Morrissey nicht widerstehen kannst, und du bist so dumm, daß du dir einbildest, deine Frau sei schwanger, wenn sie es nicht ist.»

«Aber sie könnte es sein», brauste er auf. «Ich habe geträumt, wie es aussehen wird, eigenartig und gräßlich, hervorquellende Augen, vielleicht mit einem gespaltenen schwarzen Schwanz.»

Ich konnte nicht anders. Ich mußte lachen.

«Ihr seid mir ein Paar», sagte ich. «Du und deine Mutter. Sehr erfinderisch.»

Er machte den Mund zu.

«Also, ich habe eine Meinung», sagte ich nach einer Weile, «da du gefragt hast. Es ist ein gutes Zeichen, daß deine Frau sich bemüht, dich eifersüchtig zu machen. Wär schlimmer, wenn sie es nicht täte. Sie will dich und ihren Stolz behalten.» Eli schickte sich an zu protestieren, aber ich gab ihm keine Gelegenheit dazu. «Und jetzt, wenn du zuhörst, statt dich zu beklagen», sagte ich, «werde ich Mitleid haben mit diesem kleinen einsamen Fehler, den du in deiner Hose versteckt hältst, und dir sagen, wie du Fleur zurückbekommst.»

Er wurde rot, und ich fuhr fort.

«Also, das ist so. Du mußt ganz von vorne anfangen. Als du Fleur das erste Mal nachgestiegen bist, mußtest du sie glauben machen, du wärst ein gescheiter, fähiger Mann, aber jetzt ist es genau umgekehrt. Sie muß dich bemitleiden, wie ich, nur eben noch mehr. Du mußt dich in ihren Augen heruntermachen, bis du nichts bist, ein Hund, so niedrig, daß es nichts ausmacht, wenn sie dich zurückkriechen läßt.»

Er sah krank aus, argwöhnisch, streitlustig, aber dann überkamen ihn die Strapazen des Tages, und er gab schließlich auf. Ich häufte die Glut zusammen, ehe wir schlafen gingen. Als Eli aufwachte, war ihm wohler. An diesem Tag ging er zweimal auf Schneeschuhen hinaus, am nächsten Tag noch zweimal, und brachte den Rest des versteckten Fleisches zurück. Einen kleinen Teil davon brachte er zu mir, den Rest ließ er an Fleurs Tür liegen. Wie ich ihm geraten hatte, achtete er darauf, daß sie sah, wie er hinfiel, als sei er vom Kummer bedrückt. Dann stand er wie betäubt auf und stolperte davon. Er sagte, sie hätte gelacht, hinter ihm hergerufen, gefragt, ob es zuviel für ihn gewesen wäre, diesen schwachen alten Bullen zu erlegen, obwohl er wußte, daß sie ja sah, daß das Tier jung war, fett und süß. Der Spott in ihrer Stimme beleidigte ihn, aber ich sagte, er solle froh sein, daß sie überhaupt geredet habe.

Ich weiß nicht, wie ich diese nächste Sache erzählen soll, die passierte, ein Ereignis, das der Anfang der Kahlköpfigkeit bei den Pillager-Frauen war, und der Fehde noch mehr Gewicht beimaß, die unsere Leute im Laufe der Zeit mittendurch spalten sollte. Mit Eli und Sophie fing es an. Aber in Windeseile lief es vom Sumpf in unsere Politik über. Die beiden Familien hatten verschiedene Standpunkte zu den finanziellen Regelungen des Vertrags. Ich konnte nichts tun. Es ist beschämend für einen Mann, zugeben zu müssen, daß seine Arme dünn geworden sind und seine Fähigkeiten abgenommen haben, und vielleicht noch schlimmer, daß sein Einfluß auf die Jungen des Stammes auf immer dahin ist.

Ich kann es nur Schritt für Schritt erzählen.

Es fing an, als ich mit Margaret und dir, Lulu, aus der

Kirche kam. Deine Großmutter hatte mich zu einem Danksagungsgottesdienst gezerrt, wo ich von Pater Damien begrüßt wurde.

«Großvater Nanapush», lächelte er, «endlich.»

«Diese Bänke sind eine Quälerei für einen alten Mann», klagte ich. «Wenn ihr sie mit weichen Tannennadelkissen gepolstert hättet, wäre ich schon eher gekommen.»

Pater Damien schaute über die rauhen Kirchenbänke und faltete die Hände in den Ärmeln seines Gewandes.

«Sie müssen daran denken, daß ihre harte Oberfläche hilfreich sein kann», sagte er vermittelnd. «Gott kommt manchmal durch die demütigsten Teile unserer Anatomie in die Seele, wenn sie leidensbereit sind.»

«Ein Gott, der durch die Hintertür hereinkommt», entgegnete ich, «ist nicht besser als ein Dieb.»

Die jungen Ministranten versammelten sich und folgten dem Priester, als er zum Altar ging. Ich versuchte, meine Knochen zurechtzurücken, sehnte mich nach etwas Bequemlichkeit, und versuchte nicht zu rascheln aus Angst, Margaret könnte mir mit dem Ellbogen in die Seite stoßen. Die Zeit wurde lang, und du warst ja nie sehr für die Kirche. Du zappeltest wie ein Eichhörnchen, kramtest in meinen Taschen, bis du ein hartes Bonbon fandest, und stecktest es in den Mund. Deine Augen wurden glasig, und du döstest. Ich fühlte mich auch nicht ganz dabei und kam zu dem Schluß, daß die alten Götter besser waren, die Anishinabe-Typen, die zwar auch nicht vollkommen waren, aber wenigstens nicht forderten, daß man auf harten Brettern saß.

Als die Messe vorbei und der Weihrauchgeruch in unsere Kleider gezogen war, gingen wir hinaus in die Sternenkälte, den Schnee und die Stoppelfelder und machten uns auf unseren langen Weg nach Hause. Es war dämmrig. Auf beiden Seiten waren die beladenen Bäume reglos und schwarz. Unsere Schritte knirschten auf dem trockenen Schnee, das einzige Geräusch, das man hörte. Wir sprachen sehr wenig, und sogar du hörtest auf zu singen, als der Mond halb aufging, wie eine im Gleichgewicht gehaltene Tasse. Wir merkten es sofort, als jemand uns auf dem Weg nachkam...

Wir waren an der Kreuzung nach Süden in Margarets Richtung abgebogen, und die Fußstapfen kamen ungleichmäßig, knapp außer Sichtweite. Vom Geräusch der Füße her waren es zwei Männer, ein Mischblut nach der Schwere seiner harten Stiefelsohlen, der andere, leise, ein Indianer. Schon bald hörte ich sie dicht hinter uns reden. An dem verdrehten Unsinn der indianischen Stimme erkannte ich Boy Lazarre, den, der Fleur nachspioniert hatte. Und das Mischblut mußte Clarence Morrissey sein. Die beiden steckten in letzter Zeit viel zusammen, weil ihre Familien den neuen Kaufvertrag mit der Holzfirma Turcot unterschrieben hatten, und sprachen sich jedem gegenüber, den sie sich schnappen konnten, dafür aus. Sie kamen sogar zu den Leuten ins Haus, um sie zu bitten und zu argumentieren, daß dies unsere einzige Gelegenheit sei, eine gute Gelegenheit, daß die Beamten das Angebot zurücknehmen würden. Aber wo Margaret auch auftauchte, zerschlug sie ihre Worte wie Moskitos.

Ich spürte die böse Absicht, als Boy und Clarence an uns vorbeigingen, und hatte das Gefühl, daß ihre Blicke und ihr Gruß eine unangenehme Aufgeregtheit erkennen ließen. Sie gingen weiter und verschwanden in der Dunkelheit.

«Margaret», sagte ich, «wir kehren besser um.» Mein Haus war nah und niemand zwischen ihm und uns, aber

Margaret wollte Nector bei sich abholen, und so ging sie weiter, als hätte sie nichts gehört. Ich nahm sie am Arm, griff dich und wollte gerade abbiegen, aber Margaret wollte nichts davon wissen und nannte mich einen Feigling. Sie zerrte dich zu sich zurück. Du hattest nichts dagegen, zwischen uns hin- und hergeworfen zu werden, du lachtest, stecktest deine Hand in die Tasche deiner Großmutter und kamst nicht einmal aus dem Tritt. Du hattest einen Gleichgewichtssinn wie ein Nerz, und außerdem warst du gelenkig und schlau, was gut war; denn als die beiden Männer eine halbe Meile weiter heraussprangen und sich mit uns anlegten, hattest du Instinkt genug, dich freizumachen und in die Bäume zu huschen.

Die beiden waren ohnehin mit Margaret und mir voll beschäftigt. Wir waren alt genug, entzweizuspringen, unsere Knochen waren trocken wie Zweige, aber wir kämpften, als wären unsere Feinde die Nadouissioux-Mörder aus den Geschichten unserer Eltern. Margaret stieß einen Kriegsschrei aus, wie man seit fünfzig Jahren keinen mehr gehört hatte, und biß Boy Lazarre wütend in die Hand; die Wunde sollte später zu seinem Tod führen. Was Clarence anbelangt, hatte er vollauf zu tun, mich zu Boden zu ringen und halb ohnmächtig zu schlagen. Als er soweit war, fesselte er mich und stieß mich in die Schubkarre, die an der Straße versteckt war, um uns zur Scheune der Morrisseys zu schaffen.

Ich kam wieder zu mir, an den Mittelpfosten gefesselt und auf einem Heuhaufen sitzend. Margaret war an junge Baumstümpfe einer Box mir gegenüber gebunden, voller Wut vor sich hin starrend mit Schaum zwischen den Lippen. Um mich herum hing lauter Sattelzeug und Pferdegeschirr, mit glänzenden Kanten und nach Öl riechend. Ein paar Peitschen waren da, die ich liebend gern in den Händen hätte pfeifen lassen, aber meine Handgelenke waren zusammengebunden. Zu beiden Seiten von ihr käuten struppige Kühe wieder und traten von einem Huf auf den anderen. Die Luft war warm wie Brei, schwer von ihren Fladen. Morrissey hatte so ungefähr als einziger auf dem Reservat noch Vieh, und zwei seiner Kühe waren seit dem Herbst in einem Dutzend Kochtöpfen verschwunden. Jetzt freute mich dieser Diebstahl. Ich stand auf, indem ich mich langsam den Pfosten hochschob, entschlossen, meine Stricke an den spitzen Zacken einer Mistgabel durchzuscheuern. Ich hatte vor, mir von Margaret die Schnüre, die meine Fußknöchel zusammenhielten, durchbeißen zu lassen, aber da kamen die beiden Männer herein.

«Kinder, laßt uns los», sagte ich, «euer Spiel ist zu rauh.»

Sie standen zwischen uns, aufgeblasen von ihren Geheimnissen.

«Leerer alter Windbeutel», sagte Clarence.

«Ich hab einen Handel für euch.» Ich suchte nach einem Ausweg. «Laßt uns gehen, und wir werden Pukwan nichts sagen. Jungen betrinken sich ja manchmal und wissen nicht, was sie tun.»

Clarence lachte auf, hart und laut. «Wir sind nicht betrunken», sagte er.

«Mein Vetter Pukwan wird euch finden und keine Gnade kennen», sagte ich. «Laßt uns gehen. Dann werde ich eben in Gottes Namen die Papiere unterschreiben, und die alte Witwe werd ich schon auch überzeugen.»

Ich gab Margaret ein Zeichen, daß sie den Mund halten solle. Sie blies Luft in die Backen, sagte aber nichts. Lazarre und Clarence sahen sich an und amüsierten sich über meine Worte. Erst als Lazarre krumm dastand und Clarence sich vor Margaret hinstellte, begriff ich den ganzen Zusammenhang. Landerwerb. Politik. Eli und Sophie. Es war, als träte ein häßliches Muster von blauen Flecken für einen Augenblick klar zutage, und als könne ich daraus die üblen vorausgegangenen Schläge rekonstruieren. Clarence hatte vor, sich an Elis Behandlung seiner Schwester zu rächen, indem er Elis Mutter ähnlich behandelte. Ich riß an den Stricken.

«Du lügst, wenn es dir paßt, du dürrer alter Hund», sagte Clarence und rieb sich die Lippen, als hätte er Hunger, und signalisierte damit, was sein Mund sagen würde. «Die da wollen wir. Wir werden über sie und ihre Jungen Schande bringen.»

Lazarre hob seine Faust, schwang sie lässig und berührte mein Gesicht. Das war schlimmer, als hätte er voll zugeschlagen.

«Keine Kunst», sagte ich sanft, «jetzt, da ihr sie gefesselt habt. Sie ist rundlich und sieht gut aus. Augen wie ein Reh! Aber ihr vergeßt, daß wir zusammengehören, fast wie Mann und Frau.»

Das stimmte überhaupt nicht, und Margarets Gesicht wurde starr vor zitternder Wut und Verwirrung. Ich redete weiter.

«Also, wenn ihr tut, was ihr vorhabt, müßt ihr mich hinterher natürlich umbringen, und das wird meinen Vetter Pukwan doppelt so wütend machen, weil ich ihm eine fette Summe für ein Gewehr schulde, das er mir geliehen hat und das ich ihm nie zurückgegeben habe. Trotzdem», fuhr ich fort – ihnen drehte sich alles –, «ich werde vergessen, daß ihr bösen Kerle je ein solches Verbrechen in Erwägung gezogen habt, etwas so Schreckliches, daß Pater Damien euch ans Kreuz nageln würde, genau wie in dem Bild an der Kirchenwand.»

Lazarre gebot mir mit einem tödlichen Grollen Einhalt.

«Hör auf zu plappern», sagte Clarence. «Pukwan ist weg, mit dem General Pershing im Krieg kämpfen. Was schert er sich um dich?»

«Er wird es nicht vergessen», entgegnete ich hartnäckig. «Er wird zurückkommen und sein Geld suchen.»

Aber es war, als wenn ich Kieselsteine in einen ausgetrockneten See werfen würde. «Pukwan ist sowieso für den Ausverkauf», sagte Clarence. «Er wird mit seinem Soldgeld zurückkommen und alles aufkaufen, was du verlierst.» Meine Worte schlugen keine Wellen in der Tiefe ihrer Gier. Ich sah in Lazarres Gesicht, daß sie uns großes Leid wünschten, also spielte ich meine letzte Karte aus.

«Was auch immer du Margaret antust, tust du der Pillager-Frau an!» Ich senkte die Stimme. «Hast du Fleur ganz vergessen? Wißt ihr nicht, daß sie so fest an euch denken kann, daß euch das Herz stehenbleibt?»

Clarence war zu jung, Angst zu haben, aber er folgte meinen Worten in erwartungsvoller Aufmerksamkeit. Dieselben Worte wirkten anders auf Lazarre, der seinen Mund weit aufsperrte und auf seine nutzlose Zunge deutete. Dann schüttelte er sich ärgerlich und zog ein Rasiermesser aus der Jacke.

«Komm nur näher», summte Margaret und gebrauchte damit die alte Formulierung. «Ich will dir beibringen, wie man stirbt!»

Aber sie war wie ein Fuchs gefangen und konnte nur immer wieder ihr Todeslied zischen, während Lazarre die Klinge mit schnellen, heftigen Bewegungen abzog.

Margaret sang schriller, so voll Haß, daß die Stricke eigentlich hätten verbrennen, schrumpfen und ihr vom Körper fallen müssen. Durch meine Bemühungen krachte der Futtertrog gegen die Scheunenwand und verwirrte die Kühe noch mehr, die sich gegenseitig anrempelten und klagend muhten. Daraufhin seufzte Clarence, stand auf und machte mich fertig. Das letzte, was ich sah, ehe mir schwarz vor Augen wurde, durch das winzige, enger werdende Lichtloch, war Lazarre, wie er sich mit der Klinge an Margaret heranmachte.

Als ich Minuten später aufwachte, war der Schock noch schlimmer. Denn Lazarre hatte Margaret die Zöpfe abgeschnitten, und jetzt rasierte er ihr gerade den Rest ihrer Haare ab. Er fing fast zart mit dem breiten Teil an, und dann zog er die Schneide auf beiden Seiten ihres Schädels herunter. Er leistete sorgfältige Arbeit. Er vergoß keinen Tropfen Blut.

Und ich konnte nicht mal sprechen, um sie zu verfluchen. Denn ihre dicken Zöpfe – noch nie in diesem Leben geschnitten – waren mir über die Zunge gebunden und drückten mir das Kinn herunter, so daß ich zum Schweigen gebracht war. Machtlos schmeckte ich ihren flachen Tiergeruch.

Nicht lange danach, oder war es ewig, wanderten wir wieder in die Nacht hinaus. Wir sprachen nicht, sondern legten unseren Weg die Straße entlang voll heftigem Schmerz zurück. Ich fühlte mich im Geiste verletzt, mehr noch als Margaret. Denn sie zog jetzt ihren Schal über die nackten Ohren und schien ihre eigene schlechte Behandlung zu vergessen. Mit jedem Schritt des Weges rief sie in Angst nach dir. Aber du kluges, mutiges Mädchen! Du hattest dich versteckt, bis die Luft rein war, und warst zu Margarets Haus gelaufen. Als wir die Tür aufmachten, sahen wir dich gleich mit Nector neben dem Herd sitzen, ihr beide aufrecht und verschreckt, dann höchst erstaunt, als Margaret ihren Schal abstreifte.

«Wo ist dein Haar?» fragte Nector aufgeregt.

Ich nahm die Hand aus meiner Tasche. «Hier sind die Überreste. Ich hab es mir geschnappt, als sie mich losließen.» Ich schämte mich schrecklich, wie erbärmlich ich gewesen war, schwach und hilflos, aber Margaret nahm mir die beiden Zöpfe weg und wickelte sie um ihre Faust.

«Ich wußte, daß du sie kriegen würdest, schlauer Mann!» sagte sie. In ihrer Stimme lag eine Art Genugtuung.

Nector sprang auf die Füße, ein hagerer Junge mit üppigen Haaren. Seine Augen waren rund von der Bedrohung. «Wer hat dir das angetan, Mama?»

Ich erzählte es ihm, und er schwor, sich mit seinem Bruder Eli auf die Lauer zu legen. Aber Eli war gerade im Norden bei den Fallen, wo er immer noch versuchte, sich vor Fleur zu beweisen. Ich brachte das Feuer zum Lodern. Es war komisch, wie freundlich Margaret zu mir war, sie beschuldigte mich nicht und erwähnte auch meine Verlegenheit nicht und bewahrte so meinen Stolz vor dem Jungen. Sie verstaute ihre Zöpfe in einem Birkenholzkästchen und sagte Nector nur, daß er sie in ihr Grab legen sollte, wenn die Zeit gekommen wäre. Dann kam sie mit einem kaputten Spiegel von ihrem Waschtisch an den Herd und schaute sich in dem milchigen Glas an.

«Meine Güte», sagte sie nachdenklich, «meine Güte.» Sie stellte den Spiegel hin. «Denen komm ich mit dem Messer.»

Und auch ich dachte nach. Ich überlegte, daß ich sie

töten müßte. «Nector», sagte ich, «Eli ist weg, also mußt du dich mit mir zusammentun.»

Er nickte, runzelte ernst die Stirn, noch immer ein richtiges Kind; es sah komisch aus, daß er bedachtsam wie ein Mann wirken wollte.

«Ich nehme meine Zweiundzwanziger», sagte er.

Ich sagte zu ihm, das sei eine zu billige Rache, als daß sie einen richtigen Anishinabe-Krieger zufriedenstellen könnte, der er sein würde, wenn diese Angelegenheit bereinigt wäre. Wir würden schon ein Verfahren finden. Doch vermochte auch ich nicht geradeheraus zu sagen, wie ein leidender, halbverhungerter Großvater wohl einen jungen, gutgenährten Morrissey und einen fetten, schleimigen Lazarre vernünftig angreifen sollte. Später wickelte ich mich in der Ecke neben Margarets Herd in Decken und dachte die ganze Nacht über die Frage nach, bis ich erschöpft einschlief. Auch am Morgen dachte ich als erstes daran, und immer noch hatte ich keine Idee. Erst nachdem wir etwas gute, heiße Gaulette gegessen hatten und zu deiner Mutter zurückgingen, begann eine Idee aufzukeimen.

Fleur ließ uns in ihre Hütte, nahm dich in die Arme, und dann erzählte Margaret, was passiert war. Die alte Frau nahm mit einer schwungvollen Gebärde ihren Schal ab und stand kahlköpfig da, und in ihren Augen glühte ein loderndes Feuer. Die zwei Frauen schauten sich starr in die Augen. Fleur strich ihre Kattunbluse vorne glatt, warf ihre schweren Zöpfe über die Schultern, berührte mit dem Finger ihre geschwungenen Lippen und setzte dich dann ab. Sie ging ganz ruhig zum Waschtisch und schliff die Klinge ihres Jagdmessers scharf wie Glas. Margaret, du und ich sahen zu, sagten kein Wort, um Fleur aufzuhalten, als sie sich ihre Zöpfe abschnitt und sich den

Kopf glatt rasierte und das Haar in einen gefältelten Lederbeutel steckte. Sie drehte sich zu uns um, noch immer schön wie zuvor, aber jetzt auf eine erschreckende Weise. Dann ging sie hinaus zum Jagen, wartete nicht einmal die Nacht ab, die ihre Spuren verdecken würde.

Ich würde auch auf die Jagd gehen müssen.

Wenngleich ich mit scharfen Witzen verletzen konnte, hatte ich noch nie eine Klinge gegen einen Menschen geschwungen, schon gar nicht gegen zwei Männer. Der, den ich nicht treffen würde, würde mich umbringen, oder Nector etwas antun. Nicht nur, daß ich den Jungen beschützen wollte, ich wollte nicht von der niederen Hand eines Morrissey sterben. Eigentlich wollte ich seit Margarets auffallender Freundlichkeit dieses Leben überhaupt nicht gern verlassen. Ihr kahler Kopf, glatt wie ein Ei, war zart von Knochen gerillt und glänzte, als wäre er mit einem Stück Flanellstoff poliert. Vielleicht war es die Fremdheit, die mich so anzog. Sie sah abstoßend aus, aber das Fehlen ihrer Haare hob ihre Augen hervor, so schwarz und voller Lichter. Sie sah keineswegs bemitleidenswert aus. Sie sah aus wie diese Königin von England, wie eine Wasserschlange oder ein schlaues Vögelchen. Und ich hatte immer noch den Geschmack ihrer Zöpfe im Mund, rauchig und weich, kühl und rauh.

Ich hatte besseres zu tun als zu kämpfen. Deshalb beschloß ich, die Rache so schnell wie möglich hinter mich zu bringen. Ich war ein Redner und Jäger, ich gebrauchte meinen Verstand als Waffe. Und ich beschloß, daß ich Nector zeigen würde, wie man das macht.

«Wenn ich jage», sagte ich zu ihm, als wir in meiner Hütte Pläne schmiedeten, «lasse ich mein Wild gern sich selbst fangen.»

Nector öffnete seine Finger, ließ sie zusammenschnappen wie die Stahlgelenke seiner Zieselfallen. Ich schüttelte den Kopf. Er runzelte die Stirn.

«Wir bringen sie vor Gericht», sagte er eifrig und schlug sich mit der Hand aufs Knie.

«Jetzt schwingst du Reden», sagte ich. «Du wirst einen aalglatten Politiker abgeben. Aber zu unserem Rat gehören Pukwan-Verwandte, drum hör, was ich mir denke. Fangschlingen. Dafür braucht man geschickte Finger und die Fähigkeit, genau wie das Opfer zu denken. Das erfordert Phantasie, und deshalb sind mir Fangschlingen nie danebengegangen. Fangschlingen sind leise, und das Beste von allem ist, Fangschlingen sind langsam. Ich möchte Lazarre und Morrissey etwas Zeit lassen, darüber nachzudenken, warum ihnen der Hals zugeschnürt wird.»

Nector leckte sich die Lippen.

«Mach hier mal eine Skizze», forderte ich ihn auf. Er nahm einen Bleistift und machte seine kräftigen, dünnen Zeichen an den Rand meiner Zeitung. Unter den Fangschlingen mußte der Boden ein oder zwei Fuß tief ausgehoben werden, damit man den Knoten nicht einfach mit der Hand lösen konnte. Für Fangschlingen brauchte man auch etwas Festeres als Zwirn, der zerreißen kann, und etwas Dünneres als Stricke, die sogar Lazarre sehen und umgehen würde. Wir mußten den geeigneten Baum finden, jung und schlank, biegsam auch in der Kälte. Ich dachte genau darüber nach, und doch, trotz allem, wir hätten wohl nie die Antwort gefunden, wenn ich nicht in dieser Zeit mit Margaret in die Kirche gegangen wäre, und sich in mir nicht die Neugier darüber geregt hätte, wie Pater Damiens ganzer Stolz funktionierte, das Klavier hinten in der Kirche, das Instrument, auf dessen Tasten er hauchte, die er polierte, und dann nach den Gottesdiensten spielte und manchmal nachts allein. Ich hatte bemerkt, daß seine Hände beim Spielen gewöhnlich in der Mitte blieben, also schnitten Nector und ich unsere Drähte an beiden Enden ab.

In der Zwischenzeit waren nicht nur wir auf Rache aus.
Fleur wurde in der Stadt gesehen. Ihre dicken Röcke ließen den Schnee zu Wolken aufstäuben. Obwohl es kalt war, ließ sie ihren Kopf unbedeckt, so daß jeder sehen konnte, wie die frostige Sonne auf ihrem Schädel glänzte. Das Licht spiegelte sich in den Augen von Lazarre und Clarence, die an der Tür der Poolhalle standen. Sie ließen ihre Billardstöcke in den Schnee fallen und liefen nach Westen zur Morrissey-Farm, die ja ganz in der Nähe der Siedlung war. Fleur ging die vier Straßen ab, einmal in jede Richtung, und folgte dann.

Clarence berichtete später über ihren Besuch, wie sie durch das Haus der Morrisseys stolziert sei und hier und da etwas berührt sowie Pülverchen verstreut habe, die sich auf dem heißen Herd entzündeten und stanken. Er beharrte darauf, daß, wenn Napoleon oder Bernadette oder sogar die beiden Mädchen im Haus gewesen wären und nicht auf dem Markt außerhalb des Reservats, Fleur sie alle mit dem bösen Zauber hätte töten können, den sie da zusammenbraute. Clarence erzählte, wie er auf den Füßen geschwankt sei, wie er heftig geblinzelt habe, um bemitleidenswert auszusehen, und wie er an den Fingern geknabbert habe. Wie Fleur auf ihn zuging, wie sie ihr rasierklingenscharfes Messer zückte. Er lächelte töricht und fragte, ob sie einen Bissen zum Abendessen haben wolle. Sie streckte den Arm aus und schnitt ihm eine Strähne von seinem Haar ab. Dann entfernte sie sich vom Haus, einen Geruch von kaltem Wind hinter sich lassend, und jagte Lazarre in die Scheune. Clarence folgte und schaute durch eine unabgedichtete Ritze.

Fleur bildete eine schwarze Silhouette gegen das von der Tür kommende Licht. Lazarre drückte sich gegen das Holz der Wände und schaute zu, hypnotisiert von dem Anblick von Fleurs Kopf und der ruhigen Klinge. Er wehrte sich nicht, aber seine nutzlose Zunge plapperte, als sie näher kam und nach ihm griff, leicht und geschickt Stücke von seinem Haar abschnitt, seine Hände festhielt und ihm die Nägel schnitt. Sie schwang das Messer vor seinen Augen hin und her und fegte ein paar Augenwimpern in ein weißes Stück Sackleinen, das sie dann sorgfältig faltete und in ihre Bluse steckte.

In den darauffolgenden Tagen lallte und weinte Lazarre. Fleur töte ihn mit einem bösen Zauber. Er zeigte seine Hand, den Biß, den Margaret ihm beigebracht hatte, und den dunklen Striemen von der Wunde, das Handgelenk entlang und den Arm hinauf.

Mir war klar, daß die beiden Männer jetzt mindestens auf dreifache Weise dem Untergang geweiht waren. Margaret siegte über ihre katholische Erziehung und schwor, ihr Seelenheil aufs Spiel zu setzen, indem sie die Streitaxt aufnahm, da sonst niemand ihre Feinde vernichtet hatte. Ich bat sie inständig, noch eine Woche zu warten, während der es ständig schneite und taute und wieder schneite. So lang brauchten wir, um die Fangschlingen zu meiner Zufriedenheit herzurichten, in der Nähe von Lazarres Schuppen, auf einem Pfad, auf dem die beiden Männer zur Stadt gingen.

Nector und ich bauten sie an einem Morgen, ehe sich irgend jemand regte, ließen uns dann nieder, um von einer alten, zu Boden geneigten Kiefer aus zu beobachten. Wir warteten, während der Rauch in einer silbrigen Feder aus dem Blechrohr von Lazarres Dach aufstieg. Wir mußten einen halben Tag da sitzen, ehe Lazarre nach draußen kam, und auch dann nur, um Holz zu holen, keineswegs in der Umgebung des Pfads. Es war gar nicht so einfach, unser Blut im Fluß und unsere Mägen ruhig zu halten. Mir fiel es schwerer als Nector, weil ich ihn von seinen kalten Füßen ablenken mußte. Zuerst beschäftigte ich ihn damit, Füchse herbeizulocken, indem ich wie ein Kaninchen fiepte. Dann streckte Lazarre den Kopf zur Tür heraus, und wir gaben diesen Spaß auf. Nector stellte mir Fragen wie ein junger Erwachsener, nicht wie ein neunjähriger Junge. Er wollte wissen, wie das Land aufgeteilt wurde, was für Gebühren erhoben wurden. Wir machten uns oft Sorgen über diese Unverschämtheit, und Nector fraß diese Sorgen in sich hinein, eigentlich mehr, als mir damals klar war.

«Du solltest noch nicht einmal an Mädchen denken», sagte ich zu ihm, «erst recht nicht an Landaufteilung.»

«Ich bin so gut wie erwachsen», belehrte er mich, indem er der Klinge seines Messers entlang schaute.

Wir aßen jeder eine Handvoll Trockenbeeren, die Margaret uns mitgegeben hatte, und teilten uns ein bißchen zerstoßenes Fleisch. Endlich tauchte Clarence auf. Er kam schnell daher, kümmerte sich nicht darum, im Wald leise zu sein. Dort, wo die Bäume aufhören, wo wir wußten, er würde nach vorne Ausschau halten, nach Gefahren oder irgendeinem Zeugen seines Besuchs bei Boy, sah er, daß die Luft rein war, ging ein Stückchen vor und trat dann wie ein blindes Gespenst in die Schlinge.

Es war perfekt, oder wäre es gewesen, wenn wir die Falle ein paar Zentimeter größer gegraben hätten, denn beim Fallen gelang es Clarence irgendwie, seine Beine auszustrecken und über dem Loch zu spreizen. Die Falle war unsichtbar gewesen, mit dünnen Zweigen und noch mehr Schnee zugedeckt, und doch erfaßte Clarence in dem einen Augenblick, als er im Fallen mit dem Fuß Halt suchte, ganz klar die Konstruktion und spreizte seine Beine nach den beiden Rändern aus. Ich weiß nicht, wie es ihm gelang, aber da schwebte er nun. Nector und ich warteten reglos. War das nicht besser, als wir gehofft hatten? Die Schlinge zerrte genug, so daß sie dem Narren leicht in den Hals einschnitt, sie paßte zu genau. Er war ausgestreckt, auf Zehenspitzen und die Arme gerade ausgebreitet. Wenn er nur einen Finger rührte, das kleinste bißchen Kontrolle verlor, selbst wenn er zu schreien anfinge, würde ein Fuß abrutschen und die Schlinge sich zuziehen.

Aber Clarence bewegte keinen Muskel, regte kein Haar. Er wagte nicht einmal, seinen Gesichtsausdruck zu verändern. Sein Mund blieb im Schock erstarrt. Nur seine Augen gingen hin und her, rollten grimmig und wild von einer Seite zur anderen und zeigten die ganze Erregung, die er nicht herauslassen durfte, während er so verzweifelt nach einem Ausweg suchte. Sie konzentrierten sich erst, als Nector und ich ganz ruhig von der Kiefer her auf ihn zukamen.

Wir standen genau im Blickfeld von Lazarres Haus, direkt voreinander. Ich schob Nector hinter mich und stellte mich vor Clarence. Nur eine Berührung, ein plötzlicher Tritt, vielleicht bloß ein Wort war alles, was nötig war. Aber ich schaute ihm in die Augen und sah darin, daß er seine Lage erkannte.

Ich sagte zu Nector:

«Siehst du diesen Mann? Er hat noch nie so schwer nachgedacht.»

Dann überkam mich Mitleid. Nicht einmal um Margarets Schande zu rächen, konnte ich es tun.

Wir wandten uns ab und ließen den Morrissey zurück, noch immer auf dem Schneerand balancierend.

Man hat immer nur einmal die Chance, einen Dachs zu töten, oder auch einen Morrissey, deshalb war ich froh, daß wenigstens der schiefe Mund dem armen Clarence als Denkzettel blieb. Die Lippe des Morrissey hing an seiner linken Gesichtshälfte herunter, schon bald nachdem Lazarre es irgendwie fertigbrachte, ihn von dem Baum abzuschneiden. Lazarre war so ungeschickt, daß der Junge sich halb erwürgte und in der Luft strampelte, während Lazarre, der sich vor allem um seinen schmerzenden Arm kümmerte, versuchte, den dünnen, festen Draht durchzureißen. Also hat meine Fangschlinge vielleicht wirklich Schaden angerichtet und eine vorübergehende Lektion erteilt. Der verzogene Mund von Clarence war aber von Dauer und würde davon zeugen, daß er die kahlen Köpfe bei den Pillagers verschuldet hatte, noch lange nachdem die Narben um seinen Hals verblaßt waren.

Was Lazarre selbst anbelangt, wurde der Striemen an seinem Arm dunkler. Seine Finger wurden schwächer und zunehmend taub. Er wurde gemieden, obwohl er auf der Suche nach Linderung durch die Straßen der Stadt streifte. Ich sah, wie er mir ein paar Tage später auswich, als ich mit meinem ganzen Geld den Laden aufsuchte. Ich kaufte die teuerste Haube auf dem Regal, eine schönere als irgendeine Frau auf dem Reservat hatte. Sie war groß und schwarz wie ein Kohleneimer und hatte auch so eine Form. «Sie betont meine Rehaugen», sagte Margaret. Unter ihrer Krempe starrte sie mich an, bis ich den Blick abwandte.

Sie trug sie jeden Tag und bei den Vorfastenmessen. Als wir die Straße hochgingen, konnte man Stimmen hören. «Da geht die alte Frau Kohleneimer.» Trotzdem war sie stolz auf den Hut und sanfter mit mir, das merkte ich. Als wir dann das Aschenkreuz auf die Stirn bekamen, lebten wir miteinander.

«Ich höre, ihr erwägt, euch die Treue zu schwören», sagte Pater Damien, als wir ihm auf dem Weg von der Kirche die Hand gaben.

«Ich habe bereits Beziehungen zu Margaret», flüsterte ich, um ihn zu erschrecken. «So läuft das bei uns.»

Er hatte aber schon mit ähnlichen Problemen zu tun gehabt, so daß er nicht einmal um ein Gegenmittel verlegen war.

«Geh auf alle Fälle zur Beichte», sagte er und wies mich zurück in die Kirche.

Margaret runzelte argwöhnisch die Stirn und gab mir zu verstehen, daß sie warten würde. Also ging ich wieder nach drinnen und kniete mich in den kleinen Kasten. Pater Damien schlüpfte neben die schattige Tür. Ich erzählte ihm, was ich mit Margaret getan hatte, aber er unterbrach mich nach der Hälfte.

«Keine weiteren Einzelheiten. Bete zu Unserer Lieben Frau.»

«Da ist noch eine andere Sache.» Ich nahm alle Verantwortung, alle Schande auf mich.

«Ja?»

«Clarence Morrissey, er trägt in der Kirche jede Woche einen Schal um den Hals. Ich habe ihn wie ein Kaninchen mit einer Schlinge gefangen.»

Pater Damien ließ sich von der Vorstellung erfüllen.

«Und als letztes», fuhr ich fort, «ich habe den Draht aus Ihrem Klavier gestohlen.»

Das Schweigen drang bis zu meinem Platz, und es hatte mich im Griff, bis der Priester sprach.

«Mißklang ist Gott verhaßt. Du hast Sein Ohr verletzt.»

Fast als Nachgedanken fügte Damien hinzu: «Und Sein Gebot. Die Gewalt unter euch muß ein Ende haben.»

«Sie können den Draht zurückhaben», sagte ich. Wir hatten nur einen langen Strang gebraucht. Ich war auch bereit, nie wieder meine Fallstricke gegen Menschen zu gebrauchen, ein leichtes Versprechen. Lazarre war ja schon gefangen.

Nur zwei Tage später, als deine Mutter und ich gerade dem Händler sechs Körbe aus Stachelschweinborsten zeigten und den Preis aushandelten, kam Lazarre in den Laden. Seine Augen rollten nach oben, als er Fleur sah. Er streckte seinen Arm aus, deutete auf die tiefschwarze Vene und sperrte den Mund weit auf. Dann trat er rückwärts in eine Reihe von Fallen, die der Händler aufgestellt hatte, um uns zu zeigen, wie sie funktionierten. Die Augen deiner Mutter hellten sich auf, ihr weißer Schal fing das Sonnenlicht ein, als sie sich umdrehte. All das Geflüster stimmte. Sie hatte Lazarres Gestalt in ein Stück Birkenrinde gekratzt, sein Inneres gezeichnet und etwas Zinnober seine Arme hinaufgerieben, bis die rote Farbe in sein Herz gelangte. Es gab kein Geräusch, als er fiel, keinen Schrei, kein Wort, und die verschiedenen Fallen, die um seinen Körper zu Boden fielen, sprangen eine ganze Weile hoch und schnappten, Luft packend, zu.

Der Schnee fiel und versperrte die Straßen. Meine Fallen brachten nichts, und sogar die Ziesel verkrochen sich tief im Boden und verschwanden. Die Nonnen in der Mission lebten nur von Brot. Was sie aufsparten, indem sie die ganze Woche hungerten, wurde den Kindern gegeben, die von ihren Eltern zur heiligen Messe getragen wurden.

Jeden Abend hackte Margaret ein kleines Stück von dem gefrorenen Elchfleisch ab und kochte es für mich. Wir tranken Aufgüsse von allem möglichen, was sie im Wald finden konnte – Wildkirsche, Ulmenrinde. Wir schickten Nector zu den Fallen, damit er bei Eli im Wintercamp bleiben sollte, wo sie ganz gewiß Kaninchen oder Bisamratten fangen würden. Es schneite weiter, unser Elchfleisch wurde weniger, und Margaret fing an, mich zu bearbeiten.

«Laß uns bei mir wohnen, mein Keller ist voll mit Eingemachtem.»

«Dann geh es holen.»

Aber Margaret lehnte ab, die Falltür in ihrer Küche aufzuschließen oder ihr Eingemachtes aus den Regalen im Keller zu holen, wo diese Gläser hingehörten. Ich sagte zu ihr, daß sie versuche, mich aus meinem Haus wegzuhungern, und daß sie lieber bleiben solle, wenn sie haben wolle, was ich ihr jede Nacht gab.

«Soll ich erfrieren?» murmelte sie. «Dieser alte Egoist zieht mir die Decken weg.»

Obgleich das Gegenteil stimmte, tat ich so, als hörte ich nicht, und sie wurde lauter.

«Wir könnten genausogut in einem Holzverschlag wohnen», behauptete sie. «Der Wind gewinnt Kraft, wenn er durch die Risse in diesen Wänden fährt.»

«Dann stopf etwas hinein», drängte ich.

Sie funkelte mich unter der geschwungenen Haube an, die sie an manchen Abenden nicht absetzte, sogar wenn sie neben mir ins Bett ging.

«Womit denn ausstopfen!»

Sie fegte durch die Hütte, sammelte unsere wenigen armseligen Decken und Kleider auf. Sie öffnete die Truhe meiner dritten Frau, aber da sprang ich auf und hielt ihren Arm fest.

«Laß das los», befahl ich, aber sie riß die wertvollen Reste von Bettzeug und Spitzenschals an sich und schlüpfte dann nach draußen. Einen Augenblick später hörte ich die Geräusche von zerreißendem Stoff. Ich stürzte nach draußen hinter ihr her und stand vor ihr, warf den Arm in die Luft, hielt meinen Spazierstock hoch und erstarrte dann in dieser irrigen, schrecklichen Haltung. Denn sie hatte ihren eigenen Rock zerrissen, um den Riß zu flicken, wie sie triumphierend zeigte, und erschrak nicht im geringsten vor meiner Drohung.

«Schlag doch zu!» stachelte sie mich an. «Wenn der Schnee das nächste Mal taut, werde ich in der Stadt sein und erzählen, wie der arme Nanapush keinen anderen Stock mehr gebrauchen kann außer seinem Spazierstock!»

«Lügnerin!» Ich ließ den Arm fallen. «Ich hab dich erschöpft, gib's zu.»

«Ich bin eingeschlafen», sagte sie, «wenn du das meinst.»

Daraufhin ging ich zu weit. «Eine kratzbürstige Frau nimmt, was sie kriegt!»

Ihre Augen verfinsterten sich siegesgewiß. Ich hatte eine Öffnung für ihr Messer gelassen. Zuerst warf sie die Decken und Schals hin, Schätze aus meiner Vergangenheit. Dann erinnerte sie mich daran, wer hilflos neben ihr gefesselt gewesen, wer zugesehen habe, wie Lazarre seine Rasierklinge abzog. Sie erinnerte mich daran, wie ich die Achtung der anderen verlor, meine Männlichkeit verlor, was für ein Glück ich hatte, eine Frau zu haben, die über eine solche Schande hinwegsah.

Ich wandte mich ab.

«Sie hätten mir besser den Hals abgeschnitten», murmelte ich, «oder dir die Zunge.»

Sie wandte sich in die andere Richtung, setzte sich in Bewegung, und ich sah sie erst nach Wochen wieder.

Wenn sie nicht da war, gab es wenig, was mich an den Sinn des Lebens erinnerte. Ich wurde zu träge zu essen, ließ die letzten Kartoffeln verrotten, dann wurde ich zu schwach, im Wald neue Fallen zu stellen. Um meine Magenschmerzen zu betäuben, suchte ich nicht nach Nahrung, sondern rauchte rote Weide. Ich schlief neuerdings mitten im Lesen ein. Dann konnte ich eines Tages nicht mehr von meinen Decken aufstehen, meine Glieder waren schwach wie Wasser, und ich träumte denselben Traum wie damals, als meine Familie dahingerafft wurde.

Ich stand in einem Birkenwald von hohen, geraden Bäumen. Ich war einer von vielen in dieser Zuflucht aus Stärke und Schönheit. Plötzlich ein lauter Knall, Donnern, und sie polterten wie Streichhölzer herunter, alles um mich herum war im Nu dem Erdboden gleich. Ich stand als einziger noch aufrecht. Und jetzt, als ich schwächer wurde, schwankte ich und sank fast zu Boden.

Als der Schnee aufhörte, brauchte Margaret eine ganze Stunde, mich wieder zum Leben zu erwecken, und ihre Wut hatte sich in Sorge verwandelt. Sie zwang mir einen Löffel Beeren vom letzten Sommer in den Mund, und mit diesem Geschmack kam mir die Süße jener Tage wieder. Ich war mir nicht sicher gewesen, ob jene Zeiten wiederkommen würden. Mit dem Hunger schwindet das

Gedächtnis. Ich atmete die Luft ein und roch eine Suppe, die Margaret aus Knochen gekocht hatte, die sie in ihrer Tasche trug. Ich machte die Augen auf und sah dich, die du die Aufgabe hattest aufzupassen, ob mein Gesicht sich regte. Deine Großmutter trat vor, den großen schwarzen Hut auf dem Kopf, und legte mir die frischgebackene Gaulette in die Hände. Ich sah, wie meine Finger das Brot zerrissen, die Kruste abzupften. Ich spürte, wie die weichen Krümel mir über die Lippen strichen, aber ich schmeckte nichts. Das Innere meines Mundes hatte mangels Gewöhnung keinen Geschmack mehr. Doch spürte ich, wie das Brot herunterrutschte, jedesmal wenn ich kaute und schluckte, so lange, bis ich in meiner Leibesmitte eine schwere Kugel hatte.

Danach fühlte ich mich besser.

Du standest vor mir, stolz, bedacht darauf, daß ich das Paar Schuhe bemerken sollte, das an deinen Gürtel gebunden war. Es waren dünne Lacktanzschuhe, die teuer aussahen, glänzten.

«Wo kommen die her?» fragte ich.

Margaret schürzte die Lippen, sagte aber stolz: «Eli. Er ging neulich mit seinem Nerzhund los. Er sah eine Spur, wo diese Nerze sich in einem Bisambau verstecken wollten und fing sie noch am selben Nachmittag. Der Händler gab ihm zwanzig Dollar. Willst du wissen, was er uns an die Türschwelle brachte? Fünfzig Pfund Mehl, diese Schuhe, eine Decke für mich. Und dies hier.»

Sie reichte mir eine Schachtel mit Patronen.

«Diese Schuhe sind allerdings zu ausgefallen», sagte Margaret, «deshalb haben wir sie an Lulus Schärpe gebunden.»

Du drehtest dich, um deine Schuhe vorzuzeigen, die mit feinen Bändern an deine Strümpfe und an den Wollrock gebunden waren. Du warst so fest verschnürt, daß du dick aussahst, obgleich dein Gesicht blaß und eingefallen war.

«Du solltest kein Essen an einen schwachen alten Mann verschwenden», sagte ich zu Margaret. «Oder einen törichten, oder einen dummen. Ich hab meinen Spazierstock verbrannt.»

Zwischen den gerundeten Huträndern zeigten ihre Backen Schatten. Ihre Haut war trocken, und ich konnte durch sie die Umrisse ihres scharfgeschnittenen Schädels sehen, die sich wölbende Stirn. Es machte mich kummervoll, dies zu bemerken, und ich war so hilflos. Deshalb bewunderte ich sie.

«Wer würde meinen, daß ein Kohleneimer eine Frau so gut aussehen lassen würde?»

Sie wandte sich ab und tat geschäftig, aber ich merkte, daß sie erfreut war.

Später an diesem Abend, und viele Abende danach, bis ich gesund genug war, hinaus zum Matchimanito zu gehen, wo wir alle zusammen leben wollten, um Wege und Nahrung zu sparen, machte dir Margaret ein Nest aus Decken am Herd und legte sich mit mir aufs Bett.

Unsere Gespräche stiegen in die Dunkelheit auf, und was wir redeten, drehte sich um Vergangenheit und Gegenwart. Ich wußte, die Atemzüge und Nächte, die uns noch blieben, waren gezählt, aber ich war zu schwach, ihre Wünsche zu erfüllen. Ich sagte zu ihr: «Vielleicht bin ich dazu am Ende nicht mehr fähig.»

Aber Margaret lachte.

«Solang deine Stimme noch funktioniert, tut's das andere auch.»

Eli ließ Fleur den weißen, fein gewebten Schal zukommen, Tage, ehe er wagte, sich selbst in ihre Hände zu geben. Schließlich machte er die Tür zu ihrer Hütte auf und trat ein. Ich weiß nicht, ob er den Kopf hängen ließ, wie ich ihm geraten hatte, ob er auf die Knie fiel und Fleurs Rock ergriff, um sich die Tränen aus den Augen zu wischen, ob er die Geste gebrauchte, die das Herz meiner Weiße-Perlen vor so langer Zeit erweicht hatte.

Egal was er tat, es funktionierte, und die Dinge besserten sich, wie wir hörten.

In jenem Winter wurden Löcher in den Matchimanito gehackt, und unsere Leute fischten ohne Rücksicht auf den Wassermann dort unten, alle Gedanken waren nur auf Nahrung gerichtet. Die Leute standen stundenlang auf dem Eis, warteten, schlugen sich, um warm zu werden, und konnten an nichts anderes denken als an ihren und ihrer Kinder Hunger. Da war es nur natürlich, daß sie, um sich von ihren eigenen Problemen abzulenken, ihre Augen ans Ufer richteten und dies oder jenes darüber erfahren wollten, was mit Fleur Pillager und Eli Kashpaw passierte.

Es war schon ihrer Aufmerksamkeit wert.

Der Kamin des Pillager-Hauses rauchte Tag und Nacht, aber im Garten sah man niemand. Leise Rufe waren zu hören, unverkennbar von Menschen, dünn unter dem frostigen Himmel, selbst von den dicken Wänden der Hütte nicht zurückgehalten. Diese Rufe waren voll Freude, seltsam und wunderschön anzuhören, süß wie der Geschmack der Früchte im letzten Sommer. In Bahnen von Decken gewickelt, die Mäntel mit Laub und Stroh ausgestopft, rissen unsere Leute ihre Pelzkappen und Schals von den Ohren und kamen aus dem Windschutz aus dem sich am Eis entlangziehenden Kieferngeäst heraus. Die Geräusche wurden so gut durch die klare Luft getragen, sogar leises Lachen, so daß die Leute wie festgewurzelt standen und die Kälte tief in ihre Knochen kriechen ließen, bis sie die Befriedigung der Stille vernahmen. Dann wandten sie sich ab und verkrochen sich wieder voll Hoffnung. Leicht angewärmt beugten sie sich hinunter, um ihre vereisten Angelleinen einzuholen.

SECHSTES KAPITEL

Frühling 1918 – Winter 1919
Payaetonookaedaed-geezis
Bohrasselsonne

Pauline

Ich hatte mich schon so lange kasteit, daß ich, als ich die Bewegung zum erstenmal spürte, nicht ahnte, wie weit ich zurückrechnen mußte. Deshalb wußte ich auch nicht, wann ich es gebären würde. Und da ich mich schon Gott anverlobt hatte, versuchte ich, es aus mir herauszuzwingen, es aus meinem Schoß auszutreiben. Bernadette erwischte mich eines Nachmittags hinterm Haus, wie ich mir den Axtstiel in den Bauch rammte. Aber obwohl ich mich wieder und wieder gegen den Hackklotz fallen ließ, bis ich voller blauer Flecke war, hatte Napoleons Samen sich schon zu fest eingenistet.

«Was soll das!» Bernadette kam auf mich zugestürzt und hielt mir die Arme fest. Sie stieß die Axt mit dem Fuß fort und hielt mich fest, bis ich das Kämpfen aufgab und mich an sie fallen ließ. In meiner halben Ohnmacht fühlte ich ihre bretthart Brust, roch ihren verschwitzten Geruch, einen Pferdegeruch, und spürte ihre Rechtschaffenheit. Ich wußte, daß sie mir nicht weiterhelfen würde, es sei denn, ich könnte ihren Zorn erregen.

«Schlag mich nicht!» weinte ich. «Frag auch nichts! Es war Napoleon.»

Ihre Arme wurden steif, zu flachen Strängen aus Muskeln und Sehnen, und dann sagte sie das, was mir nicht weiterhalf. «Ich werde das Kind nehmen.» Sie ließ mich los, senkte den Kopf und setzte sich auf den Holzstoß, die Wangen in die Hände gestützt.

«Nein», sagte ich.

Sie hob den Kopf, sie verstand.

«Hilf mir», flüsterte ich, «du weißt doch sicher...»

«Das ist eine Todsünde.»

Sie stand auf, schwang die Axt über den Kopf und ließ sie sauber und hart heruntersausen, so daß sie ohne Zittern im Hackklotz steckenblieb.

Danach machten wir gemeinsam einen Plan, wie wir meinen Zustand verheimlichen konnten. Wir wußten beide geschickt mit Stoff und Schere umzugehen, und zusammen entwarfen wir ein Kleid, das nichts verraten und mir erlauben würde, Bernadette zu begleiten, bis ich zu hoch in Umständen wäre. Wenn es soweit war, würde ich die Farm nicht mehr verlassen. Sie würde mich entbinden, denn sie hatte das Wissen um das Leben in ihren Händen, genau wie das um den Tod. Aber sie stellte eine unerbittliche Bedingung: daß ich nicht noch einmal versuchen dürfe, das Kind wegzumachen. Ich versprach es, aber es war schwerer, als man sich vorstellt, die Gedanken, die mir ins Hirn krochen, unbeachtet zu lassen. Ich wußte, daß Moses Pillager, der mir den Liebeszauber gegeben hatte, Mädchen half, bei denen er zu gut gewirkt hatte. Er mischte Mittelchen aus zerstoßenen Wurzeln und Rinden. Hätte ich sie gekannt, ich hätte meinen Körper selbst gereinigt. Ich dachte daran, mir den Bauch mit engen Seilen zuzuschnüren oder vom Dach zu springen. Nur Bernadettes beharrliche, abschätzende Blicke, nur die klumpige Suppe, die sie mir löffelweise hineinzwang, nur das Bett, das sie mir von da an am Fußende ihres eigenen machte, ließen mich mein Versprechen halten.

Ich kannte sogar schon sein Geschlecht und seinen Namen.

Marie, sagte sie, benannt nach der Jungfrau. Ich wußte es anders. Satan war derjenige, der mich mit seinen Hörnern aufgespießt hatte.

Und während es wuchs, oder vielmehr *sie* wuchs, stieß sie mit ihrem kräftigen Kopf und rollte und drehte sich wie ein Otter. Wenn sie das tat, übermannten mich die Anfälle von Haß so sehr, daß ich weinte und meine scharfen Fingernägel in das Holz der Tischplatte grub.

Bernadettes zweites Gebot war, daß Napoleon mir nicht mehr nahe kommen durfte. Sie trug seine Kleider, seine Fiedel, seine Mokassins und seine harten Sonntagsschuhe hinaus in die Scheune und verbot ihm, ins Haus zu kommen. Clarence war der Bote, der Vermittler, derjenige, der Napoleon den Teller mit Essen brachte, den Bernadette füllte und aufs Fensterbrett stellte. Vom Fenster des oberen Zimmers sah ich ihm zu, wenn er auf einem alten Ulmenstumpf im Hof saß und aß. Vornübergebeugt schaufelte er sich das Essen mit der flachen Klinge in den Mund. Er wischte den Teller mit Brot sauber und rauchte dann eine oder zwei selbstgedrehte Zigaretten, und danach holte er die Fiedel. In die einbrechende Dämmerung hinein spielte er französische Kanons und Gigues. Diese Musik, deren Gesäge und Aufschreie, deren unbarmherzige dunkle Fröhlichkeit wie ein Knüppel durch die Wände drang, ging endlos fort, bis mir die Ohren brannten und ich das Gefühl hatte, sie würden mir vom Kopf fliegen.

Sophie rannte nach draußen, um mit Philomena zu

tanzen. Engumschlungen drehten sie sich und hopsten und sprangen um den in sein Spiel versunkenen Napoleon herum. Sie wurden dünner und wilder, während ich immer mehr auseinanderging. Die Haut über meinem Bauch spannte sich zu weißer Durchsichtigkeit. Durch dieses Pergament hindurch versuchte ich, das Kind zu lesen. Es bewegte sich jetzt weniger, war eingeengt und gebändigt. Ich glaubte, ich würde es ertragen können, wenn es nur bald käme. Aber ich wurde noch dicker, wie ein aufgegangener Brotlaib, den erst die Geburt flachdrücken würde. Ich hoffte darauf, betete darum, erlöst zu werden.

Aber nichts geschah.

Der Sommer entfloh, und alle lebenden Pflanzen vertrockneten zu Halmen und Samen. Die Erde wurde hart. Ich schwoll so stark an, daß ich kaum die Arme heben konnte und jeder Atemzug erzwungen, gegen das Gewicht des Kindes erkämpft war. Ich spürte, wie meine Knochen nachgaben, das Gefäß meiner Hüften weit aufbrach, und zwischen meinen Beinen war ein leises und unaufhörliches Brennen.

Bernadette brachte mich ins Bett und verbot mir, mich zu rühren. Durchs Fenster sah ich zu, wie die Männer den letzten Weizen ernteten, mit einer gemieteten Maschine, die stampfte und ratterte und Dampf in die Luft schoß, so daß ich weder schlafen noch in Gedanken ein Gebet durchhalten konnte. Und später hörte ich dann über die abgestorbenen Felder das wilde und heisere Dröhnen der Glocken zum Waffenstillstand, das den ganzen Tag nicht aufhören wollte, bis ich laut gegen den Lärm anschrie, der mir keinen Frieden brachte.

Doch dann kam mein Baby, wie auf ihr Zeichen hin.

Worte waren nichts nütze. Gedanken töricht. All

diese Erfindungen des Kopfes. Die Zeit verging langsam, da der Schmerz voraussagbar, und schnell, weil er ein überfließender Brunnen war. Ich wurde von einem mächtigen Untier gebeutelt, über die Schulter geworfen, geschüttelt wie ein Kind im festen Griff seiner Mutter. Ich staunte über den Atem, der sich mir entrang. Ich hörte meine eigenen Schreie. Bernadettes Stimme ging auf und verwelkte in meinem Ohr, befahl mir, was ich tun sollte, wo ich die Beine hinlegen, wann ich die Demütigung ihrer Berührung ertragen mußte. Sie wies mich an, wann ich den Atem anhalten, wann ihn ausströmen lassen sollte und endlich, daß ich das Kind mit meiner ganzen verbliebenen Kraft hinauspressen sollte.

Aber inzwischen hatte ich schon zu viel begriffen, war zu viele Male eingetaucht, hatte zu weit geschaut.

Ein Zweig flackerte vor dem Fenster, die Spitze eines Baumes, ganz allein in der knirschenden Dunkelheit. Wenn ich gebar, würde ich einsamer sein. Ich sah es, und ich sah es zu gut. Ich würde eine Ausgestoßene sein, ein Ding, das zum Gebrauch Gottes ausersehen war, ein menschliches Wesen, das von keinem anderen menschlichen Wesen berührt werden durfte. Marie! Die Anstrengung schüttelte mich, ich hielt mich zurück, verwandelte mich zu einem engen, runden und sehr schwarzen Etwas, das sich um mein Kind klammerte, so daß es nicht entkommen konnte. Ich wurde ein riesiger Stein, ein Findling unter einem Berg.

«Preß doch, hilf mir», rief Bernadette.

Ich grub die Fersen in die Leintücher, in das Strohdrillich, verschloß mich und hielt fest. Aber das Kind bewegte sich, arbeitete sich stückweise vorwärts. Sein Wille war stärker. Da setzte ich mich plötzlich auf und hielt mich an den oberen Bettpfosten fest. Ich täuschte es, legte mich auf die Seite, ließ die Zuckungen seiner Bewegung vorübergehen.

«Dummchen, du!» Bernadette war außer sich vor Angst, vor Wut, und jetzt kämpften wir. Ich hielt still und heulte und erklärte Bernadette in den Pausen dazwischen, daß ich entschlossen sei zu sterben und auch das Kind sterben zu lassen, noch ohne den Makel der Erbsünde, solange es keinen Atemzug getan hatte.

Weder rutschte Bernadette die Hand aus noch ließ sie sich zu einem Wortwechsel hinreißen. Sie preßte nur fest die Lippen zusammen. Als sie hinausging, dachte ich in meiner Verwirrung, sie hätte uns aufgegeben. Aber kurz darauf kam sie mit einem Seil zurück ins Zimmer. Außerdem schwang sie ein Gerät aus zwei schwarzen eisernen Kochlöffeln, die an den Griffen mit Draht zusammengebunden waren. Die legte sie aufs Bett. Sie band mir die Arme an die Bettpfosten, dann spreizte sie meine Beine und band die Knöchel am Bettrost unter der Matratze fest. Ich wurde festgebunden, so straff wie sie nur ziehen konnte. Und als die nächste Wehe und wieder die nächste und dann die übernächste mich gegen meine Fesseln nach oben warfen, gelang es ihr, die Löffel um den Kopf des Kindes zu legen und es in die Welt hereinzuziehen.

Wir waren voneinander getrennt.

Das Licht schien in eine Ecke, das Kind schrie. Ich hörte sein hohes kratziges Schreien, eine untröstliche Melodie. Ich schaute es an. Es war verschmiert, von mir verformt, wies alle Schändungen auf, die ich von Napoleon Morrissey erfahren hatte. Die Löffel hatten auf beiden Schläfen einen dunklen Fleck hinterlassen.

«Sieh mal», sagte ich. «Sie ist von den Daumen des Teufels gezeichnet.»

«Ach was», sagte Bernadette. «Nimm sie. Leg sie an die Brust.»

Aber das Kind war schon gefallen, ein dunkles Ding, und ich konnte den Gedanken nicht ertragen. Ich wandte mich ab.

«Behalt du Marie.»

Sie tat es. Und ich verließ das Haus, sobald ich gehen konnte.

Im Kloster stand ich jeden Morgen vor allen anderen auf. In dieser kalten dunklen Stunde, in der die Luft starr wie Eisen war, machte ich das Feuer an, brach die Eisschicht von den Wassereimern und kochte dann das Wasser für die Wäsche, für die Frühstückssuppe, zum Waschen und für alles andere, was nach dem Morgengebet stattfinden würde.

Der Herd war größer als alle Herde, die ich bisher gesehen hatte, und obwohl uns das Holz von einer Mannschaft frommer Männer gespalten wurde, war nie genug da, um ihn am Brennen zu halten. Meine Pritsche, die ich jeden Morgen klein zusammenrollte und wegräumte, war kalt, obwohl ich mit dem Rücken zum Aschenkasten schlief. Den ganzen Winter über taute mein Blut überhaupt nie auf. Mein Magen wurde nie voll. Meine Hände waren rauh und aufgerissen. Und trotzdem wurde ich stark. Meine Schultern wurden härter, und ich gewann an Größe. Ich konnte Stunde um Stunde knien. Es war keine Strafe für mich.

«Nimm dies von mir an», bat ich IHN, wenn mich Nacht auf Nacht die Kälte in harten Klauen hielt und ich so zitterte, daß ich nicht schlafen konnte. «Und dies», jedesmal, wenn ich mich zum Essen setzte und mein Brot halbierte. Wenn mein Magen kniff. «Auch dies, mein Herr.» Wenn das Blut mir nach dem Abnehmen der gefrorenen Leintücher von der Wäscheleine in die abgestorbenen Hände zurückschoß: «Und auch dies. Dies. Und dies.»

Und ER tat es. Ich nahm zu an Weisheit. Wie Schuppen fiel es mir von den Augen. Jeden Tag sah ich deutlicher, und ich staunte über das, was ER mir zeigte.

Zum Beispiel, wo genau ich herkam.

Eines Nachts in tiefster Kälte saß ER im Mondlicht auf dem Herd, schaute auf mich herunter und lächelte in den Strahlen seines Glanzes und erklärte es mir. ER sagte, ich sei nicht die, die ich zu sein geglaubt hatte. Ich sei eine Waise und meine Eltern seien in Gnaden gestorben, und außerdem sei ich, trotz meiner verräterischen Gesichtszüge, nicht das kleinste bißchen indianisch, sondern vollkommen weiß. ER selbst hatte dunkles Haar, obwohl seine Augen blau wie Flaschenglas waren, und deshalb glaubte ich IHM. Ich weinte. Als ER vom Herd herunterstieg, war sein Atem warm an meinen Wangen. ER wischte mir die Tränen ab und sagte zu mir, ich sei zum Dienen erwählt.

Und auch noch andere Dinge. Meine Tochter wurde mir vergeben. Ich sollte sie vergessen. ER habe einen wichtigen Plan für mich, auf den ich mich vorbereiten müsse; ich solle die Gewohnheiten und die Verstecke SEINES Feindes herausfinden. Dieser Plan wurde mir ganz allmählich enthüllt. Über eine Zeit hinweg, während der Winter immer mehr Menschen niedermähte und ich vom Kloster aus zu einem Haus nach dem anderen gerufen wurde, wo ich die frisch Gestorbenen zurechtmachte, wurden mir die Einzelheiten SEINES großen Wunsches mitgeteilt. Ich solle den Indianern nicht den Rücken kehren. Ich solle hinaus unter sie gehen, still sein und zuhören. Es gebe einen Teufel im Lande, einen Schatten im Wasser, eine Erscheinung, die ihnen den Blick verstelle. Es sei kein Raum, nicht die geringste Ritze in ihren Gedanken, in die ER hätte einziehen können.

«Die Indianer», sagte ich jetzt, «sie.» Niemals *neenawind* oder *wir*. Und ich merkte bald, daß es gut war, daß ich das tat. Denn eines Tages kündigte Schwester Anne während des Abendessens an, daß die Oberin Bescheid erhalten hätte, daß unser Orden keine Indianerinnen aufnehmen werde, und ich solle zu ihr gehen und ihr meine wahre Herkunft darlegen. Was ich tat. Und die Oberin sagte, sie sei hocherfreut, daß dieser Stein des Anstoßes beseitigt sei, da sich so deutlich zeige, daß ich in SEINEM mystischen Körper wohne. Sie habe niemals eine derart ernsthafte und hingebungsvolle und auch demütige Novizin erlebt. Ich schwoll vor Stolz und lächelte.

«Liebe Mutter», sagte ich mit sanfter Stimme. «Ich bin klein.»

Ihr Mund zuckte, als sie mich so knien sah, einen sperrigen Haufen von Knochen.

«Zumindest im Vergleich zu deiner Seele.» Aber dann überlegte sie. «Ich muß oft an die heilige Theresa, die ‹Kleine Blume› denken, wenn ich dich sehe. Sag mir. Antwortet dir UNSER HERR, wenn du betest?»

Ich zog in Erwägung, ihr alles zu erzählen, fürchtete aber, daß sie es mißverstehen würde. Wie die Tränen unserer Gebenedeiten Jungfrau, die auf meinem Rock geschmolzen waren, ließen sich seine Pläne für mich nicht vollständig erklären oder beweisen. Deshalb war sein Besuch das einzige, das ich mitteilte.

«ER kommt in der Dunkelheit. ER sitzt auf dem Herd und spricht mit mir», sagte ich.

Sie antwortete nicht.

«ER bleibt allerdings nie lang, Mutter. Er sagt, es ist viel zu kalt.»

Sie schwieg eine ganze Weile, dann sagte sie: «Dann werden wir IHN nachts wohl willkommen heißen müssen, indem wir ein paar zusätzliche Stöckchen verbrennen.»

Ich verbrachte eine Woche mit einem Schlitten im Wald, um abgestorbene Äste zu sammeln, und büßte so für meine Frechheit. Doch hatte sie Mitleid und erlaubte mir, den Herd vor dem Schlafengehen noch einmal zu schüren, damit er die Wärme hielt. Sie gab mir ihre eigene dünne Decke, obwohl ich sicher bin, daß sie in ihrem schönen wollenen Umhang schlief. Wenn sie sich hin- und hergeworfen hätte, um warm zu werden, wäre das eine entsetzliche Buße um meinetwillen gewesen. Ich war versucht, sie zu beruhigen, ihr zu sagen, daß meine Rettung das körperliche Unbehagen wert sei. Ich war versucht, ihr die Wahrheit zu sagen. Aber als ich gerade im Begriff war, es zu tun, bemerkte ich, daß mein Schatten sich bewegte, wenn ich es nicht tat, wodurch sich oft Satan offenbart, wenn er ganz nahe ist. Da wußte ich, daß mir der Böse das ins Ohr geflüstert hatte, und ich widerstand. Ich sagte es der Oberin nicht und gab ihr auch ihre Decke nicht zurück, sondern wartete auf das Licht, auf den nächsten Befehl von SEINEN Lippen, darüber, wie ich mit Fleur verfahren sollte.

Sie war diejenige, die die Tür zuschlug oder sie aufstieß. Fleur war die Türangel zwischen den Menschen und dem goldäugigen Wesen im See, dem Geist, von dem es hieß, er sei weder gut noch böse, sondern habe einfach nur Gelüste. Und ähnlich war es auch mit IHM, unserem Herrn, der offensichtlich den Weißen mehr

Schlauheit mitgegeben hatte, denn sie vermehrten sich ja ringsum, und einige besaßen sogar Automobile, während die Indianer zurückwichen und sich zu Tode husteten oder tranken. Es war deutlich zu sehen, daß die Indianer nicht beschützt wurden, weder von dem Ding im See noch von den anderen Manitus, die in den Bäumen oder im Dickicht lebten, noch von den Geistern der Tiere, die durch die Jagd so dezimiert wurden, daß sie allen Lebenswillen verloren und sich gar nicht mehr paarten. Es würde eine Umkehr geben müssen, eine Sammlung, eine andere Tür. Und Pauline würde diejenige sein, die sie aufstieße, so wie sie die Kühlhaustüren in Argus zugeschlagen hatte. Nicht Fleur Pillager.

Eines Nachts sah ich es.

Sie bewegten sich. Es war so, wie der alte Nanapush gesagt hatte, als wir um den Herd saßen. Als junger Mann hatte er einmal eine Büffelexpedition für Weiße angeführt. Er sagte, die Tiere hätten begriffen, was sich da abspielte und wie sie dahinschwanden. Er sagte, als der Rauch abgezogen gewesen sei und die Kadaver überall verstreut herumlagen, eine Tagesausbeute, nur um der Zungen und der Felle wegen, da hätten sich die Tiere, die überlebt hatten, merkwürdig und sehr ungewöhnlich verhalten. Sie hätten den Verstand verloren. Sie hätten sich aufgebäumt, gebrüllt und getrampelt, hätten die Kadaver auseinandergerissen und das Fleisch gefressen. Sie hätten alles getan, um einander zu verstümmeln, zu fallen oder zu sterben. Sie hätten versucht, sich selbst umzubringen. Sie hätten versucht, ihre Jungen zu vernichten. Sie hätten gewußt, daß sie aussterben, hätten ihr Ende gesehen. Er sagte, während die Weißen alle die entsetzliche Nacht durchgeschlafen hätten, die er durchwachte, habe das Stöhnen nicht enden wollen, sei die

Ebene unterhalb von ihm lebendig gewesen, ein Meer, das sich gegen sich selbst erhob, und erst als der Donner kam, erst dann, habe der Wahnsinn aufgehört. Er habe gesehen, wie ihre Geister zwischen die Blitze geglitten seien.

Ich sah dasselbe. Ich sah die Leute, die ich eingehüllt hatte, die Grippe- und Schwindsuchttoten, deren Hände ich gefaltet hatte. Sie reisten, lahm und gebeugt, die Brust dunkel vom Blut, das sie aus den Lungen husteten, gingen hintereinander her und sammelten sich, schlugen eine andere Straße ein. Eine neue Straße. Ich sah, wie sie einander in Traggurten und Sänften schleppten. Ich sah, daß ihre ungeborenen Kinder schlaff an ihnen hingen, auf ihren Rücken gebunden waren oder vorwärtsgeschoben wurden, in der Hoffnung, den besten Platz zu erwischen, wenn die herrlichen glänzenden Tore aus Luft und gehämmertem Gold sich an lautlos geölten Gittern auftun würden, um sie alle einzulassen.

Christus war natürlich da, in strahlendes Weiß gekleidet.

«Was soll ich jetzt tun?» fragte ich. «Ich habe dir so viele Seelen gebracht!»

Und ER sagte sanft zu mir:

«Hol noch mehr.»

Und genau das hatte ich vor, wenn ich mit meinem Netz von Wissen hinaus unter sie ging. Er gab mir den Auftrag, Namen zu geben und zu taufen, Seelen zu sammeln. Nur mußte ich mich dafür selbst aufgeben, ich mußte mich auflösen. Ich tat es bereitwillig. Ich hatte nichts zu verlieren und nichts zu gewinnen, außer dem, was in SEINE Hände eingehen würde. Ich paßte leicht durch ein Nadelöhr. Und sobald ich zur anderen Seite durchgeschlüpft war, machte ich mich auf zur Hütte der Pillagers.

Von außen konnte ich nicht erkennen, ob es ihnen schlechtging. Die Balken waren sorgfältig abgedichtet, und das Dach war ordentlich gesichert. Rauch von einem Holzfeuer stieg aus dem Kamin in die kalte windstille Luft. Ich ging zur Tür und klopfte leise an. Ich war jetzt als Novizin gekleidet, in Gamaschen und dickes graues Wollzeug. Mein Haar war zum Teil verdeckt, ein Kreuz aus Myrtenholz hing um meinen Hals, und meine Taille war mit einem aus Metall geschmiedeten Rosenkranz gegürtet.

Fleur machte die Tür auf, schaute mich an und lachte. Ihr Gesicht war vom Hungern abgemagert. Ein weißes Kopftuch bedeckte das Haar, und ihre Silberohrringe brannten in der Sonne. Wenn auch sehr schmal, überlebte sie doch. Vielleicht hatte sie ein oder zwei Kürbisse in einer Miete oder einen Sack Kartoffeln, oder vielleicht half Eli. Manche Leute sagten, er sei zurückgekommen, und andere, er sei verschwunden. Vielleicht wußte er das letzte Wild im Wald aufzuspüren.

«Du bist ja fromm geworden», sagte Fleur und legte die Finger auf die Lippen. Sie hatte eine dunkle Wollbluse an, einen Rock, der schwer wie eine Decke war, und ihre Schultern waren in ein Umschlagtuch aus braunem Garn gewickelt. Sie trug das ungeborene Kind tief.

«Darf ich reinkommen?»

Sie wandte ihr knochiges, von dem weißen Tuch umrahmtes Gesicht ins dämmrige Innere der Hütte und schaute mit hochgezogenen Augenbrauen jemanden an. «Da kommt diese Morrissey und klopft an meine Tür», sagte sie.

«Ich bin keine Morrissey», sagte ich überrascht und

trat an ihr vorbei über die Schwelle und auf den Fußboden aus gestampftem Lehm, den Fleur gefegt und mit Fellen ausgelegt hatte. Ich zog meine dünnen Stiefel aus und setzte mich in die Nähe des Herds.

«Du hast wohl nicht zufällig ein Krümelchen zu essen...» sagte ich zu Fleur. Ich kämpfte damit, meine Stimme zu kontrollieren. Das war es, was ER meinte. Demut. Ich drehte mich um und nickte dem Mann im Schatten, Eli Kashpaw, zu. Er machte nicht die geringste Bewegung, um meinen Gruß zu erwidern. Auch Fleur rührte sich nicht, ging weder zum Wasserkessel noch zum Schrank. Sie faltete die Arme unter ihrem Tuch und zog es enger.

«Und jetzt bettelt das Mädchen auch noch.»

Ich legte meine Hände in den Schoß. Wer ahnte schon, was sie wußten und was nicht? Welche Gerüchte?

«Ich habe keine Familie», sagte ich, von IHM geleitet. «Ich bin allein und besitze kein Land. Wo soll ich denn sonst hin als zu den Nonnen?»

Fleur und Eli schwiegen. Ein Berg von Decken bewegte sich auf dem Bett. Es war Lulu, die wie eine Maus zusammengerollt dazwischenlag und dann und wann träumte.

«Wenn euer Kind nur nie solche Leiden erfahren muß wie ich!» Unter ihrer unerbittlichen Gleichgültigkeit bekam ich Mitleid mit mir selbst. «Ihr seid die einzigen, die mir je etwas Gutes getan haben.»

«Stimmt nicht», sagte Fleur. «Die Morrisseys gibt's schließlich auch noch.» Sie nahm ihr Tuch ab und zeigte ihren stoppeligen Skalp.

Ich war dumm gewesen. Ich hatte nicht geahnt, daß die Schuld für das Abrasieren mir zufallen würde.

«Ich hab mich von den Morrisseys losgesagt!» sagte

ich. Fleur band das Tuch wieder fest. «Oder jedenfalls von allen außer Bernadette. Ich bin ins Kloster gegangen, weil ich die Männer nicht mehr ertragen konnte.» Dann hatte ich eine Eingebung. Ich senkte die Stimme.

«Napoleon, der alte Säufer, hat versucht, mich willfährig zu machen, er hat mich geprügelt und in der Scheune zusammengeschlagen. Ich bin weg, weil ich mich nicht mehr gegen ihn wehren konnte.»

Fleur schaute mir mit ihren harten zusammengekniffenen Augen prüfend ins Gesicht; dann stieg Heiterkeit in ihr hoch, und sie wandte sich ab, um Eli zuzulächeln, der vorgab, mit der Reparatur eines Kochtopfes beschäftigt zu sein.

«Du findest das komisch.» Ich ließ meine Stimme beben.

«Ich habe nur gerade an euren Familienzuwachs denken müssen», sagte Fleur mit glatter Zunge, «das Kleine, das Bernadette angenommen hat, ein Kind aus deiner Verwandtschaft. Ein quicklebendiges kleines Ding, flink und kräftig. Aber wie ein Christ sieht es nicht aus.»

«Ich weiß nichts von ihr», sagte ich zu schnell, «erzähl.»

«Dann weißt du ja, daß es ein Mädchen ist.» Fleur lächelte. «Sie hat den Mund der Puyats, die runtergezogenen Mundwinkel. Nur daß ihrer noch keine Lügen erzählt.»

Immerhin, Fleur verzieh mir, unterließ es, einen wunden Punkt anzugreifen. Sie erlaubte mir, auf dem wärmsten Stuhl sitzen zu bleiben und gab mir Haferkuchen zu essen. Aber vielleicht war sie auch nur müde und mehr mit all denen befaßt, für die sie sorgen mußte, ihre Tochter Lulu, Margaret, sogar den alten Heiden Nanapush.

Von dem hatte ich einiges zu ertragen.

War er in jenen Wintertagen da, wenn ich zu Besuch kam, versuchte er, mit seinem Spazierstock meine Kutte hochzuheben und zu sehen, was ich drunter anhatte. Er wollte auch mein härenes Hemd sehen, bestand darauf, egal, wie oft ich betonte, daß ich keins trug. Aber schließlich gestand ich in einem unbedachten Augenblick, daß ich mir aus Kartoffelsäcken Unterwäsche genäht hatte, und daß mich das Scheuern, wenn ich sie anhatte, an das Opfer Christi erinnerte. Das entzückte ihn, spornte ihn noch an. Er wollte zu gerne wissen, wie das Unterzeug genäht war, ob ich es ausziehen mußte, um die niedrigen Körperbedürfnisse zu verrichten. Er deutete an, nach gespielt ernsthaftem Nachdenken, daß ich insgeheim vielleicht das Kratzen des rauhen Materials an meinen Schenkeln genoß.

«Wie der Bart von einem Franzosen», meinte ich ihn murmeln zu hören.

Ich sprach hoch und laut. «Leiden ist ein Geschenk an Gott! Ich habe alles weggegeben, was mir gehörte. Ich habe nur noch das Wohlbefinden und die Freuden meines Körpers, und diese letzte Perle schenke ich jetzt IHM.»

«Eine Perle ohne Kaufwert», stimmte Nanapush zu, aber eigentlich widersprach er, auf seinen Stock gestützt. Sein langes weißes Haar war mit roten Bändern umwickelt, und sein Gesicht war faltig und glänzend. Er hatte eine Hakennase und breite hohe Wangenknochen, die das Alter zu runden Knaufen geformt hatte. Sein breiter Mund war eingefallen, weil keine Zähne mehr darin waren, und er ging gebeugt, aber man konnte sich leicht vorstellen, daß er einmal so gut ausgesehen hatte, wie die Leute es behaupteten, und daß er eine Art gehabt hatte, die seine Ehefrauen befriedigte. Er lächelte sein zahnloses Lächeln.

«Und wie ist das mit der Frucht ohne Kaufwert?» überlegte er als nächstes. «Hast du die auch aufgegeben?»

Ich blieb ungerührt. «Du meinst Christus. Er wohnt in uns, ER ist die Frucht aus dem Schoß der Jungfrau.»

«Nein», sagte er und beugte sich mit einem falschen Stirnrunzeln zu mir. «Nicht *die* Frucht. Die Kirsche.»

Ich tat, als verstünde ich den Holzhacker- und Whiskey-Händler-Slang nicht, den Nanapush im Laufe seines Lebens aufgeschnappt hatte.

«Hör auf, so zu reden», sagte Margaret scharf und stellte sich mit hocherhobenem Löffel hinter den Stuhl des alten Mannes. Sie war immerhin so fromm, daß sie in ihrer Gegenwart keine Späße über Kirchendinge erlaubte. Aber der böse Feind ließ sich nicht so leicht zum Verstummen bringen.

«Ich verstehe nicht», sagte er, «wenn ich noch mal auf die Perlen zurückkommen darf...»

Margaret schien zu wissen, worauf er hinauswollte.

«Den zwicken die Altmännerperlen. Wissen wir doch.» Sie gab ihm einen Klaps mit dem Löffel und wandte sich ab, wobei sie die schwarze Haube zurechtzog, die sie sogar drinnen im Haus trug.

Er rief ihr nach: «Die zwicken ganz ordentlich, die großen festen Zwiebeln. Die bringen mich zum Weinen.»

Als sie sich wieder umdrehte, hatte sie einen Teller in der Hand, mit Brühe von einem mageren Wintermoorhuhn. Die Suppe enthielt das kleingeschnittene Fleisch, Markkürbis und ein paar gekochte Binsenwurzeln. Ihr Duft erfüllte den Raum, sprach mit ihrem Wohlgeruch den Körper an, auch wenn sie fast nur aus Wasser bestand.

«Man könnte gradesogut Holzstückchen auskochen», sagte Margaret, als sie den Teller vor Nanapush hinstellte.

Den nächsten Teller schöpfte sie für Eli, dann einen für Fleur, die ihren mit Lulu teilte. Dann war noch ein klein wenig übrig, das sie mir gab. Ich hatte es schon hinuntergeschlungen, bevor ich sah, daß sie sich selbst gar nichts genommen hatte.

Nanapush gab seinen noch fast vollen Teller Margaret zurück, die einen Löffelvoll nahm und ihn dann an Fleur weiterreichte, deren Schüssel schon von Lulu leergeputzt war.

«Ich hab schon beim Kochen gegessen», sagte Margaret. Sie schaute Fleur an, die so hager war, mit dem sich nach vorn wölbenden Baby, und Lulu, die mit solch gieriger Hingabe aß, die Knochen ablutschte und sich die Finger leckte. «Wir Alten brauchen nicht viel, unser Magen ist zu bitter.»

Nanapush war so schlau, daß er mich manchmal drankriegte, indem er mir Fragen ohne Grenzen und Ende stellte. Er lauerte mir auf, wenn ich auf dem Weg zu einem Krankenbett an seinem Haus vorbeiging, oder trieb mich in die Enge, wenn ich die Pillagers besuchte. Keiner stand mir bei, obwohl sie normalerweise recht höflich waren. Es war, als hätten sie instinktiv begriffen, was der HERR mir von seinem Thron auf der vorderen Herdplatte verkündet hatte. Sie behandelten mich so, wie sie eine Weiße behandeln würden. Meistens wurde ich gar nicht beachtet. Wenn sie etwas zu mir sagten, sprachen sie in der Regel Englisch.

Außerdem hatten sie ihren Spaß an den versteckten Witzen des alten Mannes.

Eines Nachmittags war Nanapush da, als ich hereinkam, und natürlich fiel ihm die geniale Mahnung an die Gefangennahme Christi auf, die ich mir ausgedacht hatte, indem ich meine Schuhe falsch herum an den Füßen trug.

Er wies mit seiner kleinen qualmenden Pfeife nach unten.

«Gott verwandelt diese Frau in eine Ente», sagte er.

Sofort waren alle aufmerksam und neugierig geworden. Ich versteckte die Füße unter meiner Kutte, aber Lulu paßte natürlich genau auf und schaute jedesmal aufgeregt nach unten, wenn ich mich bewegte. Das Gehen war viel unbequemer und schwieriger, als man denken sollte. Mein Innenfuß tat weh, ich schlingerte hin und her, lief mir schmerzhafte, wunde Stellen. Diese Male mußte ich vor den anderen Nonnen verstecken. Aber jedesmal, wenn ich versucht war, die Schuhe richtig herum anzuziehen, rief ich mir den letzten Gang Christi ins Gedächtnis zurück, SEINE bloßen Füße auf dem Kopfsteinpflaster und die Löcher von den Nägeln.

«Nimm es an», betete ich innerlich, wenn Nanapush über mein stolpriges Schlurfen stichelte und lachte. Eines Tages schoß er eine törichte Frage nach der anderen auf mich ab und bezwang meinen Widerstand.

«Hat Jesus die Sandalen falsch herum an den Füßen getragen?»

«Nein.»

«Warum tust du's dann?»

«Ich leide um SEINETwillen, so wie ER um deinetwillen gelitten hat», sagte ich. «Ich ziehe meine Schuhe zur Kasteiung verkehrt herum an.» Ich erwähnte nicht, daß ich dies nur praktizierte, wenn ich fern vom Kloster war, weil die Oberin meine ungewöhnlichen Formen der Buße mißbilligte.

Nanapush war still, als meditiere er, dann sagte er:

«Du bist anders als alle.» Er wirkte ausnahmsweise einmal ernsthaft und nachdenklich. Ich konnte nicht einmal eine Andeutung heimlicher Verachtung wahrnehmen. Er überlegte. «Vielleicht bist du die ungewöhnlichste Frau, die ich kenne.»

Es war unklug, aus dieser Richtung einen Hoffnungsschimmer zu spüren, aber er war ja alt und vielleicht war seine Seele reif zum Pflücken. Zumindest sollte ich versuchen, sie meinem Schatz hinzuzufügen.

Ich sagte einfach: «Manche sind berufen.»

«Das stimmt, genau», sagte Nanapush und klopfte dabei in plötzlicher Begeisterung mit dem Stock auf den Boden, «deshalb bist du so anders. Das habe ich beobachtet.»

Ich erlaubte mir eine Spur Koketterie. Mein Stolz war über die Maßen in Versuchung geführt.

«Was hast du beobachtet, Onkel?» fragte ich.

«Dieses», sagte Nanapush mit Nachdruck. «Du brauchst dem Ruf nie zu folgen.»

«O doch», sagte ich verwirrt. «Ich muß jedem seiner Worte folgen!»

«Dann ruft er dich wohl nie auf, dich zu erleichtern.»

Mir blieb der Mund offenstehen. Das letzte hatte er in der alten Sprache gesagt, und die Worte waren deutlich und vulgär.

«Mir ist aufgefallen», fuhr er fort, «daß du den ganzen Tag hier sitzt und nie zum Abort gehst.»

Es stimmte, und ich schämte mich und war wütend. Diese zahnlose Ruine hatte meine geheimste Gewohnheit entdeckt, nämlich mir selbst nur zwei Zeiten am Tag für diesen Zweck zu gestatten, und zwar während der Morgen- und der Abenddämmerung. Im Kloster bemerkte das niemand. Niemand konnte es verraten, wie damals, als ich mir Stecknadeln in die Haube steckte und als ich ein Stück Seil um den Hals trug, das mich daran erinnern sollte, meinen Herrn nie so zu verraten wie Judas.

«Du Drecksmaul», sagte ich. Ich konnte meine Zunge nicht mehr im Zaum halten. «Der Teufel soll dich in tausend Stücke reißen und jedes Krümelchen einzeln braten!»

Er sah erschreckt aus, entschuldigte sich sofort, machte ein betroffenes, demütiges Gesicht und humpelte zur Tür hinaus, was so ungewöhnlich für ihn war, daß ich dachte, ich wäre vielleicht ungerecht und zu schroff gewesen. Aber im Grunde hätte ich viel weiter gehen und ihn noch schlechter behandeln sollen, denn er lag nur auf der Lauer und wiegte mich eine Woche lang in Sicherheit. Er wartete nur auf den rechten Augenblick.

Eines Nachmittags kam ich von einem Krankenlager und hatte den ganzen Tag nichts getrunken, damit ich die letzten Stunden durchhielt. Nach der Mittagsmahlzeit fand ich es schwer, meine Gedanken längere Zeit auf etwas anderes zu lenken als auf die wohltuende Erleichterung der Dämmerung. Solange die Sonne schien, hielt ich mich durch tiefes Gebet und verbissene Konzentration ruhig. Ich hatte guten Grund. ER hatte angedeutet, daß ich das Ewige Leben gewinnen könnte, wenn ich mein Gelübde niemals bräche und niemals zwischendurch zum Abort ginge. Es war ein hartes Joch, das ich auf mich nahm, aber bisher hatte ich noch nicht versagt. Doch jetzt ließ ich mich von Nanapushs falscher Freundlichkeit verführen, denn er hatte extra einen Topf voller starkem Sassafras gebraut und Zucker hineingemischt.

Zucker. Wie wir uns alle nach diesem Geschmack sehnten!

Das Wetter war kalt und dräuend. In der Hütte war es warm, die Luft war feucht vom Duft der gehaltvollen, bronzefarbenen Rinde, die Nanapush gesammelt und aufgebrüht hatte. Auch eine Suppe köchelte, Bisamratte und Mais, und trieb mir Tränen des Verlangens in die Augen. Ich trank den Tee in kleinen Schlucken. Die süße heiße Mischung hinterließ ein unsägliches Prickeln in meinem Mund. Die Wache war lang gewesen, ich hatte nicht geschlafen, und die herrliche Erquickung des Zukkers machte mich träumerisch. Ich hörte mit halbem Ohr Margaret zu, die irgendwelche Geschichten erzählte, wie es früher den Menschen in ihrem Clan ergangen war. Bevor ich es recht wußte, war die erste Tasse ausgetrunken, und dann auch die zweite, und dann trank ich einfach nur weiter und hörte zu. An irgendeinem Punkt übernahm Nanapush das Wort. Draußen war es noch hell, noch etwa zwei Stunden bis zur Dämmerung. Ich hatte inzwischen gut gelernt, Winternachmittage einzuschätzen. Ich sammelte Kraft für den Sommer, wenn die Sonne spät unterging.

«Meine Geschichte geht so», sagte Nanapush. «Es war einmal ein kleiner Regen. Der fiel auf den Kopf eines Mädchens, Tropfen um Tropfen.»

Ich schob meine Tasse voller Bedauern weg. Mir war unbehaglich, ich merkte, daß ich aufhören mußte. Der alte Mann fuhr fort.

«Der Regen wurde stärker. Er begann in Strömen zu

fallen. Ihr wißt ja, wie Wasser auf den See aufklatscht. So fiel er. Er fiel und fiel. Mehr Regen. Da begann das Mädchen auf dem Wasser dahinzutreiben. Sie befand sich in einem tiefen Strom, der sie rings um die Erde trug, bis sie etwas sah, das aus dem Wasser ragte. Sie schwamm darauf zu und hielt sich daran fest.»

Margaret lachte. Fleur hörte schläfrig zu, an Eli geschmiegt. Lulu hockte auf dem Schoß des alten Mannes. Das Licht draußen schien heller statt schwächer zu werden. Ich verfluchte das viele Gerede vom Wasser und begann im Geiste einen Rosenkranz. Aber da sah ich das traurige Wunder Christi in Gethsemane vor mir. Er weinte einen Fluß, und ich konnte Nanapushs Stimme nicht ausschalten. In der alten Sprache gibt es hundert Worte, um Wasser zu beschreiben – seine Richtung, seine Farbe, seine Quelle und seinen Umfang –, und er benützte sie alle.

«Das herausragende Ding sprach zu dem Mädchen und sagte, wenn es weiter herausragen und sie retten sollte, dann müsse sie später tun, was es wolle. Und sie versprach es.»

«Natürlich», sagte Margaret und breitete die Arme für Lulu aus. «Komm her, mein Kleines.» Sie versuchte, das Kind abzulenken, aber Lulu hörte hellwach vor Interesse zu.

«Das Wasser stieg höher», sagte Nanapush.

Seine Stimme war so leicht, daß ich ihn mißtrauisch ansah, aber er schien völlig von seiner eigenen Geschichte gefangengenommen.

«Es kroch ihre Knöchel hinauf, dann bis zu ihren Knien. Es schwappte immer höher, bis unter ihren Rock. Dann ging es ihr bis zur Taille.»

Ich wurde auf unangenehme Weise in Mitleidenschaft

gezogen und klopfte mit den Füßen auf den Boden, um mich abzulenken. Je mehr das Wasser in der Geschichte anstieg, um so heftiger tanzten meine Füße.

«Ein Wunder», sagte Nanapush und hörte ganz plötzlich zu erzählen auf. «Diese Ente kann den Jitterbug tanzen!»

«Trink noch ein wenig Tee, damit du ruhig wirst», sagte Margaret.

Aber ich machte mich ganz steif und verlor nicht einmal die Beherrschung über meine Stimme.

«Das Wasser», sagte Nanapush, «bedeckte bald ihre Brüste und stieg dann langsam weiter, bis an ihr Kinn. Dort blieb es stehen.»

«Und fiel wieder», sagte Margaret, die Lulu vergessen hatte, «das wissen wir doch! Immer weiter, bis das herausragende Ding frei dalag.»

Nanapush tat, als wolle er sich die Hose aufknöpfen. Eli lachte in der Ecke, und Fleur drängte ihn keck, weiterzuerzählen. Margaret hielt Lulu die Augen zu, aber Lulu schüttelte ihre Hand ab.

«Es gehörte meinem Vorfahren», sagte Nanapush, «und jetzt war es an der Zeit für das Mädchen, das zu tun, was es versprochen hatte...» Er beugte sich zu mir herüber und flüsterte, als sollte das Kind es nicht hören. «Und so trieben sie es, bis ihre Geschlechtsteile rauchten.»

Ich starrte meine Fäuste an. Ich wagte nicht, mich zu bewegen, und wußte jetzt, daß der Tee und die Geschichte geplant waren. Das hatte ihm der Satan eingegeben, er hatte ihn zu mir geschickt, um meine Standfestigkeit zu prüfen. Er wollte mir die zukünftige Freude im Angesicht meines Retters verwehren, droben im Himmel, wo es ein Ende hätte mit solch irdischen Demütigungen, wie ich sie jetzt in jedem Winkel meines Gehirns, jedem Muskel erleiden mußte. Ich gab mir alle Mühe, mich zu einem Eisblock erstarren zu lassen. An vertrocknete Felder und Staub auf der Straße zu denken. An IHN zu denken und SEINE besondere Liebe zu Märtyrern. Ich flüsterte mit unterdrückter Stimme Rosenkränze, um Nanapushs Worte zu blockieren. Doch den Anblick dessen, was er jetzt aus seiner Weste zog, konnte ich nicht blockieren.

«Neun Monate später», sagte er, «kam ein kleiner Junge zur Welt.»

Zwischen den Fingern hielt er das, was die Männer unten in Argus einen Pariser nannten. Er begann, ihn mit Sassafrastee aus der Tülle zu füllen. Vor meinen Augen wurde die dünne Haut länger und blähte sich wie ein Ballon. Mir wurde schlecht. Ich fing am ganzen Leib zu zittern an, und ein Stöhnen entrang sich meiner Brust.

«Es war das Kind der Flut und war nichts als Wasser», sagte Nanapush. «Die Zeit verging, und der Junge wuchs und wuchs. Seine Haut wurde straffer.»

Nanapush goß noch mehr Tee hinein.

Die anderen heulten und wiegten sich hin und her. Feuchte Tränen rollten mir die Wangen herunter. Der Pariser schwoll entsetzlich an. Ewiges Leben! Unendlicher Friede! Ich versuchte, meine Gedanken standhaft und klar zu halten.

Dann platzte die Haut, und unter Margarets amüsiertem Geschimpfe ergoß sich eine Welle von Tee über den Tisch.

Ich betete tausend Gebete in einer einzigen klatschnassen Sekunde. Gebückt lief ich zur Tür und kümmerte mich einen Dreck darum, ob ich die Probe bestand oder nicht oder ob ich eine Million Jahre Teufelsgelächter würde erdulden müssen – wenn ich mich nur jetzt erleichtern konnte.

Das falsche Zittern in der Stimme des alten Mannes klang mir in den Ohren. «Nasse Kartoffelsäcke muß man in der Sonne trocknen! Komm zurück! Hör auf einen alten Mann. Ich erzähl das nur zu deinem Besten!»

Wie viele Tage Fegefeuer? Wie viele Tage der Freude? Die letzteren maß Gott mir mit einem Teelöffel zu. Im Kloster wurden meine Hände rissig. Meine Fingerknöchel waren geschwollen und mit Schorf überzogen. Mein Programm war einfach zu befolgen und gleichzeitig schrecklich hart, da ich mir immer neue Beschränkungen auferlegte. Nachts erlaubte ich mir nicht, mich hin und her zu wälzen, um bequem zu liegen, sondern zwang mich, auf dem Rücken zu schlafen, die Arme über der Brust gekreuzt in der Haltung, in der die Heilige Jungfrau die Aufmerksamkeiten unseres HERRN empfing. Wenn ich aufwachte, erleichterte ich mich, und dann brach ich das Eis auf den Eimern. Dazu benutzte ich keinen Löffel, sondern die Hände. Ich trank nichts anderes als heißes Wasser und nahm mir die dünnste Brotscheibe, wenn nicht die Oberin mir ihre aufdrängte. Ich durfte ihr Geschenk nicht zurückweisen, um ihr kein Juwel aus dem Königreich ihrer Seele zu stehlen. Ich steckte mir Kletten in die Achseln meines Kleides, Sandgras in die Strümpfe und Nesseln in den Halsbund. Die Oberin zwang mich, meine Schuhe richtig herum anzuziehen, aber ich ließ mir die Zehennägel wachsen, bis das Gehen wieder weh tat und jeder Schritt mich an SEINEN Schritt auf dem Weg nach Golgatha erinnerte. Und weil ER mich darum bat, gab ich noch immer mein Ziel nicht auf.

Einige Heilige ertrugen brennendes Pech oder rotglühende Eisenzangen. Manche wurden von Löwen zerrissen oder, wie Perpetua, einer wahnsinnigen Kuh vorgeworfen, die die Hufe auf ihr tanzen ließ. Da gab es Cecilia, die ihre eigene Enthauptung überlebte, und die heilige Blaise, die mit einem eisernen Rechen zu Tode gekämmt wurde. Der heilige Johannes vom Kreuz wurde ein Jahr lang in ein Verlies gesperrt und halb von seinen eigenen Läusen gefressen. Die heilige Katharina drehte sich zu Tode. Voraussagbare Muster, diese Martyrien. Meines hatte eine andere Gestalt.

Peinlichkeit. Ich gab mir den Rat, Nanapush zu erdulden. Falls einmal die Geschichte meiner Standhaftigkeit geschrieben wird, so soll sie berichten, daß ich niemals wankte, nie dem Zorn nachgab, sondern mit sanfter Geduld versuchte, seine Seele aus dem Unrat zu ziehen. Um dies zu vollbringen, war es nötig, seine Sticheleien und Spitzen zu ertragen. Die Kartoffelsäcke, die ich unter meiner wollenen Kutte trug, waren übelriechend, das weiß ich. Nanapush hielt sich die Nase zu und heulte auf, als ich eines Tages zu Fleurs Haus kam.

«Zieh sie aus und trockne sie in der Sonne, wie ich es dir gesagt habe!»

Die Kälte war schneidend, scharf wie Knochen, aber trotzdem verweigerte er mir den Eintritt in die Hütte der Pillagers.

«Geh, geh weg!» sagte er. «Du wirst immer mehr wie die Weißen, die sich nie sauber waschen!»

Es war eine meiner Bußen, mich nicht zu waschen, denn es ist eine süße Eitelkeit, einen angenehmen Geruch zu haben. Doch Gott macht keinen Unterschied. Ihm ist eine gute Seele, die wie Käse stinkt, lieber als eine böse Seele, die nach Rosenöl und Myrrhe duftet. Mein üppiger Duft war das Parfüm, das meine Seele verströmte, die Brise der Frömmigkeit.

«Ach, laß sie doch rein», sagte Fleur von drinnen mit müder Stimme. «Ich werd Wasser kochen.» Ich hörte das Klappern von Töpfen.

«Ihre Unterhosen fallen gleich zu fauligen Fäden auseinander», brummelte Nanapush. Er schaute böse herüber, zog seine Jacke an und ging, noch immer die Hand vorm Gesicht. Das kleine Mädchen lief ihm ein paar Schritte weit in den Hof hinterher und kam dann zurück.

«Hol Schnee rein», sagte Fleur. Sie gab Lulu einen Eimer, breitete dann die Hand über die Rundung ihres Bauches und stand geistesabwesend auf der Türschwelle. Dann bewegte sie sich wieder. Margaret hatte verlangt, daß Eli kommen und Nector helfen sollte, eine Ladung Holz zum Verkaufen zu spalten und aufzuladen. Sie fuhr mit ihnen mit, um sicherzugehen, daß sie den besten Preis dafür bekamen. Sie versuchten, Geld zusammenzukriegen, um die Bodensteuern für ihre Familie zu bezahlen, die im späten Frühjahr fällig waren. Weil die anderen fort waren, machte es mir nichts aus, mich auszuziehen, obwohl ich aus Schamhaftigkeit versuchte, mir eine Decke vorzuhalten.

«Wir sind dieses Jahr alle mager», sagte Fleur und zupfte an meiner Abschirmung. Ich versuchte, sie weiter festzuhalten, worauf Fleur um so fester zog, bis sie schließlich voller Ärger an mir zerrte und alle Kraft aufbot, um mich ins Wasser zu stecken. Sie riß mir mein selbstgemachtes Unterzeug ab und warf Unterhemd und Unterhose in einen dampfenden Eisenkessel. Daneben hatte sie noch einen kleineren Kessel zum Kochen aufgesetzt und ein paar große Kerosindosen mit Wasser, das sie zu dem Schnee in den Waschzuber goß. Ich trat in das warme Wasser.

«Setz dich noch nicht rein», sagte Lulu. Unter ihrem Blick ging ich in die Hocke. Sie war ein herrisches kleines Wesen, ein merkwürdiges, eitles, viel zu intelligentes Kind. Sie goß mir warmes Wasser über die Beine. Die Lackschuhe, die sie immer am Gürtel festgebunden trug, schaukelten leicht hin und her. Ihr Glänzen hypnotisierte und beruhigte mich, denn nun ließ ich los, machte die Augen zu und beschloß, Fleurs Anwandlungen plötzlicher Zärtlichkeit nicht weiter zu hinterfragen. Es war wie in der Nacht, als sie mich in Fritzies Wandschrank getragen und mich zwischen die Hauptbücher gebettet hatte. Ich ließ alles mit mir geschehen. Den Waschlappen und die Bürste, die sie mir in die Hand gaben, wollte ich allerdings nicht nehmen. Ich hatte es mir zur Regel gemacht, mich niemals selbst zu berühren, weder um mich zu kratzen, noch um einen verspannten Muskel zu reiben, noch um mich zu waschen oder zu reinigen. Ich konnte mein Gelübde nicht brechen – auch wenn Fleur deswegen wütend wurde. Ich ließ sie meine Kleider nach draußen auf den Hof tragen, um sie über einem qualmenden Feuer aus langsam brennendem Salbei und Süßgras auszulüften. Dann wusch Fleur mich, aber ich ermahnte mich, kein Vergnügen dabei zu empfinden. Ich saß im Wasser und spürte seine Hitze wie eine heftige Gefahr, aber dann vergaß ich alles. Das Kind seifte mir den Rücken mit einer glitschigen Pflanze ein und schrubbte das quälende Jukken des rauhen Sackleinens und des groben Wollzeugs ab. Ich gab ihr meine Hand. Sie wusch jeden Finger, dann jeden Zeh. Fleur schnitt mir mit einem Messer die überlang gewachsenen Nägel. Das Mädchen spülte das Brennen der Nesseln, die Reizungen der Klettenwiderhaken ab. Sie entfernte die unsichtbaren Grannen des Dünengrases, die sich in meine Haut gewunden hatten. Fleur goß einen Krug warmes Wasser über mich und fing dann an, mir Kopf und Haare einzuschäumen. Es war so schrecklich, so angenehm, daß ich meinen HERRN und all SEINE Regeln und Sonderbedingungen fahrenließ. Ich glaube, ich schlief ein, verlor alle Wahrnehmung, ließ das Wasser über mich rieseln und mich von den Händen an meinen Hüften, an meinem Hals, meinem Rücken, meinen Brüsten, den hohlen Händen unter meinem Kinn und um meine Füße einlullen.

Zwischen Fleurs Anweisungen war es still, als lausche sie noch immer auf jene merkwürdige, geistesabwesende Art. Die Lampe wurde angezündet. Die Dämmerung fiel schwer herein, und als ich sauber und trocken war, ging ich hinaus auf den Abort. Fleur hatte das Knäuel meiner Unterwäsche, als es sich beim Kochen auflöste, hinaus in den Wald geworfen. Sie hatte mir Mehlsäcke zum Anziehen gegeben, die wunderbar weich waren. Die Kutte lag warm auf meiner frisch geöffneten Haut, und die kalte Luft strömte durch die Poren meiner Hände und meines Gesichts. Der Wind war wie ein Elixier, das mir alle Sorgen nahm und mir Frieden brachte. Ich verspürte weder Eifer noch Eifersucht. Ich entleerte mich und ging dann still zurück.

Ich sah das Blut, einen leuchtenden kleinen Fleck, zuerst an der Stelle, wo sie die Metallwanne abgesetzt hatte, nachdem sie sie im Hof ausgeleert hatte. Mehr davon führte zum Haus und hinein. Drinnen brannte auf dem Tisch die Lampe, und Fleur lag flach auf dem Bett, ganz in Decken eingehüllt, die unerschrockene Lulu neben sich.

«Hör zu», sagte sie mit fester Stimme zu mir. «Geh raus in den Schuppen, wo ich meine Pflanzen aufbewahre, und hol mir von der Erle. Koch mir welche.»

«Was ist los?» fragte ich.

«Zu früh», antwortete sie. «Erle hilft dagegen.»

So ließ ich Mutter und Tochter im Halbdunkel zurück und ging in den winzigen angebauten Raum, der voll hing mit eingewickelten Blättern und Wurzeln, kleinen Rindenpaketen und außerdem mehreren Ballen gemahlenem Weizen, Eicheln, Seereis in festen Birkenrindenbehältern. Ich weiß, daß das alles an Nahrung war, was sie für den Winter noch hatten. In meiner Hast stieß ich die Behälter auf den Boden, und sie barsten und wurden Beute der Mäuse. Aber ich zitterte wie Espenlaub. Und ich konnte mich nicht daran erinnern, wie diese Pflanze aussah, obwohl ihre Verwendung gegen Blutungen allgemein bekannt war.

«Wie sieht sie aus?» rief ich.

Ungeduldig schrie sie zurück: «Du weißt doch! In der Ecke, in ein braunes Tuch eingeschlagen.»

Ich hörte das Bett quietschen, ihre Füße auf dem Boden, die Schritte, die sie machte, bevor sie innehielt und still wurde. Dann hörte ich wieder das Bett und wußte, daß sie es nicht wagte, sich zu bewegen.

Ich hob die Laterne hoch. Eine Pflanze neben der anderen! Manche waren geformt wie die gegabelten Beine eines Mannes, manche waren zu Bällchen gerollt. Manche waren fest in Riedgräser eingewickelt, manche lagen unordentlich verstreut da, und alle waren im Wald oder am Ufer oder am Grund des Sees gesammelt. Auch Bernadette hatte ihre Heilmittel. Aber ihre waren alle in Fläschchen, beschriftet, zumeist im Laden gekauft. Ich streckte die Hand aus und dachte: Was soll ich nur tun?

Herr, sag es mir! Ich fuhr mit der Hand zwischen die getrockneten Stengel und weiß nicht, was ich griff.

Sie mühte sich, gleichmäßig zu atmen, versuchte, nicht den geringsten Muskel zu bewegen, als ich zurück ins Zimmer kam. Jetzt sah ich noch mehr Blut, diesmal auf den Decken und am Boden, an der Stelle, wo sie versucht hatte, aufzustehen.

«Hast du es?» sagte sie.

Ich konnte nur nicken. Lulu zog sich gerade ihren Mantel an.

«Ich geh zu Großmutter rüber und hol sie her», sagte sie mit wichtig erhobener Stimme. Ich ließ die getrocknete Pflanze in den Topf mit Wasser fallen und sagte nichts, als das Kind seine dünnen feinen Schühchen anzog und nach draußen schlüpfte, höchst zufrieden mit sich selbst und entschlossen, und schnell davonrannte.

Fleur hatte die Augen geschlossen. Aus ihrem Gesicht war alle Farbe gewichen. Ich kannte diesen Anblick, und ich war fasziniert, hingerissen wie an anderen Toten- und Krankenbetten. Das gleißende Kopftuch war nur eine Spur weißer als ihre Stirn, und die Ohrringe waren halb verdeckt und stumpf. Sie sagte, ich solle Moos holen, um das Blut zu stillen, Lappen holen, die Wurzel nach oben abschaben, ins Wasser, ein kleines Lederpaket und noch andere Blätter suchen. «Es geht zu schnell», sagte sie, und ihre Stimme wurde höher.

Ich entfernte mich, kramte in der Holzkiste, in den hintersten Ecken, stieß das Wasser um, verbrühte mir dabei das Bein und mußte neues kochen. Ich weiß nicht, warum der HERR mir die Gewalt über meine Glieder nahm und sie so ungeschickt machte, aber es muß wohl SEIN schrecklicher Wille gewesen sein. Mir war es noch nie zuvor bei einer Krankheit so gegangen, nicht seit ich bei Bernadette in die Lehre gegangen war. Aber ich vermochte meine Arme, meine Hände nicht richtig zu bewegen, und auch meine Finger nicht. Das einzige Geräusch in der Hütte kam vom Bett, eine wiegende Bewegung, das Anhalten und Ausströmen von Fleurs Atem.

«Wann kommen sie nur!» murmelte sie, nachdem eine Weile vergangen war, und dann: «Komm her!»

Ich ging zitternd zu ihr hin, stolperte über meine eigenen Füße. Sie packte meine Arme und grub die Finger hinein, Krallen einer schweren Bärin. Sie sprach in mein Gesicht, ihre Augen lagen tief und hatten Ringe, und sie sagte nein und sagte immer weiter nein, während das Baby aus ihr herausglitt. Dann warf sie meinen Arm mit aller Kraft nach unten, und ich flog durchs Zimmer. Ich beobachtete sie weiter im dünnen Lichtschein, wie sie sich mit ungeheurer Anstrengung erhob und das Kind aus ihrem Blut nahm, dann das Messer, das in der Scheide am Bettgestell hing. Sie schnitt die Nabelschnur durch, atmete in den Mund des Kindes, rieb seine Haut und verwandelte seine totengraue Farbe. Als es zu schreien begann, band sie es dicht an sich, in ihre Bluse. Ich sah zu, wie sie schwer atmete, Kraft schöpfte, bevor sie aufstand und zum Schuppen taumelte und dann an den Herd, wo sie die Wurzel schabte und mit entsetzlicher Geduld Wasser über die abgeschabten Stückchen goß und dann ein krümeliges Pulver aus getrockneten und zerstoßenen Bienen hinzufügte. Sie kochte das Gemisch auf, setzte sich auf den Boden, hielt das Kind an sich gedrückt und trank. Sie ließ etwas von der Medizin in ihrem Mund abkühlen und versuchte, dem Baby davon zu geben. Die Lampe brannte herunter, und keiner von uns stand auf, um sie nachzufüllen. Ich dachte, sie sei vielleicht an der Wand sitzend gestorben, aber als dann einige Zeit vergangen war, zog sie sich an den Brettern hoch. Ich blieb unbeweglich sitzen, vom Beten benommen.

Sie ragte über mir auf, mächtig und dunkel wie ein festgewurzelter Baum.

O Gott, der Du es für recht erachtet hast, Dich durch das Gefäß einer Frau zu offenbaren, durch mich, o Gott, der Du mir die Hände gebunden hast, der Du mich straucheln ließest, o Herr und Erfinder aller Lügen, höre Pauline an.

Ich sah, daß sie am Sterben war, trotz der Medizin, trotz allem, was ich tun konnte, all der Gebete, die ich zum Himmel geschickt hatte. Und das Kind würde mit ihr gehen. Die Stille dauerte so lang an, daß sie zur Bedrohung wurde und dann zur Gewißheit. Sie würde auch mich mitnehmen. Ich saß wie gelähmt da. Fleur legte einen Arm fest um das Bündel in ihrer Bluse. Den anderen warf sie hoch in die Luft. Aber ich sah sie nicht. Ich war benommen vom Gold in den wirbelnden Augen der Schlange. Ihr Gesicht war wie in einer Kapuze verborgen. Es war so dunkel im Raum, daß ich nichts sah, sondern nur das Sirren des Messers hörte und rasch die Beine auseinandernahm. Die Schneide blieb im Holz stecken, und ich saß durch Schichten von Wolle und Baumwolle festgenagelt dort.

Dann umfing uns beide die Nacht.

Das Feuer im Herd ging aus, der Mond wanderte hinter eine Wolke. Die Lampe erholte sich für einen kurzen Augenblick, und ich sah, wie Fleur zur Tür ging, sie öffnete und hindurchtrat. Eine strudelnde Schwärze senkte sich, hob sich, und als ich mich losriß, fiel das Messer, das zwischen meinen Schenkeln gesteckt hatte, zu Boden. Ich folgte ihr, so wie ich es in Argus getan hatte, gegen meinen Willen angezogen. Sie war barfuß und ohne Mantel. Meine Kleider waren frisch gewaschen und schwer. Trotzdem war mir kalt. Die festgefrorene Harschschicht auf dem Schnee schnitt mir durch die Strümpfe in die Knöchel, und der Wind fuhr mir wie mit Nadeln ins Gesicht. Ich wollte schon umkehren, aber dann ächzten und stöhnten die Bäume, übertönten fast das Weinen des Neugeborenen, und meine Schritte wurden schneller, weil ich sehen wollte, ob es am Leben blieb. Ich holte auf und war hinter ihnen, blieb der nebelhaften bläulichen Gestalt auf den Fersen, als sie den Pfad am Rande des Sees hinunterging, einen Weg, der dort breiter wurde, wo er um das Dorf bog, um dann genau nach Westen weiterzuführen.

Ich war schon überall im Reservat gewesen, aber niemals auf dieser Straße, was merkwürdig war, denn sie war so breit und so stark begangen, daß der Schnee zu festem Eis getreten war. Ich tat es Fleur nach, als sie von einem Baum zwei Rindenstücke abriß und sie sich mit einem Streifen Stoff von ihrem Rock um die Füße band. Von da an fielen wir in einen ruhigen Rhythmus, und unsere Beine waren unermüdlich und stark. Keine Schwäche war in uns. Keine Furcht. Die Kälte war vergangen. Wir glitten auf unseren Rindenschuhen, trieben mit anderen Indianern den eisigen Pfad entlang. Wie merkwürdig, daß es so viele waren und daß sie noch immer Hunger hatten. Am Wegrand waren die Zweige abgeknickt, um darauf herumzukauen, und alles fließende Wasser war aus den Flüssen getrunken.

Wir glitten nach Westen, folgten in gleichbleibender Dämmerung dem Einfall der Nacht. Wir kamen an dunklen und ungeheuren Meeren ziehender Büffel vorbei, und nicht an einem einzigen aufgerissenen Feld, sondern nur an Erde, so wie sie früher war. Das Gras war an manchen schneegeschützten Stellen hoch und braun. Ein Stück weiter war der Schnee zu langen Wehen aufgetürmt oder weggefegt. Es gab keine Zäune, keine Pfähle, keine Drähte, keine Spuren. Nur die Straße, die wir gingen, zeugte von Menschen, und auch der Ort, an den sie führte, den ich aber erst erkannte, als er auftauchte.

All jene, die verhungert, an der Trunksucht zugrunde gegangen und erfroren waren, jene, die am Husten gestorben, all die Menschen, über denen ich das Kreuz geschlagen, die ich gesegnet, gewaschen und angekleidet hatte, alle waren sie hier. Die Straße endete in einer langen Ebene seichten Schnees. Jenseits der Einöde sah ich die kalten grünen Feuer ihrer Stadt. Wir kamen an meiner Mutter und meinem Vater vorbei, die auch dorthingingen. Ich verbarg mein Gesicht. Ich hätte Fleur gern an der Schulter gezupft, sie gebeten, jetzt umzukehren, aber sie schleppte sich auf den nächstgelegenen Feuerschein zu und stellte sich hinter einen Kreis von Menschen. Sie waren eingemummt und schauten einem Spiel zu. Drei Männer spielten.

Ich kannte sie alle.

Lilie, eingefallen, fast hager, die Augen hohl und rot, von dunkler Haut umgeben. Tor saugte an seiner angeknabberten Zigarre, und Dutch James, der arme Dutch! Was noch von ihm übrig war. Er hielt die Karten in den drei Fingern seiner noch verbliebenen Hand. Traurig und grau schienen die Männer noch immer halb gefroren. Ihr Haar stand steif wie Eiszapfen, ihre Hände waren rauh und weiß. Sie bemerkten uns nicht, aber andere im Kreise der Zuschauer, Indianer, wandten sich um und starrten Fleur mit glänzenden zusammengekniffenen Augen an. Da war Jean Hat, die Brust noch immer mager und von dem Wagen eingedrückt. Da war Viele-Frauen, der noch vom Badezuber tropfte. Und Lazarre, der heftig zu ihr hin gestikulierte und an sein zersprungenes Herz schlug.

Im Himmel der Chippewa wird mit Holzstäbchen und runden Steinen gespielt. Man spielt mit Rehhufen, kleinen braunen Knochen, Karten, Würfeln und menschlichen Zähnen. Kupferschnipsel, Knochenknöpfe, Eisenringe, Münzen und Dollarnoten sind um die Spieler als Einsatz aufgehäuft. Manchmal gibt es auch Krüge voller Whiskey, der reiner und wirksamer ist als der Whiskey hier.

Sie spielen, um betrunken zu werden oder aus Kummer, oder um zu vergessen. Sie spielen um ihre Gemütsruhe, um Buße zu tun, und manchmal um lebende Seelen.

Fleur ging durch die Menge hindurch.

«Laßt mich mitspielen», sagte sie.

Auch den Hund gab es noch, kompakt, aber in dieser Welt etwas magerer. Er sprang hellwach auf Lilies Schoß, zitternd vor Haß. Das Spiel war Draw, Lilies Lieblingsspiel, mit den einäugigen Buben als wilde Karten. Sie fingen gemächlich an, setzten in der ersten Runde niedrige Wetten und machten dann weiter. Warfen ab. Fleur sammelte sich ein brauchbares Blatt zusammen. Das Lächeln der Männer gefror an den Rändern und entspannte sich dann. Natürlich wußten sie, daß Fleur bluffen konnte. Lilie zeigte auf sie und wies auf das Kind hin, das unter ihrem Umschlagtuch verborgen war.

Die Männer schienen ihrer Sache sicher und fächerten ihre Karten schwungvoll auseinander oder klappten sie mit raschem, gekonntem Schnappen zusammen. Sie machten dieselben kleinen Grimassen wie damals um den Ofen in Argus. Ich stand dabei und schaute zu, still wie ich auch in Argus zugeschaut hatte, dicht an der Wand aus verschränkten Armen und so gespannt, daß ich zu atmen vergaß und unsichtbar wurde, durchsichtig wie Wasser, dünn wie Glas, so daß meine Gegenwart schließlich nichts anderes mehr war als eine leichte Spiegelung in der Luft.

Sie zeigten ihre Karten. Fleur verlor die erste Runde.

Sie stürzte vornüber, wie vom Blitz getroffen, und ihr Haar fiel ihr über die Arme. Eine Frau tauchte von hinten her auf, von der Größe und vom Gewicht meiner Mutter. Ich hörte das Geflüster, das leise Gerede, daß diese Frau in ihrem Eifer zu sterben ihr Kind unter den Lebenden allein gelassen hatte. Sie streckte langsam die Hände aus und zog Fleur das in Windeln gewickelte Neugeborene weg, und deren Gesicht wurde töricht und unbeweglich, und sie saß versteinert da, bis Lilie aus seinem Wams eine Haarlocke herauszog, schwarz und glänzend, von Lulus Haar. Außerdem hielt er einen kleinen Lackschuh in der Hand. Ich fuhr zusammen. Fast hätte ich aufgeschrien. Unmöglich! Das Kind hatte diese Schuhe getragen, als es am selben Abend um Hilfe loslief. Lilie ließ das Haar, ließ den kleinen Schuh auf den Tisch fallen, und dort glänzte beides, lebendig zwischen den polierten Knochenscheiben, mit denen die Spieler jetzt setzten und erhöhten.

Fleur fing sich wieder und spielte. Sie fächerte ihre Karten durch, bucklig und eingefallen wie eine alte Hexe, mager wie ein halbtoter Wolf und verzweifelt. Als am Schluß das Zeigen dran war, atmete sie langsam aus. Der Hund wagte nicht, sich zu bewegen oder zu jaulen. Dutch gähnte.

«Zwei Pärchen», sagte er. «Achten hoch.»

Lilie brauchte ewig, bis er sein Blatt umgedreht hatte.

Es war ein gutes Blatt, ein Full house, mit hohem Wert wegen des Herz- und Pikkönigs. Und dann rückte Tor mit einem Drilling raus, darunter den Herzbuben. Jetzt war Fleur dran, und sie drehte ihre Karten um, eine nach der anderen, ganz langsam.

Vier Damen und als letztes den einäugigen Pikbuben.

Sie riß die Haarlocke an sich, steckte sie sich in die Bluse und strich dann mit einer endlosen und müden Armbewegung den Pott voller Knochenknöpfe ein. Dieser Augenblick schien unendlich lang zu dauern, denn nun drehten sich die Männer zu mir um, entdeckten mich unter den Zuschauern. Ihre Augen folgten mir durch die stehende Luft, egal wie klein ich mich machte. Der alte Trick funktionierte diesmal nicht. Ich war sichtbar. Sie sahen mich, und in ihren Augen stand deutlich geschrieben, daß sie wußten, daß mein Arm den Balken in den Halter geschoben hatte, damals in Argus. Ich hatte sie an diesen Ort gebracht.

Ich faßte Fleurs Ärmel. Wir flohen, wir rannten, uns wuchsen Segel aus unseren Umschlagtüchern. Wir gingen die Straße zurück und wehten in die kalte stille Hütte. Draußen hörte ich Margarets raschen Schritt auf dem hart verkrusteten Schnee.

Ich hätte die Tür aufgemacht und wäre auf die alte Frau zugelaufen, hätte sie am Arm gefaßt, aber nun war ich wieder von dem Messer, das Fleur mir in den Rock geschleudert hatte, festgenagelt. Ich streckte die Hände aus, aber Margaret rauschte vorüber, wirbelte an Fleurs Seite und dann wieder fort. Sie schürte das Feuer, bis es toste, und erhitzte die starke Medizin, die Fleur bereitet hatte. Und während der ganzen Zeit quasselte sie an mich hin, als sie das Blut sah und die kalte Asche, daß es meine Schuld sei, meine Schuld, meine allerbitterste

Schuld. Sie setzte Fleur die Tasse an die Lippen und säuberte ihr das Gesicht. Als Fleur die Augen aufschlug, den Kopf hob und wieder so weit bei Sinnen war, daß sie selbst trinken konnte, zog ich endlich die Messerklinge aus dem Holz. Ich ging hinüber und stellte mich laut betend neben Fleur.

«Ich muß diese Seele taufen», sagte ich und streckte die Hände nach der winzigen Gestalt aus. Ich hatte vor, ihm einen Teelöffel voll Wasser auf die Stirn zu gießen. Doch Fleur holte aus und schlug mir ihren Arm wie einen Ast vor die Kehle. Ich sackte in die Knie, kämpfte um Luft und konnte nur noch zuschauen, wie Margaret das Ungerettete in ein gutes Tuch wickelte und es dann in den vornehmen Karton legte, in dem Lulus Schuhe gewesen waren. Den Karton gab sie Eli, als er ankam. Er nahm ihn in die Hände und wog ihn unsicher, als glaube er fast, er sei leer. Dann beugte er sich vor, drückte den Karton an seine Brust und ging hinaus. Die Leute sagen, er habe den Karton mit Strähnen seines Haares hoch in dem alten Eichenbestand festgebunden, außer Reichweite von allem, was sich auf dem Boden darunter bewegte.

Ein Fehler.

Ich habe den Namen des Neugeborenen in dem Muster von nassen, schwarzen Zweigen gelesen. Ich habe es nach seinem Vater, der Erscheinung im See, schreien hören. Es gibt jetzt so viel zu tun, so viele Pläne und zu wenige Stunden. Bevor Eli an jenem Morgen ohne den Karton zurückkam, hatte ich trotz meiner Furcht vor dem Rückweg die Tür gefunden. Ich sagte zu Margaret, daß ich ginge und Pater Damien bitten würde, herzukommen. Daß ich Bernadette suchen wolle und sie ein stärkendes Süppchen kochen werde.

Als Antwort spie mir Margaret auf die Schuhe, und als ich mich voller Demut bückte, um sie abzuwischen, spuckte sie mir auch noch von oben auf den Schleier, so daß ich mich, bevor ich mich wieder aufrichtete, an Christi Mahnung erinnern mußte, auch die andere Backe darzubieten. Ich streckte die Hände aus.

«Hier auch noch», sagte ich und hielt die offenen Hände hin. Ich war dumm. Sie hielt noch das Messer in der Hand, mit dem sie die heilsame Wurzel geschabt hatte. Es blitzte zum zweitenmal in dieser Nacht auf und hätte mir die Wundmale Christi beigebracht, hätte ich nicht die Hände plötzlich im Gebet zusammengeschlagen und wäre aus der Tür gesprungen, wo ich rückwärts im Schnee landete.

Doch meine Hände entkamen der Bestrafung nicht.

Ich verließ Matchimanito und ging den Pfad zum Kloster hinunter, wo ich rechtzeitig ankam, um in Gottes Pflichten aufzugehen. An jenem Morgen rieb ich mir beim Zersplittern des Eises auf den Eimern in der Küche die Hand wund. Ich fuhr trotzdem fort, meine Faust ins Wasser zu stoßen, bis das Wasser die Geschichte erzählte, sich leicht blutig färbte und jemand, ich glaube, es war die Oberin, an meiner Seite auftauchte und meine Finger in die ihren nahm. Sie führte mich vom Herd weg, tupfte mir die Hand sauber und verband sie mit einem Tuch.

«Geh nochmals schlafen», sagte sie. «Auch Heilige brauchen Ruhe.»

SIEBTES KAPITEL

Winter 1918 – Frühling 1919
Pauguk Beboon
Skelettwinter

Nanapush

Ich ging hinaus, um Reisig für Margarets Feuer zu holen, und statt dessen fand ich dich an der Tür, zu benommen von frostigem Schlaf, um zu klopfen oder zu rufen. Ich trug dich hinein und legte dich hin. Ich weiß nicht, was du noch weißt, mein Mädchen, aber in meiner Erinnerung ist der Anblick aufbewahrt. Deine steifen Finger strichen durch die Luft. Deine Füße schlugen auf den Tisch, Klumpen in jenen dünnen, spiegelnden Lackschuhen. Deine Lippen öffneten sich, und du sagtest nur so viel, daß zu Hause etwas nicht stimmte, und dann fingst du so heftig zu zittern an, daß deine Zähne aufeinanderschlugen, so heftig und schnell wie eine Knochenrassel. Margaret wärmte auf dem Herd Decken, um dir einzuheizen, zog dir die Kleider herunter, wickelte dich nackend in drei heiße Lagen Flanell. Es war eine bitterkalte Nacht, der Schnee trieb scharf dahin wie feiner Staub, deckte jede Spur zu und machte die Grenzzeichen unkenntlich. Du hattest dich zweimal verlaufen, und dazu hattest du eitles Mädchen noch deine feinen Schühchen angezogen, sobald du deiner Mutter nicht mehr folgen mußtest.

«Verfluchter Eli, daß er die gekauft hat!» schrie Margaret, als sie die hübschen Schuhe auszog. Sie war so wütend, daß sie die Herdtür aufriß und sie ins Feuer stopfte. Aber sie fingen gleich zu schmelzen und zu stinken an, also holte sie sie mit einer Fleischgabel wieder aus den Flammen und warf sie qualmend in den Schnee.

Margaret befahl mir, mich auf das Bett zu setzen, und ich gehorchte ihr. Sie legte dich in meinen Schoß und häufte Kleider auf dich, bis ich fürchtete, du würdest ersticken, aber du zittertest noch so schlimm, daß dir die Kälteschauer von oben bis unten herunterliefen und du dich gar nicht beruhigen konntest. Margaret zog dir die Decken von den armen Füßen, legte sie mir zu beiden Seiten auf die Brust und steckte sie unter meine Armhöhlen. Ich krümmte mich im Schreck über ihre Eiseskälte zusammen. Dann nahm ich die Kälte in mich auf.

«Halt sie fest», sagte Margaret und packte dich in Lagen von Tüchern, «egal wie sehr sie sich wehrt.»

Sie setzte Wasser in meine Reichweite, zwei Tassen, etwas Brot und einen Löffel Fett. Dann zog sie los zum Matchimanito und ließ mich zurück, um meine törichte, leidende Enkelin aufzutauen.

Ich bin sicher, du hast vergessen, was dann passierte, denn wenn du dich erinnern würdest, würdest du heute nicht solche Schuhe tragen, wie du sie gerade anhast – solche Absätze, wie winzige Messer, und die Zehen schauen heraus! Du würdest zum Schutz Fußwickel aus Kaninchenfell tragen und auch keine feinen Seidenstrümpfe. Aber vermutlich erinnerst du dich nicht, wie es war, als dir das Blut wieder in die Füße strömte. Mir hast du es zu verdanken, daß sie noch an den Enden von zwei Beinen sind, die beim französischen Fiedeltanz die schnelle Gigue tanzen. Du heultest wie eine Wildkatze.

Du verfluchtest mich mit erstaunlichen Worten. Du warfst die Decken ab, du schlugst mir die Hände weg und kämpftest gegen sie, als würdest du ertrinken. Aber ich kenne gewisse heilende Lieder, Worte, die den Kranken in einen Traum und das Gemüt in einen leichten Dämmerzustand versetzen.

Viele Male in meinem Leben, während der Zeit, als meine Kinder geboren wurden, habe ich mich gefragt, wie es ist, eine Frau zu sein und aus den zusätzlichen Stoffen ihres eigenen Körpers einen Menschen erschaffen zu können. In den schrecklichen Zeiten, im Unheil, von dem ich nicht reden möchte, als die Erde wieder nahm, was sie mir zu lieben gegeben hatte, habe ich Verlust geboren. Ich war wie eine Frau in meinem Leiden, aber meine Kinder wurden alle in den Tod entbunden. Es war entgegengesetzt, verkehrt herum, aber jetzt hatte ich die Gelegenheit, die Dinge in die richtige Reihenfolge zu bringen.

Schließlich überwanden meine Lieder das schmerzhafte Brennen. Du warst im Ungewissen, und deine Augen waren offen und schauten in meine. Als ich dich erst mal wieder hatte, wagte ich nicht, den Draht zwischen uns abreißen zu lassen und bewegte die Lippen immer weiter, hielt dich mit meinem Reden still, genau wie jetzt. Zum erstenmal in meinem Leben war es meine Pflicht, aber auch meine Freude, die ganze Nacht und weit bis in den nächsten Morgen durchzuhalten.

Meine Zunge wurde mir dick im Mund, als ich das ganze Wasser getrunken hatte. Der Hals zog sich mir zusammen, und die Augen juckten mir vor Müdigkeit. Aber ich hörte nicht auf. Ich redete immer weiter, bis du dich im Redefluß verlorst, bis du in Ebbe und Flut eintauchtest und nicht untergingst, sondern getragen wurdest. Ich redete Sinnloses – am Morgen waren die Laute, die ich von mir gab, dummes Gemurmel ohne Sinn und Zusammenhang. Aber du warst vom Fluß meiner Stimme eingelullt.

Später an diesem Tag hörte Pater Damien von unseren Schwierigkeiten und brachte Butter, die ich dir auf die erfrorenen Wangen strich. Außerdem brachte er noch jemand mit, den ich nicht wollte, nämlich den Arzt von außerhalb, dem ich nicht traute. Er war ein vielbeschäftigter Mann, besonders seit der zurückgekehrte Held Pukwan in den Falten seiner Uniform aus dem Osten die Grippe mitgebracht hatte. Dieser Arzt war bekannt dafür, uns Indianer offen abzulehnen, aber zu einem Priester wagte er nicht, nein zu sagen. Der Mann hatte einen Bart, war riesig, sah schwerfällig aus wie ein kurzsichtiger Bär, aber er faßte deine Füße an, als seien sie ganz zerbrechlich, wie Drosseleier. Er wog sie in seinen Fingern und schaute genau hin, untersuchte sie sachte von allen Seiten, tastete dann in seinem Koffer nach einer Flasche. Es war Laudanum, das hatte ich schon mal gesehen, und ich hatte in meinen Zeitungen darüber gelesen. Er gab dir davon und wartete, bis sich deine Augen schlossen, ehe er sprach. Ja! Ja, ich weiß! Du stelltest dich nur schlafend. Schon damals wußte ich, daß du in Wirklichkeit zuhörtest.

«Einer ganz erfroren», sagte er. «Der andere halb. Ich nehm sie in meine Praxis mit, ich hab ein Auto.»

Er packte die Flasche in seine Tasche und zog sich den Mantel an.

«Sie bleibt hier», antwortete ich.

«Sie wird an den Vereiterungen sterben.» Er versuchte, sich mit Gewalt an mir vorbeizudrängen, aber das ließ ich nicht zu.

«Bring den Idioten zu Verstand», befahl er dem armen

Damien, der sich im Netz seiner Einmischung verfangen hatte. Der Pater versuchte, ernst mit mir zu reden, ohne Umschweife, und tat sein Bestes, doch ohne Erfolg. In seinen Augen sammelten sich Tränen, und seine Schultern hingen herab, aber ich rührte mich nicht. Wir wußten alle, was ungesagt blieb, aber nur ich kannte dich. Du warst kein ruhiges Kind, kein nachdenkliches Ding, das ohne die Freiheit herumzulaufen hätte überleben können. Du warst ein Schmetterling, ein Blitz von Witz und Feuer, ein unruhiger Wirbel, der nicht still sein konnte. Dich nach der Vorstellung des Arztes zu retten, hätte dich getötet, was aber nicht heißt, daß ich ganz sicher war, dich retten zu können.

Der Arzt knallte die Tür zu und stapfte den Weg hinunter. Ich hörte den Motor anspringen, und ich widerstand dem Wunsch, hinter ihm herzustürzen. Dann machtest du die Augen auf, benommen von dem Saft des Arztes, und warfst mir einen erregten, heimlichen Blick zu. Wenn du verheiratet bist und Kinder hast, wirst du wissen: Wir haben nicht soviel Einfluß auf unsere Kinder, wie wir meinen. Sie kommen nicht von uns. Sie tauchen einfach auf, als würden sie durch Schlingpflanzen hereinbrechen. Wenn sie dann bei uns leben und unsere Sprache sprechen, scheinen sie uns allmählich ähnlich zu werden. Aber Lulu, wie du damals aus meinem Blick sankst, warst du mir noch nicht ähnlich genug, noch konntest du mir nicht sagen, wohin du gehen oder wie lang du bleiben würdest.

All die Tage, in denen ich dich pflegte, obgleich ich mich selbst noch schwach fühlte, war ich ein guter Arzt. Ich badete dir die Füße in Wasser und Pökelsalz und befächelte sie mit reinigendem Dampf. Ich mußte dich bei mir behalten, obwohl deine Mutter dich am Matchimanito zurückhaben wollte, um dich bettelte und nicht davon zu überzeugen war, daß du noch am Leben warst. Als ich Margaret eine Haarlocke mitgab, berichtete deine Großmutter, daß Fleur bei dem Anblick aufschrie, sie ihr aus der Hand riß, weil sie dich ganz haben wollte. Erst deine Anwesenheit würde sie trösten, das war klar. Also brachte ich dich am ersten warmen Tag auf einem kleinen Schlitten zu ihr, so wie ich auch Fleur transportiert hatte, damals im ersten Winter ihrer Not.

Ich packte, was ich brauchte, alles, was mir wichtig war, einschließlich des dreibeinigen Kessels, den meine drei Frauen benutzt hatten. Ich wollte jetzt bis zur Schneeschmelze am Matchimanito bleiben und die Zeit nutzen, um Margaret davon zu überzeugen, daß sie mich mehr brauchte als das armselige Haus, das sie früher mit Kashpaw geteilt hatte. Als wüßte Margaret um mein Vorhaben, wies sie mich gleich in meine Schranken. Sie ging dir und mir auf dem Weg entgegen und sagte mir, wo ich mir mein Bett richten sollte. Nicht in ihrer Ecke.

«Du wirst sehen», sagte sie, «wir brauchen unsere fünf Sinne.»

Ich protestierte. «Genau die spüre ich, wenn du mich berührst...»

«Sei still.»

Fleur stand ans Haus gelehnt, und bei ihrem Anblick machte ich den Mund zu. Sie war geschwächt, die Knochen spitz und hager, Schmutz im Gesicht und abgerissen an Haaren und Kleidern, wild wie an dem Tag, da ich mit ihr gerungen hatte, als Pukwan voll Angst zugesehen hatte.

Ein Laut brach aus ihr heraus, rauh und merkwürdig. Sie taumelte durch den Schnee, das Haar aus dem gestreiften Schal hervorzottelnd, die Hände nach ihrer

Tochter ausgestreckt. Du machtest begeistert den Mund auf und lachtest über das Spiel. Das hatte deine Mutter früher mit dir gespielt, hatte die Finger zu Krallen gebogen, so als sei sie ein gefährlicher Wolf.

Aber Fleur war gefährlich. Wir verlieren unsere Kinder auf unterschiedliche Weise. Sie wenden sich den weißen Städten zu, wie Nector, als er heranwuchs, oder sie werden so erfüllt von dem, was sie im Spiegel sehen, daß mit ihnen nicht mehr vernünftig zu reden ist, wie in deinem Fall. Das Schlimmste von allem ist der wirkliche Verlust, unerträglich, und doch muß man ihn ertragen. Fleur hörte ihr dahingegangenes Kind in jedem Windhauch, in jedem Knacken von trockenem Laub, in jeder kratzenden Schneeböe. Eines Nachts, als es graupelte, nahm sie, ehe irgend jemand sie daran hindern konnte, etwas in die Hand und verschwand zur Tür hinaus. Eli ging ihr in den Wald nach und flüsterte uns später zu, daß sie den schwarzen Schirm hoch oben im Baum aufgespannt und festgeklemmt hatte, als Schutz für den mit Bändern und Haaren verschnürten Kasten.

Aber danach raffte sich deine Mutter auf, weil du ja da warst. Sie erwachte eines Morgens, stand früh auf und setzte sich mit strahlendem Gesicht zu mir.

«Onkel», lächelte sie und hielt mir die Hand, «heute werden wir frisches Wildbret essen.»

Sie berichtete Eli von dem Pfad, der ihr im Schlaf erschienen war, ein komplizierter Weg durch den Wald, wo die Wildspuren anfingen. Er hörte ihr zu, wiederholte sogar ihre Beschreibung, um sicherzugehen, daß er sie behalten hatte. Dann nahm er ganz aufgeregt sein Gewehr, eine Handvoll getrockneter Hagebutten und ging los. Es fiel uns leicht, den ganzen Tag in Erwartung seiner Rückkehr nichts zu essen. Aber er kam mit leeren

Händen zurück. Der Schnee war dort, wo sie ihn hingeschickt hatte, glatt und unberührt gewesen. Nicht einmal von einem Kaninchen oder Eichhörnchen eine Spur.

«Dann kauen wir heute abend eben auf Zweigen herum», sagte Fleur. Sie sagte es leichthin, ihr Gesicht war kontrolliert, und sonst kam nichts über ihre Lippen.

Am nächsten Tag ging sie gleich nach dem Morgengrauen hinunter ans Ufer des Matchimanito und übers Eis, hackte ein Loch hinein und ließ eine Leine zum Fischfang hinab. Eli folgte ihr und mußte sich mit ihr herumstreiten, dann mit ihr kämpfen und sie über das Eis zurückzerren, als ihr die Beine schwach wurden und nicht einmal ihr leichtes Gewicht, dünn, wie sie war, mehr trugen. Er ging zurück und beobachtete die Leine, die sie gelegt hatte, ihm fror in seinem Eifer fast die Hand daran fest, aber er fing nur einen schwachen, winzigen Barsch.

Wortlos wurde der Fisch gekocht und bis auf die letzte Flosse gegessen. Am selben Abend fing es leicht zu schneien an, und Fleur stapfte zur Tür, wandte sich mehrere Male ab, setzte sich in dem dunkelgelben Licht der halb durchsichtigen Fenster und sang Worte, die ich noch nie gehört hatte, bedrückend und kalt wie die Toten, unruhig und scharf wie der Wind des Monats, in dem die Bäume krachen.

«Komm schlafen», befahl ich ihr.

Fleur hörte mich nicht. Sie horchte durch die Wände, durch die Luft und den Schnee, hinunter in die Erde, die uns jetzt keinen Schutz bot. Sie saß die ganze Nacht, die Hände im Schoß gefaltet, aber schließlich waren es weder Fleurs Träume noch meine Geschicklichkeit, weder Elis verzweifeltes Suchen noch Margarets Eingemachtes, was uns rettete. Es waren die Lebensmittel, die die Regierung in sechs Wagen von Hoopdance geschickt hatte.

An dem Tag, als die Rationen ankamen, wußten wir, daß einer von uns in die Stadt gehen und sich bei dem Regierungsvertreter wegen der Nahrungsmittel melden müßte, aber keiner rührte sich. Wir ließen uns von unserer Schwäche überwältigen. Ab und zu kam eine Stimme aus einer Ecke, daß es Zeit sei, sich jetzt fertig zu machen und zu gehen, aber dann rührte sich doch keiner, und abermals brach eine länger andauernde Stille herein.

Wir hätten vielleicht wie Narren weiter dagelegen und wären verhungert, wenn Margaret nicht gewesen wäre. Sie hatte schließlich das Leiden satt und schimpfte uns aus, als sie aufstand und ihre Umhüllungen anlegte.

«Im Hause Kashpaw wäre das nie passiert», sagte sie. «Da hält man zusammen.»

Sie knallte die Tür zu, ging den Hügel hinab und kam mit Pater Damien zurück, der für uns ein Papier unterschrieben hatte. In seinem Gepäck hatte er ein Stück Speck, eine Dose Schmalz, einen Sack Mehl und ein bißchen Backpulver. Margaret hatte Reis und ein Pfund grüne Kaffeebohnen. Und, unglaublich, ihre Taschen waren ausgebeult von Rüben. Fleur kam ihr am Wegende entgegen, griff in ihre Taschen und leerte sie, nahm die Rüben und drehte sie in ihren Händen. Sie ging zur Tür hinein und trug sie zum Herd. Ich sah sie, rund und dunkelgolden. Sie sahen wie Kostbarkeiten aus.

Mein Kopf war leicht, und mein Atem ging schnell. Mir war, als berührte ich kaum den Boden, als ich auf den Priester zuging und ihm die Hand gab. Ich hätte gern mit ihm gegessen, dann mit ihm geredet, das Neueste aus der Stadt erfahren. Aber Pater Damien hatte andere Überraschungen.

«Setzt euch», sagte er, «setzt euch alle zusammen.»

Dann zog er die Jahresgebührenlisten und die Mitteilungen über Maßnahmen der Zwangsvollstreckung heraus, die der Regierungsvertreter geschickt hatte, und er zeigte uns, wie am Ende dieses langen Winters die meisten im Verzug waren mit dem, was sie schuldeten, wie manche ihre Parzellen bereits verloren hatten. Wir gingen die Liste durch, bis wir die Namen fanden, die wir suchten – Pillager, Kashpaw, Nanapush. Da waren sie alle, Beträge und Zahlen, und alles unmöglich. Fühllos starrten wir auf die Summen, die vor dem Sommer fällig waren.

Wir schauten zu, wie Damien die Karte auseinanderfaltete und auf dem Tisch glattstrich. In dem schwindelerregenden Geruch von röstendem Kaffee und backendem Haferkuchen sahen wir uns genau die Grenzlinien und Bereiche der voll bezahlten Gehöfte an – überall Morrissey, Pukwan, Hat, Lazarre. Sie waren in Grün gemalt. Das Land, das für den Stamm verloren war – durch Tod ohne Erben, durch Verkäufe an die Holzfabrik –, war in blassem, verblichenem Rosa gemalt. Die Fraglichen in grellerem Gelb. Mitten in einem leuchtenden Quadrat war Matchimanito, ein kleines blaues Dreieck, das ich mit der Hand zudecken konnte.

Das Brot wurde herumgereicht, und wir versuchten alle sehr, nicht die Beherrschung zu verlieren, jeden Krümel mit Knurren zu verschlingen und auszurufen, wie gut es war. Wir strichen das Schmalz auf jedes Stück, alle waren konzentriert auf jeden langsamen Bissen, und das Kauen war das einzige Geräusch. Obwohl Pater Damien nicht mit uns essen wollte, störte es ihn anscheinend nicht, daß kein Gespräch zustande kam. Seine geplagten Augen waren auf die Karten konzentriert.

Schließlich sammelte sich auch unsere Aufmerksamkeit.

Margaret fuhr mit dem Fingernagel über das Gedruckte, das sie nicht lesen konnte, rieb erst über das kleine gelbe Kashpaw-Quadrat, klopfte dann auf das doppelt so große grüne Quadrat der Morrisseys und machte Fleur und Eli ein Zeichen, daß sie beides vergleichen sollten.

«Die reißen so langsam alles an sich.»

Das war typisch für sie, daß sie nur diejenigen Feinde wahrnahm, gegen die sie kämpfen konnte, die Blutsverwandte waren, wenn auch noch so entfernt. Ich machte mir viel mehr Sorgen um das überschwappende Rosa, die Hautfarbe der Holzfäller und Bankleute, Land, das wir nie wieder betreten, wo wir nie wieder jagen würden, das unseren Kindern verwehrt sein würde.

Eli gab einen ärgerlichen Laut von sich und biß sich auf die Lippe, aber Fleur legte mir die Hand auf die Schulter und ließ das Schweigen um sie herum anwachsen, ehe sie sprach, voll Verachtung für die Landkarte, für die, die sie gezeichnet hatten, für das erforderliche Geld und sogar für den Priester. Sie sagte, das Papier habe keinen Einfluß und keine Bedeutung, weil niemand so rücksichtslos sein konnte, für Land, auf dem Pillagers begraben lagen, Geld zu verlangen.

Margaret drehte sich von ihrer Schwiegertochter weg und murmelte: «Sie lebt in den alten Zeiten, als die Leute noch Respekt hatten.»

Auch ich konnte Fleur nicht zustimmen, weil ich schon zu viele Veränderungen mitangesehen hatte. Der Dollar läßt die Erinnerung schwinden, und sogar die Angst kann gedämpft werden, wenn es Regierungsgeld gibt. Ich schloß die Augen vor Fleurs Wut und sah folgendes: Laub, das den Ort bedeckt, wo ich die Pillagers begraben hatte, Moos, das die Wände ihrer Grabstellen polstert, die Fleur früher so sorgsam gejätet und gepflegt hatte. Ich sah die Stammeszeichen, die sie mit dem Schweiß ihrer Hände gestreichelt hatte, vom Wind umgestürzt, heute nur noch Kuriositäten, Spielzeug für weiße Kinder.

«Wie ihr wißt, bin ich bei den Jesuiten in die Schule gegangen», sagte ich zu Pater Damien. «Ich kenne mich im Recht aus. Ich weiß, daß ‹Treu und Glauben› bedeutet, daß sie unsere Parzellen nicht besteuern können.»

Der Hals des jungen Priesters war dünn geworden, seine Wangen waren hohl. Um sich gegen die Kälte zu schützen, hatte er versucht, sich einen Bart wachsen zu lassen, aber der war zu spärlich, um zu wärmen. Jetzt schüttelte er den Kopf, voller Unwillen über das, was er zu sagen hatte.

Ich zeigte auf sein Kinn und versuchte, ihn zum Lächeln zu bringen. «Der Pelz da würde vom Händler nicht mehr als einen Nickel einbringen.»

Nector sprang ein und sagte, was dem armen Damien so schwer fiel.

«Wenn wir nicht zahlen, werden sie uns das Land zum besten Preis wegnehmen!»

Damien nickte und fuhr fort, ohne Margaret zu beachten, die ihrem gut informierten Sohn einen Rippenstoß versetzte. «Edgar Pukwan jr. und der Regierungsvertreter beeinflussen die Wahl der Kommission, die entscheidet, wer für welche belasteten Parzellen bieten darf, und wo.»

«Die werden einen Teufel tun», sagte Fleur mit einer Überzeugung, die mir erbärmlich und falsch schien, obgleich ich noch nie mit einem Pillager Mitleid zu haben brauchte. «Sie werden es nicht wagen, uns von den Ufern dieses Sees zu vertreiben», versicherte sie.

Pater Damien aber hatte schon Gegenteiliges gehört. «Da sind Leute, die eine Fischerei anlegen wollen», sagte er freundlich. «Sie sind bereit, dafür ein Stück Land anderswo einzutauschen.»

Fleur wollte das nicht hören, aber ich konnte es nicht unbeachtet lassen und verdaute wortlos diesen neuen Verrat. Meine Gedanken waren überall, ein Mückenschwarm, eine ganze Woge von Argumenten. Pillager-Land war kein gewöhnliches Land, das man kauft und verkauft. Als diese Familie hierherkam, aus dem Osten vertrieben, war Misshepeshu aufgetaucht durch die Vermittlung von Old Man. Aber dieses Wasserwesen war schließlich kein Hund, der uns auf den Fersen folgte.

«Wir werden das Geld aufbringen müssen», sagte ich, aber ich konnte selber die hoffnungslose Frage in meiner Stimme hören.

Margaret aber schien schon vorbereitet auf diesen Augenblick. Sie war tief in Gedanken am Herd gestanden und hatte in die kochenden Rüben gestochen. Sie schlug mit ihrer Gabel auf den Topf. Unser aller Aufmerksamkeit richtete sich auf sie, und sie schürzte die Lippen in Genugtuung über den Plan, der in ihr heranreifte. Sie hielt einen Augenblick inne, um innerlich zu staunen, wie glänzend und zeitlich passend ihre Mitteilung kam. Fleur stampfte als erste mit dem Fuß auf und murmelte: «Und?»

Margarets bescheidenes Lächeln war wie eine kleine, hübsche Schleife, die sie nicht auflösen wollte. Sie genoß unsere verwirrte Ratlosigkeit allerdings zu lang, denn schließlich war es der Priester, der uns von dem Pinkham-Händler erzählte, der die Rinde von gewissen wilden Büschen kaufte.

«Mishkeegamin», erklärte Margaret schnell, um ihn aus dem Konzept zu bringen.

Der Tonikum-Händler kam jede Woche mit einem leeren Wagen für Preiselbeerrinde in die Stadt, und von diesem Tag an hatten wir jedesmal eine Lieferung für ihn bereit, obgleich das bedeutete, daß wir jeden Busch um den Matchimanito abschälten und danach weiter in die Umgebung des Waldes vordrangen. Wir kamen jeden Abend mit großen Bündeln von Zweigen zurück, mit einem unangenehmen Geschmack auf der Zunge von den wäßrigen Beeren, die selbst die Vögel hatten hängen lassen, und dann setzten wir uns zum Schälen zusammen. Am Ende der Woche war der Boden kniehoch mit gekräuselten Rindenspänen bedeckt. Der dünne, beißende Geruch haftete an uns, hing in unseren Kleidern und sollte uns für immer in Erinnerung bleiben als der Geruch sowohl von Rettung als auch Betrug, denn ich konnte nie wieder in die Wälder gehen oder einen Preiselbeerzweig abbrechen, ohne an das Ergebnis der Plakkerei zu denken, die uns die Haut an den Fingern aufplatzen ließ. Die Rinde machte uns auch träge, denn wir konnten nicht mehr schlafen, weil nachts jede Drehung, jede Bewegung, jedes vorsichtige Schleichen zu dem Eimer im Schuppen das Meer von trocknenden Schalen auf dem Boden wie Wellen rascheln ließ. Von da ab gab es den ganzen Winter über keine Stille mehr, sondern nur noch ein anhaltendes Scharren und Kratzen, ein Geld-Geräusch, das uns zermürbte, kurz, ein Ärgernis.

Als die Rüben aufgegessen waren, ging Eli noch einmal in die Stadt und brachte die übrigen Vorräte nach Hause, die uns zustanden, und so wurde dem Hunger das Rückgrat gebrochen. Aber etwas war vorbei.

Fleur hatte uns mit ihrem Traum nicht retten können, und jetzt war anscheinend das, was passierte, so gewöhnlich, daß es außerhalb ihrer Fähigkeiten lag. Zu oft hatte sie versagt, sowohl uns zu helfen als auch ihr jüngstes Kind zu retten, das jetzt in den Zweigen der Bittereichen schlief. Ihre Träume stimmten nicht mehr, ihr Blick war getrübt, ihr Helfer schlief tief im See, und ihr Argus-Geld war schon längst ausgegeben. Obwohl sie mit Jutesäcken und ihrem Jagdmesser durchs Gebüsch ging, obwohl sie unermüdlich über ihre Kräfte arbeitete und die rauhen Späne sich bis an unsere Knöchel häuften und über den Boden verstreut lagen, war Fleur jetzt nicht mehr die junge Frau, die ich gekannt hatte. Sie zögerte beim Sprechen, ihre Gesten waren unecht, sie gab sich alle Mühe, ihre Angst zu verbergen.

Ich drückte ihr eines Tages Holzkohle in die Hand. «Geh runter zum Ufer», befahl ich ihr. «Mach dir das Gesicht schwarz, und ruf deine Helfer, bis sie hören.»

Aber sie wollte nicht. «Ich bin müde, alter Onkel.» Ihre Klage klang hell und hohl. Sie kroch zum Bett, und als sie sich von mir unbeobachtet glaubte, machte sie es sich unter den Decken bequem und legte sich mit dem Gesicht zur Wand. Ich rauchte eine Pfeife und dachte darüber nach, was ich ihr sagen würde, wenn sie nur zuhören wollte.

Macht stirbt, Macht vergeht und zerrinnt, sie läßt sich nicht fassen. Sie ist vergänglich, flüchtig und trügerisch. Sobald man sich auf sie verläßt, ist sie weg. Vergißt man, daß es sie je gab, kehrt sie wieder. Ich habe nie den Fehler begangen zu glauben, daß mir meine Stärke selbst gehört, das war mein Geheimnis. Und so war ich nie allein, wenn ich versagte. Man konnte mich nie ganz dafür verantwortlich machen, wenn alles verloren war, wenn meine verzweifelten Heilmittel erfolglos gegen das Leiden derer waren, die ich liebte. Denn wer kann einen Mann beschuldigen, der mit offenen Türen, offenen

Fenstern wartet, Nahrung anbietet, die Arme weit ausbreitet? Wer kann ihn dafür beschuldigen, daß der Gast nicht kommt?

Das sagte ich Fleur noch an demselben Tag. Ich befahl ihr, sich zu setzen und zuzuhören, so wie du jetzt dasitzt. Deine Mutter hat mir immer den richtigen Respekt erwiesen. Sogar wenn ich sie langweilte, gab sie sich Mühe, einiges Interesse vorzutäuschen. Es kam nie vor, daß sie mit den Fingern auf den nackten Knien trommelte, sich drehte und Grimassen zum Fenster hinaus machte wie du. Sogar an dem Nachmittag, als ich ihr Dinge erzählte, die sie nicht hören mochte, war nichts Ungeduldiges in ihrem Benehmen, und sie bedankte sich für meinen Rat. Aber als sie aufstand und von mir wegging, sah ich in ihrer Haltung, daß die Barriere von starrsinnigem Stolz sie erfolgreich daran gehindert hatte, meinen Worten zu glauben. In ihrer eigenen Vorstellung war sie mächtig, war sie ein unendliches Wesen. Es gab keinen Raum für das Scheitern irgendeines anderen Wesens. Gleichzeitig war sie die Vermittlerin unserer Geschichte. Als einzige Überlebende der Pillagers wankte sie jetzt unter der Last eines Lebens, das sie nicht verdient hatte.

«Du bist meine Tochter», rief ich hinter ihr her. «Dein Kind trägt im Kirchenbuch meinen Namen. Hör mir doch zu.»

Sie drehte sich zu mir, und es gelang ihr, eine Maske der Geduld aufzusetzen. Fleur hob die Hände an die Schläfen neben ihre schrägen Augen und strich sich das Haar von den glatten Wangen.

«Keiner kann dir die Schuld geben, wenn das Land verloren ist», sagte ich zu ihr, «oder wenn die Eichen und die Kiefern fallen, der See austrocknet und der Wassermann nicht wiederkommt. Und du hättest das Kind nicht retten können, das so früh kam.»

Diese Bemerkung war ihr nun allerdings unerträglich, und sie wirbelte davon. Sie lief, die Hände wie Muffs über den Ohren.

Während sich die letzten Wochen des Winters hinzogen, kamen weitere Neuigkeiten zu uns herüber, Klatsch darüber, was unseren Feinden zustieß.

Zuerst hörten wir, daß Pauline sich entschlossen hatte, ihr Gelübde abzulegen. Dann, daß Sophie und Clarence Morrissey beide Lazarres geheiratet hatten. Manche sagten, dies seien verbotene Partner, Vettern in der eigenen Familie, aber andere behaupteten, daß wir sowieso so viel französisches Blut hatten, daß es jetzt nichts mehr ausmachen würde. Sie sollten in einer entfernten Kirche in Kanada getraut werden, wo die Tatsache, daß sie verwandt waren, weder erwähnt würde noch bekannt war. Nach der Rückkehr ins Reservat betraten sie beide nacheinander das Haus der Morrisseys. Zuerst erzählte Clarence Bernadette, was er getan hatte, und zeigte seine Braut vor, eine scheue und mürrische Person. Bernadette setzte sich vor Schreck auf den Boden. Also saß sie schon da, als Sophie mit ihrem Lazarre hereinkam, Izear, der schon sechs Kinder von einer Frau hatte, die er – wie viele meinten – umgebracht hatte.

Bernadette sprang auf. Sie trat Clarence gegen das Knie und ohrfeigte Sophie, bis deren Backen rot waren, aber ihre Kinder brachten ihre Ehepartner an der schreienden Bernadette vorbei ins Haus. Die neuen Enkel nahmen das Haus sofort in Besitz. Sie stießen die Füße durch die Korbstuhlsitze, verschlangen die Suppe im Topf, ehe sie noch gekocht war, streuten sich den Zucker aus dem

Sack direkt in den Mund. Aber erst, als sie am nächsten Morgen in den Keller ging und alle Einmachgläser leer vorfand, packte Bernadette ihre Sachen und ging. Sie wickelte das Baby, das sie Marie nannte, warm ein und packte Philomena am Arm. Alles Weitere ging dann schnell. Mit Sack und Pack zog sie in die Stadt. In einer Woche hatte sie mit ihrer Sauberkeit, mit ihrer ordentlichen Handschrift und ihrem Sinn für Zahlen einen Weg gefunden, ihr Land zu retten. Trotz erster Anzeichen von Schwindsucht in ihren Lungen führte sie dem Regierungsvertreter den Haushalt, ordnete seine Eigentums-Register neu und verschickte Mitteilungen über den Schuldenstand an alle Indianer, die mit ihrer Zahlung im Rückstand waren.

Napoleon, der von seiner Schwester verlassen und von einer Horde lästiger Verwandter umgeben war, fing an, ständig zu trinken, als wolle er sie aus seinem Gesichtsfeld aussperren. Man bekommt die Enkel, die man verdient: Ich habe dich bekommen. Napoleon die Verwandten dieses Ehemannes, den du wohl gerne hättest. Also lern eine Lektion aus dem, was ein alter Mann weiß, und denk über diesen Morrissey zweimal nach! Laß dir erzählen, wie dieses Hundepack hauste.

Trotz der Kopfrasuren und des Todes von Lazarre, trotz Sophies Ohnmacht vor Fleurs Hütte, ging ich eines Tages mit Nector los, und wir setzten gemeinsam den Fuß auf Morrissey-Land. Wer hätte je gedacht, daß so etwas passieren könnte? Und doch waren wir alten Indianer eben so, trotz unseres guten Gedächtnisses letztlich versöhnlich, da wir ja dicht zusammenleben müssen als ein Volk, teilen müssen, was uns gemeinsam gehört, nehmen, was uns zusteht, zum Beispiel Napoleons letzte Kuh.

Er machte sich gerade daran, das ausgehöhlte, schlapp gewordene Vieh zu schlachten, als ich in den Hof kam. Sophie hielt eine Jacke um die rundliche Form des ersten Kindes von den vielen, die sie noch austragen sollte, und stand in der Tür. Ihr Gesicht war aufgedunsen, die Haare in einem losen Knoten, ihre Zähne färbten sich braun von den letzten Stückchen Süßigkeiten im Reservat. Napoleon schärfte das Messer an einem vorspringenden Stein gleich neben einem Ring im Boden, an dem die Kuh festgebunden war. Sein unerwünschter Verwandter, Izear, kauerte auf der einen Seite mit einer Waschschüssel und einem zweiten Messer. Clarence war gerade dabei, das Gewehr zu laden, mit dem er die Kuh erschießen wollte. Er tat so, als bemerke er uns nicht, aber er rückte seine Schultern zurecht, und ich hatte den Eindruck, daß er aus einem Reflex heraus heftig schluckte. Er richtete sein Gewehr aus, seine Schirmmütze dicht über den Augen. Er zielte, und die Kuh schwankte betäubt. Izear Lazarre sprach dann als erster.

«Aus dem Weg, ihr Bettler, wir werden euch die Gedärme zum Fraß hinwerfen.»

Nector wurde rot, fand aber die Sprache wieder und sagte schließlich, während er Clarence anstarrte und sich den Hals rieb, mit lauter, lässiger Stimme zu mir:

«Onkel, wenn du ein Kaninchen fängst, hinterläßt du dein Zeichen.»

«Erinnerst du dich, wie wir das da am Leben gelassen haben?» fragte ich meinen Neffen. «Manchmal läßt man ein Kaninchen leben, bis man es braucht.»

«Was für ein Kaninchen?» wollte Izear wissen.

Clarence ließ sein Gewehr sinken, reglos wachsam. Da wußte ich, daß der Morrissey nichts von seiner Schande erzählt hatte, was für mich vorteilhaft war.

«Also, so ist es passiert...» fing ich an und wollte nun auch Sophie einbeziehen und Napoleon, der sich betrunken, mit Stroh um die Ohren, vornüberbeugte.

«Worauf willst du raus?» herrschte Clarence mich an.

«Du schuldest uns den halben Kadaver, mindestens», sagte ich.

«Ein Viertel», sagte Clarence nervös. «Wir brauchen den Rest.»

Izears sechs Wiesel stürzten halb angezogen aus dem Haus und umringten die Kuh, kletterten ihr auf den Rücken, zogen sie an den Eutern, zählten ihre Zitzen und Rippen, bis sie zitterte. Das arme Ding sackte unter ihrem Angriff zusammen, bis seine Knie einknickten und sein Kopf zu Boden plumpste. Als Clarence sie weggescheucht hatte, sahen wir, daß die Kuh zusammengesackt auf ihren eingeknickten Beinen lag, mit hervorstehenden Hüften, mausetot.

Sophie kam heraus und trieb die Kleinen mit dem Versprechen von Molasse zurück ins Haus. Ich sah mich um, während Clarence meinen Anteil abschnitt, der unter seinem Messer immer mehr zusammenschrumpfte. Schon damals, hör gut her, war der Hof zu dem geworden, was er heute ist. Die Fenster waren zerbrochen und statt dessen mit Brettern und dreckigem Ölpapier verhängt. Abfall, die zerbrochenen Knochen von Bisamratten, zusammengepreßte Dosen und Kistensplitter lagen auf dem verkrusteten Schnee herum. Sogar die grüne Farbe, mit der Bernadette die Außenbretter gestrichen hatte, war an manchen Stellen angesengt, zerkratzt oder beschädigt. Aus dem Kamin kam kein Rauch, aber von innen konnte man Töpfeklappern und das Geschrei und Gezanke von essenden Kindern hören.

Diese Situation war nur der Anfang dessen, was dann

mit den Morrisseys passierte. Sie verloren im Laufe der Jahre ihr Ansehen, je mehr die Verbitterung zwischen unseren Familien sich vertiefte. Sie verloren den Willen zu pflanzen und zu ernten. Sie führten ihre Bücher nicht mehr und zogen kein Vieh mehr auf, so beschäftigt waren sie mit ihrer eigenen Brut. Enkelin, wenn du in diese Familie gehst, ich sage dir schon jetzt, die Verbindung wird nicht halten.

Hör auf die Erfahrung und heirate klug. Ich hab das immer getan.

Im Spätwinter kamen die Fische des Sees in Schwärmen an die Oberfläche, und wir fingen sie in Netzen durch Löcher im Eis. Als wir erst mal anfingen, das zu essen, was wir selbst gefangen hatten, hörten meine schlechten Träume auf. Die Nächte waren friedlich und schwarz. Der Geruch von Wasser, von Erde, die unter dem Schnee weich wird, wogte und wehte durch die Luft. Die Tage wurden länger, anfangs langsam, dann unverkennbar. Nach einem Monat mit genügend Essen fing ich an, Margaret wieder wie vor den Entbehrungen anzuschauen.

«Mein Liebling», sagte ich eines Nachmittags, einem warmen Tag, kurz bevor das Eis auf dem See brach.

Sie machte gerade ein Pulver aus Fischen, etwas, was sie in der Stadt verkaufte. Sie rührte die Stückchen in einem Kessel über dem Feuer, röstete und trocknete das Fleisch und zerstieß es dann, bis es fein gemahlen war. Die Bänder der schwarzen Kohlenhaube flatterten in der Hitze. Die Plackereien des Winters hatten sie kantig gemacht, aber sie hielt sich noch gerade.

«Es hat lang genug gedauert», verkündete sie.

Ich ging zu ihr. Du warst mit Eli und deiner Mutter beim Rindesammeln, Nector war auch dabei. Du glaubst vielleicht, ich werde an dieser Stelle aufhören, aber ich fahre fort. Du hast niemanden, der dich auf einen Ehemann vorbereitet, keine Schwestern, keine Tanten, und Margaret würde nie einer Schwäche nachgeben. Also werde ich dir etwas über verheiratete Leute erzählen. Vielleicht weißt du schon Bescheid, aber, mein liebes Mädchen, tust du mir zuliebe so, als wüßtest du nichts?

Das Haus war leer, und deine Großmutter und ich gingen nach drinnen, zogen die Schnur durch den Riegel und legten uns zusammen in die rauchigen Bettdecken. Ich nahm Margarets Haube ab und berührte ihr eigenartiges Haar. Es war ganz weiß nachgewachsen und glänzte wie ein Hermelinpelz, der farblos ist wie der Schnee. Ich rückte näher und berührte Margaret dann überall, und bald waren wir ganz nah beieinander.

Margaret war kühn, sie war erfinderisch, und sie war in der Tat so wohltuend in ihrer Gefälligkeit, daß mir völlig klar war, daß diese Bewegungen geübt, ja raffiniert waren. Ich war entzückt über ihre Erfahrung. Ich hätte es am liebsten ewig hinausgezögert und versuchte, nicht zu reagieren. Aber sie war so erfahren, daß ich wie ein Junge in ihrer Hand war, kräftig und warm wie ein Chinookwind. Ich habe Enten rückwärts fliegen sehen, wenn der Wind bläst. Das tat ich auch. Und ich weiß nicht, was sonst noch, denn sie übertraf mich. Irgendwann, ehe die anderen zurückkamen, war ich erstaunt zu sehen, wie das Licht in den kahlen Bäumen lang wurde und wie die Schatten sich blau ausstreckten.

«Wir müssen diesen Sommer hier draußen ein kleines Haus bauen», sagte ich. «Wir dürfen keine Zeit vergeuden. Wir brauchen einen Ort nur für uns.»

«Du redest wie ein Alter», sagte sie. «Wir werden genug Geld zusammenbekommen, um unser Land zu bezahlen, deines und meines. Dann können wir entscheiden, wo es uns gefällt.»

Sie war so sicher, und – wie ich damals dachte – so unerfahren in Geldangelegenheiten, daß sie nicht wußte, daß wir knapp die Zahlung für Matchimanito zusammenbekommen würden, wenn wir weiter so hart wie möglich arbeiteten. Sie wandte sich ab, wieder ihrem Feuer und ihrer Arbeit zu, schlug später mit dem Löffel auf den Kessel und rief, um mich herauszufordern: «Ich möchte nicht in dem verfallenen Schuppen eines alten Junggesellen leben!»

Wir hörten euch zurückkommen, und weil wir hastig versuchten, unsere Kleider glattzustreichen und einen würdigen Eindruck zu machen, hatten wir keine Zeit mehr, unser Gespräch zu beenden.

Es war sowieso egal. Mein altes Haus und das Stückchen Land standen noch kaum einen Monat zur Zwangsvollstreckung leer, als eine Horde Lazarres einzog und ihre von der Mission stammenden Kleider aus den Fenstern hängte. Sie schienen jetzt überall zu sein, sich zu vermehren und aufzuteilen, sich in die Ritzen und Spalten zwischen den Clans zu setzen, in die Lücken, die die Krankheit hinterlassen hatte. Kein Haus blieb leer, kein Stück Land unbesetzt. Immer gab es jemand aus der Lazarre-Sippe, der nur darauf wartete, es zu bevölkern, mit einer neuen Frau oder einem Mann, einem Kind, und alle dick und vollgefressen von den Fleischvorräten, die sie von ihren Nachbarn klauten, und von dem Schmalz aus dem Lagerhaus des Regierungsvertreters.

Es war schwer für mich, all dies mitanzusehen.

«Wir Indianer sind wie ein Wald», hatte ich einmal zu Damien gesagt. «Die Bäume, die noch stehenbleiben, bekommen mehr Sonne und werden dick.»

Aber jetzt redete ich anders. Ein lähmendes Gift war der Krankheit auf dem Fuß gefolgt.

Eines Tages kam der Priester auf dem längeren Weg außen herum, um uns zu besuchen, da das Eis auf dem See unsicher war. Wir ließen uns auf Steinen in dem kräftiger werdenden Licht nieder und erinnerten uns an die Verwüstungen des Winters. In eben dem Frühling war der Priester, als er auf dem Rückweg von einem Krankenbesuch frühmorgens nach Hause kam, über ein Kind gestolpert, das nackt und bloß im Schnee lag, in das gefrorene Laub gebettet, die Haut schwarz wie Holzkohle. Das Haus, zu dem dieses winzige Mädchen gehörte, lag mit offenen Fenstern und verschlossenen Türen verschlafen da. Drinnen waren alle völlig betrunken und lamentierten beim Aufwachen, verwirrt vor Selbstmitleid, über ihren Verlust.

Das war das Gift, das Elend.

«Du mußt etwas unternehmen», sagte Damien. «Es werden noch schlimmere Dinge geschehen.»

«Ich bin altes Holz, und ich brenne leicht», sagte ich. «Meine Wut würde die Menschen um mich herum in Flammen setzen.»

«Deshalb solltest du dich um ein führendes Amt bemühen», sagte er. «Du mußt das Ohr des Regierungsvertreters gewinnen, ihm helfen, Entscheidungen zu treffen, Mittel und Wege finden, den Whiskey-Händlern zu untersagen, daß sie sich weiterhin an der Reservatsgrenze herumtreiben.»

Obgleich er noch jung war, war sein Gesicht von feinen Falten um Augen und Mund zerknittert. Sein braunes Haar war zu kurz geschnitten, um auch nur eine Locke zu zeigen, und es war dünn, vorne fast kahl. Von nahem sah er merkwürdig aus, wie ein gealtertes Kind.

Er hatte gute Ideen, zweifellos. Aber ich sah die Falle sofort, die unsichtbare Schlinge, die in den wohlmeinenden Worten des Priesters verborgen war. Anders als die Pukwans, die Regierungsindianer waren, sah ich die Grube unter meinen Füßen, ehe ich hineintrat. Ich würde das Amt nicht übernehmen. Ich wußte, was daranhing.

«Drähte», sagte ich, «an Hände und Arme gebunden.»

Pater Damien sah mich genau an, allmählich begriff er. Er fing noch mal an mit anderen Gründen, mehr Überredungskünsten. Er setzte alles ein, was ich ihm über das Reden beigebracht hatte, ließ mich nicht zu Wort kommen, ließ nicht zu, daß sich ein Gedanke in meinem Kopf festsetzte. Ich war ihm ein guter Lehrer gewesen.

«Dann schreiben Sie den Brief», sagte ich und gab auf. «Schlagen Sie mich vor. Oder wie man es halt macht.»

Und das tat er, aber von Bernadette, der neuen Sekretärin des Regierungsvertreters, kam damals keine Antwort.

Deine Füße, Lulu, waren in neuen Mokassins kräftig geworden, und jetzt konntest du keinen leisen Schritt machen, sondern du poltertest vom Wald herein in die Stille deiner Mutter, du brachtest Steine und Schneebrocken mit. Du halfst Fleur in ihr Kleid, gabst ihr Fleischstreifen aus einer Schüssel zu essen, kämmtest mit deinen kurzen Fingern ihr Haar. Sie hielt dich nahe bei sich, was verständlich war, aber dann zog sie dich noch enger an sich. Du konntest dich keinen Moment aus ihrem Blickfeld entfernen. Wenn du drinnen durch die Hütte gingst, ging sie hinterher, wenn du um den Herd liefst oder dich kurz hinter dem Tisch verstecktest, fing sie dich ein und zog dich ins Helle. Sie ließ dich nicht im Schuppen spielen, wo du deine Holzpuppen, die ich geschnitzt hatte, und die Kleidchen aufbewahrtest, die du aus Fetzen und Blättern für sie machtest. Draußen konntest du nicht einmal um die Ecke des Hauses gehen, denn sie zog dich gleich zurück, hielt dich fest und küßte dir das Gesicht, bis du dich in ihren Armen gegen sie wehrtest.

«Ich paß unten am See auf sie auf», sagte Margaret zu Fleur. «Ruh du dich aus.» Ich versuchte das gleiche. Aber Fleur vertraute, in einer Welt, die ihr jetzt so gefährlich erschien, niemandem die Sorge für dich an. Sie sprang bei dem Knacken eines Stocks auf, bei dem kleinsten Geräusch, und wirbelte plötzlich herum, um bloß in einem Windhauch zu stehen. Eli beschwerte sich nicht laut, obwohl du jede Nacht zwischen den beiden schliefst, tratst und dich drehtest, ihn vor Morgengrauen pufftest, so daß er den ganzen Tag den Kopf hängen ließ, weil er so schlecht geschlafen hatte.

Margaret war aber nicht der Typ, der still hält, und drängte auf deine Freiheit. «Lulu ist jetzt gesund, ihre Füße sind geheilt. Laß sie laufen!»

Aber wenn du liefst, begleitete Fleur dich auf Schritt und Tritt in dem weicher werdenden Schnee. Ich bin ein Mann, aber ich wußte schon seit Jahren, wie es ist, ein Kind von meinem Blut zu verlieren. Jetzt kannte ich auch die Schwierigkeit, sich in der Welt behaupten zu müssen ohne ein Stück Land, das man ein Zuhause nennen kann. Ich sah da bei Fleur Ähnlichkeiten, aber Margaret nicht, denn sie hatte von ihren zwölfen kein einziges verloren, ein unerhörtes Glück, und sie vertraute darauf, daß die großen braunen Säcke mit der gesammelten Rinde und die Blechkiste mit dem von uns gesparten Geld die Pillager-Parzellen und uns alle, einschließlich der Kashpaws, retten würden. Sie konnte Fleurs Benehmen überhaupt nicht verstehen. Es war meine Idee, daß eine Behandlung, eine Erleichterung her mußte, und ich hatte vor, Moses Pillager um Hilfe zu bitten.

Obgleich das Eis am Ufer dünn und brüchig war, machte ich mich auf den Weg zu seiner Insel. Die Sonne hatte jetzt tagelang auf jene Felsen geschienen, und der Weg stank streng nach Katzen. Die wilderen von ihnen warfen sich wie Tücher über meinen Weg; die, die Moses hegte und pflegte, wuselten zwischen meinen Beinen. Sie legten sich auf warme Flecken des Bodens oder hockten in den Zweigen. In der Luft war es still. Vögel mieden diesen Ort, und die Netze, die im Geäst der Bäume hin und her schwankten, waren leer. Der Weg zur Hütte war gut markiert, und Moses stand draußen vor der Tür, einer großen Fellplane, die über dem steinigen Eingang festgemacht war.

Er war angetan, mich zu sehen, erstaunt, einen Gast zu haben. Er lächelte und gab ein leise summendes Geräusch der Zufriedenheit über das Tabakgeschenk von sich. Wir tranken eine Suppe aus Fischpulver und Kartoffeln. Gegen die Kälte trug Moses ein Gewand aus gegerbten Pelzen aller Farben und Zeichnungen, mit Streifen und Punkten. Es kräuselte und bauschte sich, wenn er sich bewegte, und wenn die Katzen in der trockenen Luft daran vorbeistrichen, sprühten die Funken.

Ich eröffnete Moses, daß ich ihn als Jeeseeewinini besuchen komme. Ich schenkte ihm ein paar Zöpfe Gewürzgras, das Margaret gesammelt und getrocknet hatte. Ich schenkte ihm ein Messer und einen Beutel Fischköpfe für seine Katzen.

Aus seinem Gesicht sprach Freude. Hoch oben, in der Ecke der Dachbalken, wo die Katzen nicht hinkamen, bewahrte Moses seine Trommel auf. Er deckte sie auf, tat etwas von meinem Tabak in die daranhängende Tabakbüchse und setzte sich zu mir. Dann wurden wir beide ernst, rauchten die Pfeife. Ich beschrieb ihm Fleurs Krankheit, die Behandlung, die ich vorschlagen würde, und sagte Moses, wann ich ihn brauchte.

Zwei Tage später vor einer Neumondnacht kam er mit zwei Trommeln über das Eis. Eine war schlichtweg ein Blecheimer, über den Rohleder gespannt und festgebunden war. Die andere, schönere hatte er sich auf den Rücken geschnürt. Dieses Instrument durfte nie den Boden berühren und war mit langen Bändern, mit Perlenbordüren und Streifen verziert. Sie war nach den Regeln bemalt, auf einer Seite mit einer Geistergestalt mit Krallen.

Es gibt zwei wichtige Pflanzen. Die eine ist die Schafgarbe, und die andere will ich nicht nennen. Das sind die Grundlagen meines Zaubers, und ich verwandte sie zum zweitenmal an Fleur, zum drittenmal an einer Pillager. Nur wegen Pauline konnte ich die Sache nicht zu Ende führen.

Ich mischte und zerstampfte die Zutaten. Man muß die Paste auf bestimmte Weise auf die Hände streichen, dann bis zu den Ellbogen hinauf, und ganz bestimmte Worte dazu sagen. Als ich das erste Mal von dieser Methode träumte, erregte ich nur rohes Gelächter. Ich bekam Witze über kleine Jungen zu hören, die mit dem Feuer spielen. Aber die Person, die mich im Traum besuchte, sagte mir, welche Pflanzen ich verstreichen mußte, so daß ich meine Arme in einen kochenden Suppenkessel tauchen und Fleisch vom Boden des Kessels hochholen konnte oder in einen Topf hineinfassen konnte und, wie ich es vor langer Zeit bei Moses getan hatte, das Wort herausholen, das so brannte, die Krankheit.

Moses schnitt Weidenruten und baute daraus einen Rahmen für mein Zelt aus Decken und Häuten. Ich machte mir meine eigene Trommel aus Margarets Kessel, den ich abdeckte und zu einem Teil mit Wasser füllte, damit er ein Geräusch von sich gab, das Probleme anziehen und dann drin ertränken sollte. Wir arbeiteten schnell. Schon bald hatten wir alles richtig vorbereitet. Und wer anders mußte dann hereinspazieren, mit vorsichtigem, langsamem Schritt, als die Nonne, die eine Nase für Heiden hatte, weil das früher ihre Verwandten gewesen waren.

Wir warteten, daß sie die Luft um uns herum deuten und dann gehen würde. Aber statt dessen spürte sie, wie wenig wir sie willkommen hießen, und blieb, so daß Fleur, als ich sie ins Zelt bat, um das Laub einzuatmen, das ich ins Feuer warf, damit es Qualm gab, zuerst abgelenkt war. Fleur lachte, als sie die Novizin sah, die in der Ecke kauerte, hungrig vor sich hin starrte und die Augen zumachte, währendes sie Gebete murmelte und dabei ab und zu ein schützendes Kreuz in die Luft hielt. Normalerweise verscheuchen wir keine Gäste. Margaret hieß Fleur schweigen, sagte, Pauline sei bloß ein harmloses, halbverrücktes Wesen. Fleur zuckte die Schultern, tat so, als nehme sie das hin, aber ich machte mir Sorgen, denn der ruhige Blick in Paulines Augen war der eines Aasfressers, eines Vogels, der nur irgendwo gezielt anfliegt. Ich sah diese Augen auf Fleur gerichtet.

Das einzige Licht im Zelt schien durch das Loch über dem Feuer. Ich ließ die Flamme hochsteigen in der Hoffnung, daß die Hitze durch die graue Wolle dringen und Pauline quälen würde, sie durch die Zeltbahn scheuchen würde. Ihre Stirn leuchtete, ihre weißen Seifenbacken glänzten, ihre Schleier lagen feucht und verzogen um ihre Schultern. Ich fachte die Kohlen an, bis ihr Lächeln sich dehnte und weh tat. Das Wasser auf dem Feuer kochte, Dampf stieg vor mir auf, und Moses fing an zu singen. In dem Moment streckte ich meine Hände durch die bewegte Wolke in den Wirbel und holte ein Stück besonders gutes Fleisch heraus. Fleur aß es sehr still, langsam kauend, und zog Kraft daraus.

Das Singen hatte seine Wirkung getan, ihr alles Gelächter ausgetrieben, all ihre Aufmerksamkeit für Pauline oder sonst jemand. Und jetzt, als die das Gebräu aus Margarets Schüssel trank, schnitten sich zwei harte, beunruhigte Linien tief zu beiden Mundwinkeln ein.

Pauline kroch nach vorn.

«Ich bin gesandt», platzte sie heraus. Ihr Gesicht war ein flaches, grob gezeichnetes Bild, ein Stück Papier mit zwei ausgeschnittenen runden, schwarzen Löchern als Augen.

Margaret fuhr mit einem Astknoten herüber und stupste Pauline vor die Brust, versuchte, sie durch die Zeltbahnen zu drängen, ohne die heilende Luft um die Trommel und um Fleur zu stören. Aber Pauline schlug den Stock weg.

«Ich bin gesandt, die Wunder Christi zu beweisen», sagte sie.

Fleur schloß die Augen und lehnte sich in die zusammengefalteten Kleider hinter ihr. Ihr Atem war flach und ihre Aufmerksamkeit nach innen gerichtet, so daß sie Paulines scheußliche Vorführung nicht mitbekam. Wir rückten vom Feuer ab und ließen Pauline ihren Willen. Sie betete laut in Kirchenlatein, tauchte dann die Hände in das kochende Wasser, ohne durch zerstoßene Wurzeln und Pflanzenmark dafür gewappnet zu sein. Sie tauchte sie tiefer ein und hielt sie da. Ihre Augen sanken in ihren Schädel, und die Haut um ihre Backen spannte sich so dünn, daß sie fast zerriß. Wenn sie den Mund aufmacht, dachte ich, muß reiner Dampf in die Luft aufsteigen. Augenblicke vergingen. Dann schrie sie und sprang auf. Sie griff mit den Händen mitten durch die brüchigen Zeltwände, hieb die Weidenpfähle um und riß die Decken und Häute um uns herunter. Dann lief sie beim Licht ihrer verbrühten Arme davon und gelangte auf dem dunklen Weg zurück in die Stadt.

Ich weiß nicht, ob es am Ende die Behandlung oder das Geld war, was deiner Mutter geholfen hat. Der Termin verstrich, aber schließlich kam ein Tag, an dem wir jeden Cent im Haus zusammenlegten, alles, was wir an Geld für Elis gegerbte Bisamratten-, Biber- und Otterpelze, für Fleurs federgeflochtene Kästen, für Kaninchendecken und getrockneten Fisch gespart hatten. Wir glätteten und stapelten die Dollars aus der Blechkiste, die uns *Pinkhams Heilmittel* für Jutesäcke voller Rinde gezahlt hatten. Ich legte noch Geld dazu, das ich für einen perlenbestickten Patronengurt aus der alten Zeit bekommen hatte, und Margaret zog zwanzig Dollar in alten Münzen aus einem Mokassin. Nector fügte noch als Spende dazu, was er für kleine Tiere eingenommen hatte. Als es alles zusammen auf den Tisch gehäuft war, setzte sich Margaret hin und zählte den Schatz. Pater Damien kam vorbei, zählte das Geld noch einmal und legte den letzten Vierteldollar aus seiner eigenen Tasche dazu. In einen Beutel zusammengepackt, ergab die Gebührenzahlung zu unserer Befriedigung einen mächtigen und dumpfen Schlag auf den Tisch. Es reichte gerade für das Land der Pillagers und Kashpaws, genau wie Margaret vorhergesagt hatte. Nicht mehr und nicht weniger.

Wenn deine Mutter dem Regierungsvertreter das Geld selbst gebracht hätte, würdest du vielleicht immer noch am Ufer der Matchimanito leben. Aber sie war seit neuestem gut aufgelegt, leichtgläubig und erschöpft von der Arbeit. Eli war beim Fallenstellen, meine Hüfte war lahm, und Nector wollte unbedingt die Verantwortung übernehmen.

Und als er dann mit dem mündlichen Bericht zurückkam, waren wir so froh und erleichtert, daß niemand daran dachte, nach einer Quittung zu fragen; niemand beachtete, wie oft Nector lange Jagdausflüge machte oder in der Stadt blieb oder zu Hause bei seiner Mutter war. Als einziger fühlte ich mich verletzt, weil Margaret uns so oft verließ. Sie verbrachte ganze Tage damit, Stunde um Stunde ihren leeren Keller zu putzen, den aufgeweichten Mörtel in die Wände des von Kashpaw gebauten Hauses zu streichen. Sie mußte mich schon bearbeiten, sie mußte auch mir eine Abreibung geben, ehe ich mit ihr gehen wollte. Sie war zäh wie die Borsten einer Bürste, und ich gab schließlich nach. Ohne sie war ich mutlos und lebte in der Vergangenheit, in den alten Zeiten, in verlorenen Zeiten, als es noch Wild in Fülle gab, Kameraden mit scharfem Humor, Zeiten, als es noch vier Tage dauerte, dieses Reservat der Länge nach auszuschreiten.

ACHTES KAPITEL

Frühling 1919
Baubaukunaetae-geezis
Flecken von Erdsonne

Pauline

Christus war schwach, das sah ich jetzt ein zahmer Grünschnabel in diesem Land, das in den Wassern überkochender Kessel seine eigenen Teufel hat. Ich hob die Hände vors Gesicht. Dicke Keulen aus Verband, die nach Braten rochen, ein Geruch, der mir seither immer Übelkeit erregt, weil Fett von einem Stückchen Wildbret das einzige war, was die Oberin fand, um meine Wunden zu versorgen. In jener Nacht wurde mir in meinem klösterlichen Bett klar, daß Gott in diesem Land nicht Fuß gefaßt und keinen Einfluß hat, oder aber keine Gnade für die Gerechten kennt, oder daß ich vielleicht, trotz aller meiner Leiden und meines Glaubens, noch immer unbedeutend war. Was unmöglich schien.

Ich wußte, daß es niemals eine Märtyrerin wie mich gegeben hat.

Ich fühlte mich hohl, wenn nicht Schmerz mich füllte, leer bis auf den Schmerz, und trotzdem war die nicht enden wollende Prüfung meiner verbrühten Hände entsetzlich. Ich kann es nicht beschreiben. Auf dieser Ebene war daran nichts Schönes. Ich hielt nur durch. Ich fieberte. Das Mysterium dessen, was ich sah, war eine Ablenkung. Er kroch eines Nachts herein in der zerrissenen Kleidung eines Hausierers mit einem Rucksack voller Gabeln, Scheren und Papierpäckchen mit spitzen Nadeln. Er probierte sie alle an meinem Fleisch aus.

«Bist du der Christus?» schrie ich schließlich auf.

«Ich bin das Licht der Welt», lachte er.

Ich dachte an Luzifer. Sogar der Teufel zitiert die Bibel zu seinen eigenen verderbten Zwecken. Ich lag so schwach auf diesem Bett, und die Laken waren so steif gestärkt, daß ihr Geraschel laut und ihre Kanten wie Messerschneiden waren, darum konnte ich nicht die Willenskraft aufbringen, ihn aus dem Fenster zu jagen oder auch nur den Hals zu recken, um zu sehen, ob er einen Schwanz hatte.

Aber als er dann Schritte im Flur hörte, verschwand er von selbst, ohne ein Wort von mir, machte einen Satz nach draußen auf demselben Weg, auf dem er gekommen war. Ich hörte die Luft unter seinen weit ausgebreiteten Flügeln vorbeirauschen.

«Wir treffen uns in der Wüste», rief er, bevor er verschwand. Ich machte mir meine Gedanken. Welcher Herr hatte mir diese Worte zum Entschlüsseln gegeben? Den einen mußte ich hassen, den anderen anbeten.

Schwester Saint Anne trat ein mit einer vollen Schüssel Brühe aus den gekochten und abgeseihten Flossen, Schwänzen und zerstoßenen Gräten eines Karpfens.

«Das wird dich stärken.»

Sie holte einen kleinen Dreifuß, setzte sich neben mich und hob den hölzernen Löffel an meine Lippen. Aber die Suppe brannte. Ich spie den ersten Mundvoll auf den Boden.

«Vergib mir», sagte Schwester Saint Anne. Der Löffel zitterte in ihren Fingern, und unter ihren Augen bildeten sich rote Flecken und breiteten sich aus, bis nur noch die Spitze ihrer gebogenen Nase ganz weiß war. Sie war wütend. Ich kannte sie gut genug, um ihr das am Gesicht abzulesen, aber es mußte wohl der Satan gewesen sein, der seine Nadeln an mir ausprobiert und mein Blut vergiftet hatte, denn ich konnte meine Zunge nicht im Zaum halten.

«Du stinkst», sagte ich zu Schwester Saint Anne. «Du riechst schlimmer als diese Höllensuppe. Trag den Fraß weg.»

Schwester Saint Anne erstarrte mitten im Eintauchen des Löffels in die Schüssel. Ihr Gesicht war klein und im Gebet rührend genug, um ein sündiges Herz zu bekehren, aber ich war schon rein.

«Mund auf», sagte Schwester Saint Anne.

Ich preßte die Lippen zusammen und erlebte eine Art Triumph, da sie die Geduld verlor, eine läßliche Sünde, die sie später Pater Damien würde beichten müssen. Sie stellte die Suppe auf den Nachttisch, stand auf und hielt mir fest die Nase zu. Ich wehrte mich, konnte aber nicht mit den Händen gegen sie kämpfen. Ich nahm mir in diesen ersten Sekunden vor, den Atem anzuhalten. Wenn ich erstickte, um so besser, denn dann würde sie den dunklen Flecken meines Todes für immer auf der Seele haben, vielleicht ohne ihn beichten zu können, ein Mal, das ihr Urteil besiegeln würde.

Ich schloß die Augen. Um nicht atmen zu müssen, begann ich zu wandern. Doch schlug ich nicht die Drei-Tage-Straße ein, da ich ja wußte, was am Ende lag. Ich sah mich gezwungen, einem Pfad zu folgen, dem ich nicht folgen wollte – der Abzweigung, die in den Wald führte. Ich ging widerwillig den alten Weg zum Matchimanitosee, kam an dem runden Sumpfloch und an dem hohen gelben Schilfgras vorbei, über den festgetretenen Schnee und das Gras durch die mächtigen Eichen, kam zur Lichtung und ging weiter, an Fleurs Hütte vorbei, bis ich durch das Unterholz brach und am Ufer stand.

Der See stampfte und rollte, und der Himmel über mir war dunkel, aber Licht ging von seinen Schuppen aus und glänzte an den Spitzen seiner Hörner, als er sich aus dem Wasser hob wie ein Schild, wie ein Brustharnisch, Ringe aus Eisen in der Haut und an den Lippen kristallklare Stückchen hervorspringenden Steins.

Ich muß einen entsetzlichen Laut von mir gegeben haben. Jedenfalls machte ich wohl den Mund auf. Denn als ich zu mir kam, schluckte ich einen plötzlichen Schwall salziger Fischsuppe, Löffel um Löffel, bis die Schüssel leer war und Schwester Saint Anne die Genugtuung erfuhr, mich um Verzeihung zu bitten.

«Du warst so krank, daß du nicht wußtest, was du sagtest», legte sie mir nahe.

Ich gab einen plötzlichen Schlaf vor, ruhte aber nicht. Die Wüste war rings um mich, und ich wußte, welcher von beiden Gott war. Christus hatte sein Antlitz von mir abgewandt, aus anderen Gründen als meiner Unbedeutendheit. Christus hatte sich aus Schwachheit versteckt, überwältigt vom Glitzern der Kupferschuppen, erschreckt über die sich entfaltende Länge und die Pracht der Kreatur. Neue Teufel erfordern neue Götter.

Dunkel vom Dunkel, betete ich, *wahrer Gott vom wahren Gott*.

Ich fragte ihn nach dem Ort, an dem ich ihm begegnen würde, in welcher Wüste, in welchem Land. Da mein eigener Gott sanft wie ein Lamm war, ich aber täglich an SEINEN Prüfungen und Entbehrungen stark geworden war, trug ich die Rüstung und war ich die Gewappnete, auch wenn meine Hände lose gebunden waren. Ich besaß die Schlauheit der Schlangen, die Fähigkeit, Vergebung zu erlangen. Ich war mittendurch gespalten, durch meine Sünde damals in Argus, aufgeschlitzt wie ein vom Blitz getroffener Baum. Tief in mir war eine krumme schwarze holzkohlesüße Ader bereit zu schmelzen. Wenn ich Jesus in SEINER äußersten Not nicht im Stich ließ, dann würde ER keine andere Wahl haben, als mich heil zu machen. Ich würde für IHN streiten und IHN retten.

Als ich mir all das zurechtgedacht hatte, schlief ich ohne Träume. Ich erwachte am nächsten Morgen, schluckte den wäßrigen Haferschleim, den mir die Oberin brachte, trank den schwachen, ungezuckerten Tee aus der Tasse, die sie mir an die Lippen setzte, betete inbrünstig hinter ihr her und empfing ihren Segen in Demut. Ich versuchte, meinen Mund an den Saum ihres Ärmels zu drücken, aber meine verbundenen Hände waren zu ungeschickt, das grobe Material zu fassen. Später, als mir unter Pein die Verbände gewechselt wurden, löste sich mit der schmutzigen untersten Schicht eine Haut. Alle paar Tage häutete ich mich wieder und wieder, und ich trank und aß alles, was mir meine Schwestern brachten. Ich wurde im Bett dick und rund, setzte unversehens Gewicht an. Stück für Stück wuchs ich in den Augen meines HERRN. Neues Fleisch bildete sich auf meinen Händen, glatt und rosig wie das eines Babys, nur straffer, ohne Elastizität, wie ein steifer, eingelaufener Stoff, so daß meine Finger sich zusammenzogen und krümmten wie die Klauen eines Kükens.

Dann ging ich hinaus. Ich jagte nicht wie Fleur. Ich blieb in meinem eigenen Körper und hinterließ im Frühjahrsmatsch nur die Spuren meiner verkehrt getragenen

Schuhe. Natürlich betete ich bei jedem quälenden Schritt, aber ich sprach nicht als Büßerin, in Demut zu Gott, sondern eher wie ein gefährlicher Löwe, der in einen Kreis bleicher und ohnmächtiger Gläubiger eingedrungen ist. Ich hatte der Oberin gesagt, dies würde mein letzter Besuch in Matchimanito sein vor dem Tag meines Eintritts als Novizin, und danach würde ich mich von meinem früheren Leben lossagen. Ich wußte, daß ich danach keine Pillagers und Kashpaws mehr sehen würde, und auch den alten Nanapush nicht, und daß sie mich nicht vermissen würden. Ich hatte mich einer Aufgabe verpflichtet, und wenn sie erfüllt war, würde ich für diesen verlorenen Stamm Israel keine weitere Verwendung haben und kein Pardon mehr finden.

Sollten sie doch hungern und huren, ihre Jungen den Hunden und Krähen aussetzen, die Knochen von Tieren oder die braune Flüssigkeit in einem Gefäß anbeten. Ich würde nichts mit ihnen gemein haben. Ich würde erwählt sein, die Seine, reingewaschen von Fleurs kühler ebenmäßiger Hand auf meiner Stirn, befreit von dem Reiben von Napoleons Schenkeln, von Russell Kashpaws heißem und vergeblichem Erstaunen, drunten in Argus, von den Frostspitzen und den Schneesternen, die in den Haaren von Dutch James wuchsen, von Margarets unerträglichen Kranichsuppen, von den hohen Klagen des Neugeborenen, nach denen ich gespalten darniederlag. Und ich würde befreit sein von Nanapush, dem glattzüngigen Ränkeschmied.

Er hatte Demütigungen bewerkstelligt, Fallen ausgeheckt. Er war der Diener des Sees, der Geheimniskrämer. Nicht ein Schimmer von Glauben erhellte seine Gedanken, und er lachte zuviel, über alles, über mich. Dafür hatte ich keinen Sinn, keine Vergebung. So zögerte ich nicht einmal, als ich das Südufer erreichte und eine Stimme mir sagte, wo der alte Mann sein geflicktes Boot versteckt hatte. Ich zog es aus seinem Versteck und suchte dann das Kiesufer ab, bis ich den richtigen Stein fand, einen, der länglich genug war, daß man ihn festbinden und als Anker für das Boot benutzen konnte. Ich band ihn an das Seil, das im Bug auf einem Haufen lag, legte ihn ins Boot und stieß mich in den See ab.

Es war ein ruhiger blauer Frühlingsnachmittag. Ich ließ mich halb über den See treiben und sah die Kashpaws in kleinen Grüppchen im Wald. Eli warf Lulu in die Luft. Margaret saß am Ufer und half Nanapush, Fische aus den Rändern seines Netzes zu ziehen. Als ich dicht genug war, um ihre Stimmen unterscheiden zu können, ließ ich den Stein hinunter ins Wasser.

Er fiel. Tiefer und tiefer, bis an die Stelle, wo das Ding zusammengerollt lag, schwerfällig-träge vom Winter. Vor meinem inneren Auge sah ich den Stein, der von seiner Schulter blinkte. Ein goldenes Auge tat sich auf. Ich stellte mich ins Boot, mein Wollumhang grau vor einem veränderten Himmel. Das Blau wurde heller, überzog sich mit Strähnen glitzernden Nebels. Der Wind vermehrte sein Frühlingsblasen. Langsam schmelzende Schollen und Platten von Eis tanzten auf den Wellen. Das Boot des faulen Halunken war nicht gut verpicht, denn es leckte schon, kaum daß ich losgefahren war.

Das Wasser stieg mir bis an die Knöchel. Ich betete. Das Wasser hörte auf zu steigen.

«Nanapush!» Mein Ruf zitterte, von der Brise zerrissen, doch alle standen sie jetzt bewegungslos am Ufer und schauten und deuteten herüber. Sie glichen so sehr lächerlichen kleinen, von Stoffetzen zusammengehaltenen Stöckchen, daß ich in der Hitze meiner plötzlichen

Heiterkeit fast über den Bootsrand gestürzt wäre. Ich hatte nicht erwartet, daß die größte Gefahr für mich von ihrem grotesken Anblick ausgehen würde, aber so war es: vom Teufel gesandte Zuckungen der Heiterkeit, Krämpfe, die jedesmal von neuem anfingen, wenn eine Gestalt am Ufer hin und her lief oder die Arme in Kreisen verrenkte. So mußte Gott sich fühlen: durch nichts zu hindern, unerreichbar.

Dabei versuchten sie alles. Stundenlang beobachtete ich ihre stümperhaften Versuche, das Anwachsen der Menschenmenge um meine Schwestern und den Priester. Pater Damien ließ höchstpersönlich ein kleines braunes Kanu in die Wellen, aber Gott warf ihn zurück ans Ufer, durchnäßt und gefährdet, denn das Wasser war eisig genug, um einem das Blut erstarren zu lassen. Ihnen, nicht mir. Ich loderte wie ein Ofen, wenn ich lachte, und sogar die feuchte Wolle blieb an meinem Körper warm. Ich war bedeutend, ich war außerhalb ihrer Reichweite, sogar der von Fleur, obwohl sie sich in der Hütte versteckt haben mußte, geschwächt durch meinen Auftritt, denn ich sah nichts mehr von ihr. Ich sah, wie Napoleon mit Clarence in die Siedlung gestolpert kam, und anderes Gesindel folgte. Sophie stand dabei, linkisch, bleich, zerrte das Bastardmädchen hinter sich her, für das sie oft sorgte, jetzt, wo Bernadette schwächer wurde. Marie.

Ich wußte, was Bernadette beabsichtigte, ich kannte ihre Gedanken. Aber ich fand zu meiner eigenen Absicht, indem ich mich daran erinnerte, wie ich von Christus persönlich aus der Verantwortung entlassen worden war. Das Kind riß sich von Sophies Hand los und kam an den Rand des Wassers gestolpert. Es war dünn wie ein Besenstiel, sein schwarzes Haar flatterte wild wie ein Baum voller Blätter, aber so hatten sie es gelassen, nur um mich in Versuchung zu führen, das wußte ich wohl, und ich ließ mich weder rühren noch umstimmen.

Die Kashpaws und Pillagers zogen sich zurück und wandten der anwachsenden Menge den Rücken zu. Nur Nanapush blieb, nichts als Lumpen und krummes Gestänge, aber geschickt genug, das Kanu zu manövrieren, das Gott zurückgeworfen hatte, als der Priester darin saß. Als der Halunke behende losfuhr und sich nach jeder Welle neu ausrichtete, betete ich, daß Gott ihn voranlocken möge, um dann das Schiff knapp außer Reichweite des Landes kentern zu lassen. Aber er kam immer dichter auf mich zu, mehrere Male hart am Kentern, und wurde zweimal ganz um sich selbst gedreht, so daß nur sein wütendes Paddeln ihn senkrecht und in der richtigen Richtung hielt. Schließlich war er so nah, daß wir miteinander reden konnten.

«Das Boot da taugt nichts, Pauline!» brüllte er.

Ich dachte gar nicht daran zu antworten und hielt nur weiter das Gleichgewicht.

Er kam näher, legte das Paddel sorgfältig neben sich in sein Kanu, hielt sich an der Seite des wasserspeienden Boots fest und brüllte mir ins Gesicht.

«Komm mit mir zurück, du dumme Göre.»

Ich ging langsam in die Knie, hielt die Hände gefaltet. Der Bootsrumpf sank tiefer.

«Ich mag nicht vom Brot allein leben», sagte ich.

«Es gibt auch Fleisch», rief er und stürzte in ein Wellental, «guten Eintopf!»

«Ich will Worte aus Gottes Mund.»

«Du wirst ersaufen!»

«Hebe dich hinweg von mir», murmelte ich.

Er hörte es. Hand über Hand zog er sich zum Bug

meines Bootes und hielt es fest. Aber ich fing an, das Gewicht zu verlagern, zu schaukeln, und kippte mich und ihn fast um, so daß er loslassen mußte.

«Schau ans Ufer», schrie er und zeigte mir das Königreich der Verdammten, die Lebenden, die voller Staunen deuteten, mit offenem Maul herüberstarrten, weil ihr Interesse bei diesem neuerlichen Drama wieder erwacht war. Ich lachte laut hinaus, denn dort stand auch Bernadette und hielt sich ein kleines Instrument vors Gesicht, vermutlich das winzige Perlmuttopernglas ihrer Mutter, das in einem Koffer den weiten Weg von Montreal hergereist war.

Ich versuchte, nach hinten zu greifen und Nanapush das Paddel aus der Hand zu ziehen, um es wegzuwerfen wie mein eigenes und ihn der Barmherzigkeit seiner Götter zu überlassen, aber er entzog sich mit der Geschmeidigkeit eines Akrobaten und machte sich auf den Rückweg zum Ufer. Als er fort war, schaute ich in die Federwolken und hielt nach einem Zeichen Ausschau, einem Versprechen, einer Antwort, die aber nicht erschien, bis ich zufällig hinter Nanapush ans Ufer schaute, wo jetzt Fleur stand, fernab von allen, so ausgezehrt und dunkel, daß ich zuerst dachte, sie sei ein regennasser junger Baum. Sie hatte den Rücken gekehrt. Ich brüllte zu ihr hinüber, aber der Wind verschluckte meine Worte.

Ihre Gestalt schwoll zu einem Relief an, als habe die Kraft meines Schreies sie vergrößert. Ihr Haar war von einem Tuch bedeckt, das weiß und strahlend wie der aufgehende Mond war, und seine Enden peitschten und flatterten ihr in den Nacken. Doch alles andere an ihr war fest verwurzelt. Ihre schweren schwarzen Kleider, ihr Umschlagtuch, ihre starre Haltung ließen sie aussehen wie ein Tor in die Schwärze.

Ich stand davor, und da drehte sie sich um, so langsam, daß ich die Angeln knarren hörte. Einen Augenblick, und ich war drinnen, wo ich nicht mehr atmen konnte und Wasser mich füllte, das kalte und schwarze Wasser der Ertrunkenen, eine Decke, die sich nicht bewegte. Ich meinte, ich müsse dort eingeschlossen bleiben, aber sie drehte sich wieder um und ging fort, ein schwarzer Schlitz, der in die Luft, ein Durchgang, der in sie selbst führte. Eine zermalmende Traurigkeit. Ich war froh, als endlich die Nacht kam.

Die Wellen schlugen monoton. Es regnete nicht, doch allmählich wurde ich vom Dunst und der Gischt durchnäßt. Das Holz des Bootsrumpfs quoll und wurde wasserdicht. Ich fand eine Schmalzdose an einem Strick und benutzte sie zum Schöpfen. Auf der anderen Seite des Wassers loderten vor den Bäumen ihre Feuer auf. Die Zahl ihrer schattigen Gestalten verringerte sich, da die Dunkelheit wuchs und mich vor ihrem Blick verbarg. Keiner würde es jetzt wagen, mich retten zu wollen. Unsichtbare Spieren spitzen Eises konnten ein Boot zerreißen. Ich war in Sicherheit, oder doch zumindest meiner Absicht überlassen, die darin bestand, vierzig Tage und vierzig Nächte in der Wüste zu leiden oder zumindest solange die Flickstellen dieses Bootes hielten. Ich war fest entschlossen, auf meinen Versucher zu warten, den, der die Unwissenden zu Sklaven machte, der sie mit dem Glauben vernichtete. Mein Vorsatz war, ihn mit dem Kreuz zu durchbohren.

Das Wasser machte meine Füße taub, dann kroch die Fühllosigkeit hinauf zu meinen Knien. Ich fuhr fort zu beten, aber nichts passierte. Die Wellen umschwappten mein Boot, Eis kratzte am Bootsrumpf entlang, die Schollen schlugen unaufhörlich dagegen und versanken dann. Die Feuer am Waldrand erstarben zu einem schmerzenden Glühen. Ich wrang meinen Rock aus, rieb mir das Blut zurück in die Beine und Füße und legte mich dann hin. Ich konnte ebensogut geschützt vor dem schneidenden Wind beten.

Dann durchtrennte das Ding unten mit seinem langen Sägezahnschwanz das Seil meines Ankers und begann mich ans Ufer zu ziehen.

Das Boot bewegte sich. Die Sterne zogen wirbelnd vorüber. Wind ergriff meinen Schleier, und Stückchen des splitternden, singenden Eises prallten von meinem Gesicht ab. Die Wellen schlugen schneller, doch ich stand, eine Galionsfigur. Von den Händen Gottes aufrecht gehalten, bereitete ich mich darauf vor, ihm ohne alles Hinderliche entgegenzutreten. Ich streifte mein Gewand ab, den Schleier, den Unterrock und das Unterhemd. Ich zog die Strümpfe aus und band die Binden los, die mir die Brüste flachdrückten. Der Wind riß mir diese Kostümierung aus den Händen und warf sie rings um mich ins Wasser, während ich mich dem niedergebrannten, sich kräuselnden Feuer näherte, selbst entbrannt, nackt in meinem Fleisch und schließlich ohne ein Schild oder eine Waffe, um ihm damit entgegenzutreten, als nur den Rosenkranz, den ich umklammerte.

Ich fiel nach vorn, als das Boot auf Grund rammte, rappelte mich hoch und auf die Fußballen, bereit und stark wie ein junger Mann. Mein ungeschorenes Haar hob sich und fiel mir um die Schultern, und ich spürte das Schaukeln des Sees durch und durch.

«Zeig dich!» forderte ich ihn heraus.

Und er tat es, nachdem er aus dem Wasser gekrochen war, um mir an dieser Stelle gegenüberzutreten. Er richtete sich auf, ließ eine schmutzverkrustete Decke fallen.

Das Feuer blendete, und die Hitze seines Körpers durchflutete mich. Er war nicht riesig, aber doch recht groß im Flackern des Messinglichts, von der Statur eines Mannes. Ich hielt die Perlen auf Armeslänge hin wie eine Schlinge und machte einen Schritt nach vorn. Er wich zurück, füllte seine menschlich aussehenden Hände mit kleinen Kieseln und auch seinen Mund, denn mir war, als fielen tiefschwarze Seekiesel von seinen breiten Lippen, wenn er sprach, und trafen mich, brennend und zischelnd. Ich fand ein merkwürdiges Vergnügen an den kleinen stechenden Schmerzen und an den Worten, die mich vom Nacken bis zu den Fersen anspannten. Ich sah in dem flackernden Schein alles doppelt oder gar nichts. Ich spürte seinen Atem, einen dünnen Dampf, der mir über die Schlüsselbeine und die Kehle zog, als wir aufeinandertrafen. Und dann packte ich ihn und warf mich auf ihn, wuchs um ihn herum wie die Erde um eine Wurzel, hielt ihn still.

Ich legte ihm die Schlinge um den Hals und zählte jede Perle in den Fingern, als ich die Glieder enger zog. Er fing an, unter mir um sich zu schlagen wie ein sausender Wind, und mir wurde schwindlig von der Anstrengung, festzuhalten, leicht und trocken, wie eine Faustvoll Streichhölzer. Er erhob sich, drängte mich gegen einen glattpolierten Baumstamm, rieb mich auf und ab, bis ich zuschlug. Ich schrie einmal auf, und dann machte meine Zunge sich los, brüllte lästerliche Flüche. Ich stopfte ihm das Ende der Decke in den Mund, drückte ihn in den Sand und fiel dann über ihn her und verschlang ihn, verteilte mich in alle Richtungen und betäubte dabei mein Gehirn so gründlich, daß das einzige, in dem noch Verstand steckte, meine geballten Fäuste waren.

Was ich ihnen dann befahl, taten sie. Meine Finger

schlossen sich wie Haspen aus Eisen, legten sich fest um die starke Rosenkranzkette, wanden und drehten die Perlen dicht um seinen Hals, bis sein Gesicht sich verdunkelte und er einen Satz nach vorn tat. Ich klammerte mich fest, während er bockte und würgte und schließlich fiel und mit seiner langen Zunge meine Schenkel zu Boden zog.

Ich trat die Hülse wieder und wieder von mir, trieb sie vor mir her mit den Schlägen meiner Füße. Am Himmel begann sich ein Licht zu öffnen, und das Ding wuchs in menschliche Umrisse, die ich nach und nach erkannte. Schließlich nahm es die Gestalt von Napoleon Morrissey an.

Während die Dämmerung sich ausbreitete und das Feuer schrumpfte und schwelte, betrachtete ich jeden seiner Gesichtszüge und bestätigte es als wahr. Ich spürte ein wachsendes Grauen und zitterte an allen Gliedern, bis mir plötzlich geoffenbart wurde, daß ich keine Sünde begangen hatte. In dieser Sache gab es keine Schuld, kein Fehl. Wie hätte ich wissen können, welchen Körper der Teufel annehmen würde? Er hatte mich verspottet, mich geködert, einen Haufen von Decken abgeworfen. Er war mir als das Wasserding erschienen, mit gläsernem Brustharnisch und brennenden Eisenringen. Das konnte ich ganz zweifelsfrei beweisen, denn ich war an allerlei Stellen gezeichnet, pockennarbig, als hätten wir uns durch Glut gewälzt, gestempelt von seinen geschmolzenen Schuppen, mit seltsamen, geröteten Kreisen, mit Quetschungen wie von Monden und Sternen.

Da gab es dann harte Arbeit zu tun. Ich schleifte ihn an den Hosenträgern einen krummen Pfad entlang in den Wald und ließ ihn im hohen Unkraut liegen. Ob sie ihn finden würden oder nicht – mir war es egal. Ich begann zurück zum Missionsgebäude zu gehen, begann zu laufen, und dann wurde mir klar, daß ich noch immer nackt war, ohne irgendeine Bekleidung. Ich wälzte mich im Sumpf, bis meine Arme und meine Brüste und jeder Teil von mir mit Schlamm bedeckt war. Den Rosenkranz warf ich zu einem Knäuel verwickelt in hohem Bogen ins tiefste Gestrüpp. Dann blieb ich stehen. Ich war jetzt ein armes und nobles Geschöpf, in Erde gekleidet wie Christus, in Pelze wie Moses Pillager, eingehüllt von Schnee oder einfach nur Luft. Gott würde mich noch mehr lieben, wie eine Lilie auf dem Felde, auch wenn bisher keine solche Blume wie ich je auf Reservatsgebiet aufgetaucht war. Wieder und wieder warf ich mich auf dem Weg den Berg hinauf in die Gräben. Ich wälzte mich in abgestorbenem Laub, in Moos, in den Fäkalien von Tieren. Ich pflasterte mich mit trockenen Blättern und den Federn eines zerrissenen Vogels und sprach dabei, daß ich mich weder plagen noch spinnen werde für mein Essen, sondern wie ein Sperling leben, wie die Mäuse, wie die niedrigsten der Tiere, die ER liebt, so daß an mir, als ich zum Kloster kam, als ich an den Frühaufsteherinnen vorbeikrabbelte und stolperte, nichts Menschliches mehr war, nichts Siegreiches, nichts mir selbst Ähnliches. Ich war nichts mehr als ein Stück des Waldes.

Jetzt bin ich von Sünden gereinigt, genesen und im Begriff, vermählt zu werden, hier in der Kirche unserer Diözese und von unserem Bischof. Ich werde die Braut sein, und Christus wird mich zum Weib nehmen, ohne den Tod. Denn ich wurde von den zärtlichsten Diensten meiner Schwestern wieder in den Besitz meiner Sinne gebracht, dazu gebracht, mich im Namen meines Göttlichen Ehemannes zu waschen, SEINEN Leib zu essen und SEIN so brutal vergossenes Blut zu trinken. In ihrer Freundlichkeit binden sie mir noch immer die Schuhe zu und passen so lange auf, bis ich jeden Krümel meines Essens in den Mund gesteckt habe.

Ich habe viel erfahren, während ich die letzten paar Monate die Augen geschlossen hielt und auf das müßige Geschwätz meiner Schwestern lauschte. Ich weiß, daß die Morrisseys die Leiche des alten Säufers im Wald hinter Fleurs Hütte gefunden und daß sie natürlich Fleur für Napoleons Tod verantwortlich gemacht haben. Der Pukwan-Sohn, der jetzt an Einfluß gewonnen hat, wollte ja schon lang mit ihr abrechnen, wegen der tödlichen Krankheit seines Vaters, einem Fluch der Pillagers.

Ich glaube, daß das Ungeheuer in jener Nacht durch meine Tat gezähmt, auf den Grund des Sees geschickt und dort angekettet wurde. Denn man hört, daß eine Mannschaft von Landvermessern in einem klapprigen Laster an die Abzweigung nach Matchimanito gekommen sei und sich ans Vermessen gemacht habe. Gewiß war das das Werk Christi. Ich sehe noch mehr voraus, ahne noch mehr, als ich schon gehört habe. Das Land wird verkauft und aufgeteilt werden. Fleurs Hütte wird zu Erde zerfallen und mit Laub bedeckt werden. An der Stelle wird es umgehen, nehme ich an, aber keiner wird Ohren haben, die scharf genug sind, die leisen Stimmen der Pillagers zu hören, oder Augen, die klar genug sind, ihre stillen Schatten zu sehen. Die zitternden alten Narren mit ihren Zaubertricks werden aussterben und die Jungen, wie Lulu und Nector, werden blind und taub von den Regierungsschulen zurückkommen.

Mir ist die Aufgabe zugewiesen worden, in der St. Catherine-Schule in Argus Mathematik zu lehren. Es ist, als wüßte die Oberin etwas, als schickte sie mich an diese Stelle, um Buße zu tun. Dabei sprach sie mit freundlicher Stimme, sagte, daß Berufungen wie meine selten seien, und drang in mich, ich solle den anderen Mädchen hier aus der Gegend ein Beispiel geben. Ich habe gelobt, meinen Einfluß zu nutzen, um sie zu führen, ihre Gedanken rein zu machen, sie nach meinem eigenen Bilde zu formen, obwohl ich Kinder nicht besonders mag, ihre kratzigen Stimmen, ihren Eifer, wie sie schreien und kreischen. Durch Beharrlichkeit werde ich meine Abneigung überwinden. Ich werde ihre Seelen denen hinzufügen, die ich schon gezählt habe. Denn Christi Wege sind nicht ergründbar für uns. Seine Liebe ist ein Haken, der sich tief in unser Fleisch bohrt, ein Fragezeichen, das bei jedem Einatmen zerrt. Manche können sich gegen den Widerhaken abstumpfen. Ich kann es nicht. Ich antworte mit dem Ring der Treue, mit dem Schleier. Ich werde beten, während mir das Haar mit einer großen Schere vom Kopf geschoren wird. Ich werde beten, wenn ich die nach Kampfer riechenden Gewänder anziehe, und danach werde ich auf den Namen antworten, den ich aus der Hand der Oberin gezogen habe.

Ich habe gebetet, bevor ich das Papierzettelchen auseinanderfaltete. Ich habe um die Gnade gebeten, annehmen zu können, Pauline hinter mir zu lassen, mich daran zu erinnern, daß mein Name, jeder Name, nicht mehr als eine zerbröckelnde Haut ist.

Leopolda. Ich habe die unvertrauten Silben ausprobiert. Sie passen. Sie knackten in meinen Ohren wie eine Faust durchs Eis.

NEUNTES KAPITEL

Herbst 1919 – Frühling 1924
Minomini-geezi
Wilde Reis-Sonne

Nanapush

Es begann als weit entferntes Rumoren, ein unruhiger Wind. Uns fiel eine ungewöhnliche Menge Vögel und anderer Tiere auf, die in den Bäumen nisteten oder unterschlupften. Singvögel und Waldhühner ließen sich im wilden Gras um Fleurs Hütte nieder. Kokoko tauchte leise bei hellem Tageslicht auf, ging in der Dämmerung über das Dach und sang ein eintöniges Lied. Kaninchen kamen an den Rand der Lichtung, Eichhörnchen flitzten durchs Laub und lieferten sich offene Revierkämpfe. Das Rumoren wurde allmählich deutlicher.

Dann konnten wir sie eines Tages deutlich hören. Über das Wasser klangen die Rufe von Männern an unser Ufer herüber und das schwache dumpfe Schlagen von Stahläxten. Ihre Sägen waren wie ein rauhes Flüstern, das Drehen der Holzräder auf den ungeschmierten Achsen hörte sich schrill an wie ein weit entfernter Möwenschwarm.

Fleur zog sich an jenem Morgen an, schnallte sich ihr Jagdmesser um und lud ihr Gewehr.

«Warte», sagte ich. «Laß mich zuerst nachsehen.»

Ich ging zur Siedlung, und auf dem Weg dorthin kam

mir überall in den Häusern, wo ich Rast machte, um Wasser zu trinken und den Grund für das Holzfällen herauszufinden, Schweigen entgegen. Die ich für Freunde hielt, wandten sich ab, weil sie zu erregt waren, um zu sprechen. Die, von denen ich wußte, daß sie Feinde waren, täuschten mir kein Nicht-Wissen vor. Das konnten sie nicht. Pukwan, Morrissey, die Lazarres, denen ich an der Straße begegnete, hatten nicht das Geschick, die wachsende Genugtuung in ihren Herzen zu verbergen.

Dabei war der Regierungsvertreter, wie ich erfuhr, nicht gegen uns. Ich betrat sein Büro und stand vor seinem Schreibtisch. Ich bekam zu hören, es sei nicht seine Schuld, daß die Bäume verkauft und gefällt würden. Und auch der Stamm sei nicht dafür verantwortlich. Es gab keinen Gegner, keinen Betrüger, niemand, den man hätte bekämpfen können. Bernadette war freundlich. Der Regierungsvertreter lächelte und sprach mit angenehm weicher Stimme.

«Wir hatten ein sehr gutes Angebot für das Land, von einer Holzfabrik. Die Regierung ist gezwungen, ein solches Angebot anzunehmen, wenn die Steuern nicht gezahlt sind.»

«Nicht gezahlt?» Ich schüttelte den Kopf. «Aber sie sind doch bezahlt. Ich habe Nector Kashpaw mit eigenen Augen gesehen; ich habe gesehen, wie seine Mutter das Geld in den Händen hatte. Sie sind mit dem Priester zusammen in die Stadt gegangen und haben diese Münzen und Scheine bei Ihnen hinterlassen. Die Gebühr wurde beglichen.»

«Ach ja», erinnerte sich der Regierungsvertreter und stimmte zu. «Die Kashpaws haben mir eine gute Summe gebracht, aber Sie wissen scheint's nicht, was damit geschah. Nector und seine Mutter haben das Geld für die Kashpaw-Parzelle hinterlegt.»

Er sah mein Befremden, mein Erstaunen, und fuhr aalglatt fort. «Wir mußten natürlich ein Bußgeld für die verspätete Zahlung erheben, das Geld *wurde* zu spät gezahlt. Ich erinnere mich jetzt, ja, sie stritten sich darüber und Margaret, Sie kennen sie ja, eine durchtriebene Frau. Am Ende einigte man sich, und das Geld wurde für die Kashpaw-Parzelle hinterlegt.»

Vermutlich bin ich irgendwie gestolpert, denn seine Antwort machte mich taumeln.

Der Regierungsvertreter zog einen Stuhl von der Wand her und winkte mich dahin. «Setzen Sie sich, Opa», sagte er. Er sprach mich als Alten an, und doch redete er, als wäre ich ein Kind. «Lassen Sie mich mal erklären. Die Firma Turcot hat, sehr zuvorkommend, muß ich sagen, zugestimmt, die Holzfällerarbeiten am hinteren Ende des Sees zu beginnen. Dadurch haben die Bewohner Zeit, ihren Besitz zusammenzupacken. Sogar Zeit, anderswo zu bauen.»

Sein rundes Gesicht war glatt und kühl, seine Oberlippe war mit einem Bärtchen aus gelbem Haar bedeckt. Ich beobachtete, wie die Bürste sich bei jedem Wort auf und ab bewegte, dann faßte ich meinen Stock fester und sprach. Ich ließ erst mal das Schlimmste beiseite, also Nector und Margarets Entscheidung. Ich konzentrierte mich ganz auf den Mann vor meinen Augen.

«Ich bin nicht Ihr Großvater.»

Er lachte, als hätte ich einen Scherz gemacht.

«Wieviel ist bezahlt worden?»

«Oh, eine ganze Menge, ein guter Preis, Mr. Nanapush.»

Ich pochte mit dem Stock gleich neben seinen vorne

runden Schuh. «Wieviel von diesem guten Preis, dieser illegalen Gebühr für die Verspätung meinetwegen, ist in Ihre Taschen gewandert? Wieviel ist in den Wänden meiner alten Hütte versteckt, die Sie den Lazarres gegeben haben? Wieviel Bargeld haben Sie in die Matratze von Bernadette gestopft?»

Ich schwang meinen Stock zu ihr hin und zeigte dabei zwischen ihre Beine. Aber sie sah mich schamlos an und sagte: «Geh raus, du altes Langhaar.»

Auf dem Rückweg zum Matchimanito tat mir die Hüfte sehr weh, und ich ruhte mich jede langsam zurückgelegte Meile aus, um über die mißliche Lage nachzudenken. Jetzt sah ich, was Pater Damien geahnt hatte, als er in einer Zukunft las, die ich mir nicht recht hatte vorstellen können. Er hatte recht, ich hätte diese neue Gelegenheit ergreifen sollen, Einfluß zu nehmen, diese Methode, andere mit Papier und Bleistift zu führen. Ich sah mich um. Hätte ich es getan, vielleicht wäre die Straße, auf der ich ging, nicht von den Rädern beladener Wagen zerfurcht worden. Wären keine riesigen Lachen entstanden, wo die Arbeiter sich nach dem Regen aus dem Matsch wühlten. Oft benutzten die Holzleute auch Pritschen oder Schlitten, und auch die hatten sich in die Erde eingeschnitten, ebenso wie die beschlagenen Tierhufe.

Es war die Totenstraße der Bäume und all dessen, was in ihrem Schatten lebte. Die Geräusche der Männer kamen jetzt, wie mir schien, von Osten, viel näher an Fleurs Hütte als sie am Morgen begonnen hatten. Ich rappelte mich auf, ging mit langsamen Schritten und bog in den alten Pfad ein. Ich wußte, daß ich Nector den Keim der Idee in den Kopf gesetzt hatte, als ich ihm sagte, daß die Frauen von so vielen Indianern jetzt am

Landbesitz ihrer Männer beteiligt seien. Ich war mir darüber klar, daß er das Geld aus Vorsicht, aus Schlauheit und aus Gier für das Kashpaw-Land angezahlt hatte, und all das würde ihn zu einem guten Politiker machen. Mit zunehmendem Alter wurde er Eli immer ähnlicher von Angesicht, immer weniger ähnlich im Geist. Während der ältere Bruder nie die Bindung an die Vergangenheit verlor, sah der jüngere schon immer nach vorne.

Mir war damals das Herz schwer. Ich wußte, was passieren mußte. Später, als ich auf Fleurs Hütte zuging, waren die Bäume noch unberührt in ihrer Eintönigkeit, so hoch, so kühl. Der Wind in ihren Zweigen war ein luftiges Schutzdach. Ich wußte nicht, warum ich je vor ihnen Angst gehabt hatte, warum ich je gewünscht hatte, die Sprache ihres Laubs auszulegen. Der Weg wurde wieder schmaler, und ich spürte, wie meine herumgeisternden Verwandten näher kamen, spürte das Rascheln ihrer luftigen Gedanken und Klagen. Ich war ganz in meine Überlegungen vertieft, als ein kleines wildes Mädchen mit Zweigen im Haar mich überfiel, mich an den Beinen festhielt und meine Taschen nach einem Pfefferminzbonbon durchwühlte. Du warst erstaunt, nichts darin zu finden, keine Entschuldigung zu hören. Du hast nach meiner Hand gegriffen und mich zu deiner Mutter geführt. Fleur stand am Ufer, und sogar als ich näher kam, blieb sie so still, als wisse sie, was kommen sollte. Ihre Augen ruhten auf dem anderen Ufer, und sie drehte sich nicht zu mir um.

«Siehst du etwas?» fragte ich.

Nach einem langen Schweigen holte Fleur bitter Luft und murmelte, ohne ihre Blickrichtung zu ändern: «Nichts. Was hast du erfahren?»

Eli kam zu uns, er stand mit hängenden Schultern im Schatten eines Baumes und wartete, daß ich erzählen würde, was er – wie ich dann merkte – schon wußte.

Und so erzählte ich euch dreien, die ihr dastandet, die Geschichte. Ich habe euch alle seither wiedergesehen, jeden in seinem eigenen Leben, niemals zusammen, niemals wie es sich eigentlich gehört. Wenn du die letzten Tage eines alten Mannes glücklich machen wolltest, Lulu, würdest du deine Mutter und deinen Vater dazu bringen, mich zu besuchen. Ich würde alte Zeiten wachrufen, sie zur Rechenschaft zwingen, sie veranlassen, einander wieder in die Augen zu schauen. Ich würde einen Zauber anwenden. Aber du Herzlose willst nicht mal Fleur deine Mutter nennen oder deine spitzen Schuhe ausziehen, durchs dicke Gestrüpp gehen und sie besuchen. Vielleicht, wenn ich dir einmal erzähle, warum sie dich wegschicken mußte, wirst du dich allmählich benehmen, wie sich's für eine Tochter gehört. Sie hat dich vor Schlimmerem bewahrt, du wirst schon sehen. Wenn du dann endlich begreifst, wirst du dir möglicherweise meine Stiefel leihen und dorthin gehen und ihr vergeben, obgleich eigentlich du Vergebung brauchst und eine Mutter nötig haben wirst, wenn der Morrissey dir ein Kind macht und dir die Ohren volljammert und dann verschwindet.

Jedenfalls erzählte ich Fleur an jenem Tag vor so langer Zeit alles, so schnell ich konnte, und zwar rückhaltlos. Als ich verstummte, spürte ich die schreckliche Erleichterung des Schweigens, dann die Angst davor, was Fleur tun würde. Von der anderen Seeseite kam der dünne Warnruf eines Mannes, dann ein langes krachendes Fallen und das dröhnende Echo, als ein Baum der Länge nach auf den Boden schlug.

Fleur bückte sich, hob ein paar Steine auf und ließ sie in ihre Taschen fallen. Sie antwortete mir nicht. Es schien so, als beachtete sie gar nicht, was ich gesagt hatte, oder vielleicht besser, glaubte es nicht, so ruhig handelte sie. Sie durchsuchte die glatten Steine, die um sie herum aufgehäuft lagen, einige behielt sie, andere nicht. Ich dachte, sie wäre vielleicht von Schmerz, von Hilflosigkeit benommen. Ich klopfte mit meinem Stock auf den Boden, um ihre Aufmerksamkeit zu gewinnen. Ich brachte dich in ihr Blickfeld. Eli fand erklärende Worte. Er griff etwas auf, das Margaret vor langem gesagt hatte: daß das Kashpaw-Land Fleur auch gehören würde, wenn sie beide verheiratet wären. Er kauerte sich neben Fleur, sprach sanft zu ihr, berührte schmeichelnd mit den Fingerspitzen ihre Arme. Ich hörte Nectors Worte über den Landwert und darüber, wie angenehm ein Haus in der Nähe der Kreuzung wäre, von seinen Lippen sprudeln. Fleurs Hände bewegten sich hartnäckig, sortierten Stein um Stein, und du hast ihr geholfen, als wüßtest du, wofür sie waren.

«Pater Damien wird uns trauen, ohne das Aufgebot abzuwarten», sagte er mit leiser, schmeichelnder Stimme. «Das Haus meiner Mutter ist klein, aber ich werde zwei Zimmer anbauen. Dann werde ich in der Stadt arbeiten, oder ich werde hundert Nerze fangen. Ich werde Geld auftreiben, genug, um hier ein Stück Land zu kaufen. Nur gib Nector nicht die Schuld. Er ist noch so jung, er ist mir ähnlich wie ein Zwillingsbruder.»

Fleur hob einen großen, flachen Stein an ihre Brust. Sie schien das Gewicht des Steins abzuschätzen, die Augen über das Wasser in die Ferne gerichtet. Sie schaute einer Linie, einem Schimmern der Sonne entlang ans andere Ende, wo eine Wellenströmung mit seltsamer Kraft und Regelmäßigkeit über einen blaugrauen Horizont stürzte und sich krachend in die Luft erhob. Ein Sprühregen stand in der Luft, fing Lichtspuren ein und löste sich dann wieder auf.

Ich ließ meinen Stock fallen, beugte mich vor und hielt Eli die Hand vor den Mund. Mit der anderen Hand versuchte ich, Fleurs Kleid zu fassen, aber sie berührte dich im Vorbeigehen und ging dann ins Wasser. Die Wellen schwappten um ihre kräftigen Schritte, und die Steine in ihrem Rock und der, den sie sich an die Brust hielt, zogen sie schnell unter Wasser. Das Wasser schlug über ihrem Kopf zusammen. Sie war nirgendwo, so plötzlich verschwunden, daß wir ungläubig so verharrten, wie wir dastanden. Eli kam als erster zu sich, lief ans Ufer und zog sich die Stiefel aus. Er sprang hinein, zappelte wie ein Fisch, wo sie verschwunden war, und tauchte mit einem Arm um sie herum wieder auf. Fleur zog ihn hinunter. An dem aufgewühlten Wasser merkte ich, daß sie kämpften. Vielleicht riß Eli ihr den Stein aus den Armen und leerte ihre Taschen. Vielleicht schlug er ihr einen vors Kinn, machte sie bewußtlos, denn sie schluckte Wasser und hatte einen Erstickungsanfall. Eli packte ihr kurzes, struppiges Haar und zerrte Fleur an Land. Ich half ihm, die blasse, ertrunkene Gestalt am Strand umzudrehen, und ich befahl dir, Decken aus dem Haus zu holen, egal was, du solltest das nicht mitansehen.

Um deine Mutter war eine Leere, eine schreckliche Ruhe, wie der Klang im Innern einer Trommel, und ich sagte laut: «Das ist jetzt das dritte Mal, daß sie ertrunken ist.» Ich zwang mich, ihr Gesicht zu schütteln, während Eli an ihren Armen zog. Aber als sie ihre Augen aufschlug, schwarz wie die Steine im See, schneidend wie Eis, beugte ich mich sofort weg von ihr. Sie spülte das

Wasser im Mund von einer Seite zur anderen und spuckte uns dann damit voll.

«Laßt die Finger von mir», flüsterte sie. Ich griff nach Eli und versuchte, ihn wegzuzerren. Der Boden unter uns bebte, ich spürte, wie er zitterte, und es war nicht das Fällen der Bäume oder ein Sturm, der sich außer Sichtweite zusammenbraute, es war etwas im Wasser, das ich nicht zu benennen wagte. Eli, der überzeugt war, daß Fleur nur seine Frau war, sonst nichts, spürte nur die Zärtlichkeit des Ehemannes, und fiel mit Liebkosungen und Liebesworten über ihren Körper her. Sie richtete ihn auf, packte seine Ohren wie die Henkel eines Krugs und hielt seine Lippen ein Stück entfernt.

«*Nector* wird an meine Stelle treten!» zischte sie.

Eli taumelte nach hinten, als sie ihn losließ, aber Fleur ließ ihn nicht aus den Augen. Ihre Lippen fingen an, noch einen Fluch zu formen, und Eli erhob sich zu einem Kauern, verstand allmählich, stand aufrecht und drehte sich nicht um, sondern zog sich aus ihrer Nähe zurück. Jeder seiner Schritte wurde bestimmter. Obgleich ihr Gesicht lebendig war, war sie wie eine Tote hingebettet, nach Westen ausgerichtet, die Hände an die Seite gelegt. Sie eröffnete ihr Pillager-Lächeln, und Eli flüchtete sich zwischen die Bäume. Wie ich später erfuhr, lief er geradewegs in das Lager der Holzfäller. In panischer Angst, sein Wort zu halten und das Land zurückzuerwerben, fing er als Tagelöhner bei einer Mannschaft an.

Ich blieb noch da, nachdem er gegangen war. Als du mit einer Decke zurückkamst, wickelte ich dich hinein und sagte dir, du solltest die Augen zumachen. Kurz darauf schliefst du an meiner Brust. Der Wind trug uns die Geräusche von wegfahrenden Wagen zu, von Pferden, die für die Nacht unterwegs zu ihren Ställen und Weiden waren, von Männern, die einander in der fallenden Dämmerung etwas zuriefen. Wir rührten uns nicht. Die nassen Kleider umhüllten den Körper deiner Mutter wie eine Hülle aus Seegras, aber ihr war nicht kalt. Ich glaube nicht, daß sie bei Bewußtsein war, nicht ganz jedenfalls, denn es dauerte lang, ehe sie antwortete, als ich fragte, ob sie mich als nächsten verfluchen würde.

Schließlich öffnete sie die Lippen und verneinte dies. Sie würde die Holz-Bankiers und -Funktionäre in ihren Nestern verfluchen und die Morrisseys. Aber Nanapush niemals. Sie stützte sich auf ihre Ellenbogen, die Haare steif, und wir schauten uns reglos an, bis du im Schlaf sprachst. Ich erinnere mich nicht, was du sagtest, aber ich weiß, es war komisch und gab keinen Sinn und brachte deine Mutter zum Lachen.

Sie lachte so selten laut hinaus, daß ich zuerst den Klang gar nicht erkannte, volltönend, wissend, eine Verlockung voll Traurigkeit und Freude, der ich einfach folgen mußte. Dann verloren wir uns darin. Wir aalten uns darin, weckten dich auf, weil wir einfach nicht aufhören konnten, bis Margarets Stimme aus der Dunkelheit über uns hereinbrach. Sie war gekommen, um mich nach Hause zu holen, oder vielleicht, um zu erkunden, ob Fleur wußte, was sie getan hatte.

«Worüber gackert ihr denn?»

Wir hörten sofort auf. Dann sprach Fleur leise zu mir.

«Geh zu ihr. Sie hat mir zweimal das Leben gerettet, und jetzt hat sie es zweimal wieder genommen, also gibt es da keine Schulden mehr. Aber dir, den ich als meinen Vater ansehe, schulde ich noch etwas. Ich werde deiner Frau nichts zuleide tun. Aber ich werde niemals Kashpaw-Land betreten.»

Aber ich tat es. Kashpaw-Land war mir wohlgesinnt und nahm mich auf, obgleich sich etwas änderte. Ich hatte kein volles Vertrauen mehr zu Margaret und liebte sie vielleicht nicht mehr ganz so, denn in meinem Herzen stellte ich mir manchmal die Begegnung mit dem alten Kashpaw vor, eines Tages, im Land der Toten. Doch eins nach dem anderen. Wir mußten die Frauen, die wir geliebt hatten, zwischen uns ordnen. Ich sah uns als alte Freunde, wie wir mit untergehakten Armen einander zulächelten. Ich hörte, wie ich großzügige Angebote machte und er sie annahm, stellte mir sogar Margaret in seinen Armen vor. Das schmerzte mich nicht. Im Gegenteil, manchmal machte es die Dinge sogar erträglich.

Von ihrem Haus aus ging ich in jenen folgenden Wochen oft zum Matchimanito. So kam es, daß ich da war, als die Landvermesser Napoleon fanden. Sie waren in das dichteste Waldstück gekommen, nicht weit von der Hütte entfernt. Er war zu Wurzeln, zu Stengeln wie Fäden, zu zarten weißen Blüten und blauem Moos geworden. Er war eine kräftige Ranke, eine Ansammlung leuchtender Pilze. Aber die Morrisseys erkannten ihn an der roten Schärpe, die sich allmählich in Fasern aufgelöst hatte und von nistenden Vögeln schon halb weggetragen war. Er war umgeben von Eicheln und Reisig. Wir vermuteten, daß du Angst hattest zuzugeben, daß du all diese Dinge dahingelegt hattest. Egal. Die Morrisseys und Lazarres, die natürlich auftauchten, hatten ihre Geschichte schon fertig, ehe sie die Gebeine einpackten und zur Beerdigung auf geweihtem Boden zur Mission brachten.

Keine zwei Tage und ihre Geschichte war in aller Munde. Als sie erst einmal heraus war, wurde sie, als sei Wiederholung schon Wahrheit, immer stärker, bis die

Erfindungen als Tatsachen anerkannt wurden, bis die Geschichte in neuer Form und von hundert Lippen aufgebläht zurückkam: Fleur habe Napoleon durch Ertränken getötet, nur ein weiterer in ihrer Reihe von Männern. Sie habe ihn weggeschafft und seine Zunge gestohlen. Sie trage sie in einer Fischhaut eingewickelt in ihrem Gürtel bei sich und hätte dadurch die Gabe zu gehen, ohne Spuren zu hinterlassen. Keiner wußte, was sie ihm sonst angetan hatte oder was die Gründe dafür waren, aber die Überreste ihres Zaubers waren überall verstreut – Steinhaufen, Eicheln, die Federn einer Schleiereule. Das Schlimmste aber war: Napoleon kehrte kurz darauf zurück und sprach zu Clarence. In einer Vision, die hundert Beweise lieferte und auf direktem Weg aus der Flasche stammte, klagte er Fleur an.

Weitere Geschichten kamen auf und gingen von Mund zu Mund. Fleur habe ihr totes Kind geholt, um den Matchimanito zu bewachen. Napoleon habe sich unter den Schatten seines Schirms gewagt. Und jetzt beschloß Edgar Pukwan junior, der Polizist unseres Stammes, Nachforschungen anzustellen, wie er es voller Entzücken nannte. Dieses lange blasse Wort, das er im Krieg gelernt hatte, klang so wichtig. Er kroch durch den Wald, beobachtete unsere Häuser, tauchte plötzlich neben uns auf und verfolgte Margaret in die Kirche. Manchmal schlich er sich an den Beichtstuhl heran, wenn sie drin war, nur so in der Hoffnung. Ich ging einmal hin und belohnte ihn für seine Bemühungen.

«Pater», sagte ich mit lauter Stimme, die durch die geschnitzte Holztäfelung drang, «ich habe etwas Schreckliches mitangesehen.»

Draußen hörte ich den ungelenken jungen Mann voller Eifer mit gedämpftem Atem näher stolpern. Ich hörte auch die anderen, wie sie ihre gemurmelten Ave-Marias unterbrachen und die Ohren spitzten.

«Ich kann es nicht mehr in meinem Herzen verbergen.»

«Ja...» sagte Pater Damien mißtrauisch.

«Es geht um einen jungen Mann, den Hüter des Rechts, in unserem Dorf. Er hat etwas Merkwürdiges an sich, seit er aus Frankreich zurückgekehrt ist. Man sagt, er sehnt sich nach einer bestimmten Straße in Paris, er hat sie uns beschrieben. Immer wenn er sich einsam fühlt, legt er sich in der Nähe der Hütten ins Gras und, Pater, ich kann es kaum sagen, er liebt sich selbst.»

Auf der anderen Seite des Metallgitters war Schweigen und draußen das Tappen von verschämten, schlurfenden Füßen, unterdrücktes Gelächter, das durch die vorgehaltenen Hände der Leute drang.

«Ich habe eine ungewöhnliche Buße für Sie», sagte der Pater schließlich. «Ihre Sünde ist nicht falsches Zeugnis, sondern Enthüllung. Sie werden den Rest des Nachmittags kein Wort mehr sprechen.»

Harte Strafe! Und doch verbüßte ich dank Margarets amüsierter Wachsamkeit meine Strafe und explodierte dann in der Dämmerung, ich fing an zu reden und zu singen und konnte gar nicht aufhören, obgleich meine Frau den Kopf an die Wand schlug und mich dann verspottete.

«Schon wieder bringst du Schande über einen jungen Mann!» sagte sie. «Was machst du denn, wenn er sich rächt?»

«Ihn in Grund und Boden reden», sagte ich, «oder ihm Fallen stellen wie dem anderen.» Aber ich erinnerte mich dann, wie wir selber gefesselt und hilflos in der Scheune der Morrisseys saßen. Ernüchtert dachte ich an die Wut von Pukwan junior. Ich hatte sie provoziert, sie zu einer Flamme entfacht, aber vielleicht war ich schon zu modrig und weich, um sie am Leben zu erhalten.

Fleur war da besserer Nährstoff. Von Tag zu Tag nahm das Rumpeln der Wagen zu, und jetzt wurde ein Schleppkahn betrieben, der bepackt mit gefällten Bäumen von Pferden am Seeufer entlanggezogen wurde. Die Bäume kamen zu Eli, der als Holzschäler arbeitete und in einem Lager an der anderen Seeseite lebte. Auch Morrisseys und Lazarres arbeiteten dort, aber die blieben nie lang. Angeheuert am Morgen, waren sie mittags soweit, den Job hinzuwerfen, und außerdem berüchtigt dafür, sich zum Schlafen unter den Wagen davonzustehlen. Einer kam auf diese Art ums Leben, als zwei Ochsen in ihren Spuren eifrig daherschwankten und das Holz aus der ungesicherten Luke fiel. Ein Weißer verlor ein Auge, als ein Holzsplitter von seiner Axt flog. Zwei andere kamen um, weil sie aus dem Kahn fielen oder, wie manche sagen, durch den Anblick von Moses Pillager erschreckt wurden, der nebenherschwamm, ihre Beine ergriff und sie unter Wasser zog.

Aber egal wie viele verschwanden, es kamen mehr nach, und sie alle hatten Ablängsägen, scharfe Äxte und bekamen als Bezahlung sowohl Geld als auch Essen. Ich dachte, Fleur würde jetzt dahinsiechen, mit Kummer reagieren, ich dachte, ihr Herz wäre leer, so ohne Eli und umringt von den Holzarbeitern, die mit rücksichtsloser Beharrlichkeit weiterarbeiteten. Ich dachte, daß sie, seit sie in den Matchimanito gegangen war, entschlossen, bis an den glitzernden Wasserstreifen am Horizont zu gehen, und seit sie von Eli herausgezogen worden war, keine Wahl hätte, als mit uns zu leben und dazusein, wenn Eli zurückkäme.

Statt dessen aber nahm sie an Kraft zu.

Vielleicht sprach sie zu heiter, zu leicht und zeigte nicht genügend Angst, vielleicht bewegte sie sich zu jugendlich, zu zielsicher in Anbetracht der Situation. Wenn ich zurückdenke, scheint mir, daß ich ihr nicht aufmerksam genug zusah, die Gefährlichkeit dessen, was sie Tag für Tag rings um die Hütte tat, nicht genug beobachtete. Ich übersah, wie die Kürbisse, die sie in einem geharkten Gartenstück nah am Ufer aufzog, wild gediehen und fast zum Trotz ihre Blüten und Blätter ausbreiteten. Es gab Anzeichen, die ich nie für solche hielt – die Axt, die sie offensichtlich gestohlen hatte, die Schneide des Sägezahns, die unter dem Haus hervorragte. Mehrmals mußte ich auf sie warten, wenn ich zu Besuch kam, und wenn sie aus dem Wald auftauchte, liefen lauter Katzen hinter ihr her. Kleine Häufchen von Sägespänen lagen auf meinem Weg. Holzstückchen waren über den Boden verstreut. Oft roch ich tröpfelndes Kiefernharz. Fleur zuckte nur die Schultern, wenn ich diese Dinge laut bemerkte, und erwähnte irgendeinen Plan, einen Wagen zu bauen, murmelte vor sich hin und verbarg ein Lächeln.

Aber erst die andere Sache, die sie tat, alarmierte uns.

Du meinst, daß sie dich damals willentlich aufgab, weil sie dich wegschickte, du meinst, sie bestrafte dich dafür, daß du in der Nähe eines Toten im Wald gespielt hattest, und deshalb wendest du dich ab und willst nicht zuhören. Mach deine Ohren nicht zu! Lulu, es ist jetzt an der Zeit, ehe du deinen nichtsnutzigen Morrissey heiratest und dein Leben verschleuderst, dir anzuhören, warum Fleur dich zu Nector auf den Wagen setzte, Nector, den Margaret vor dem Zorn deiner Mutter versteckt hatte. Sie schickte dich auf die öffentliche Schule, das stimmt, aber du mußt verstehen, daß es da Gründe gab: Für dich wäre auf dem Reservat kein Platz gewesen, keine Sicherheit, kein Versteck vor den Regierungspapieren oder vor den Morrisseys, die Köpfe abrasierten, oder vor der Firma Turcot, die einen ganzen Wald dem Erdboden gleichmachte. Außerdem ließ sich nicht vorhersagen, wie es mit Fleur selber weitergehen würde.

Deshalb schickte man dich weg, auch du ein Stück, das man mir aus dem Herzen gerissen hat.

Vielleicht hast du schon gehört, was ich dir jetzt erzähle, ich weiß es nicht. Wenn ja, dann hast du es von den Lippen anderer gehört und nie von jemand, der dabei war.

Nachdem du in Sicherheit warst, kam Fleur zum Matchimanito zurück und blieb dort allein, wie zu der Zeit, als sie noch ein Mädchen war. In ihrer Trauer um Nector pflückte Margaret mengenweise seine Lieblingsjunibeeren und erfüllte dann unser Haus mit dem reichen, süßen Geruch von Marmeladen und Gelees. Sie hätte diesem Jungen alles gegeben, und dir auch. Und er ist noch immer zu gierig nach Süßigkeiten, oder wenigstens hab ich das gehört. Jedenfalls war dann eine lange Zeit im August das Wetter ungewöhnlich ruhig, Tage, an denen die Luft sich nicht regte, keine Brise den See zum Schäumen brachte. Sogar die Wolken blieben unverändert, in der Morgendämmerung waren dieselben zu sehen wie bei Sonnenuntergang. Der Himmel hing jeden Tag über uns, reglos wie ein Gemälde.

Ich fühlte mich unbehaglich und einsam; ich legte den weiteren Weg zurück, um Fleur zu besuchen. Ich ging zu ihr, um mit ihr über dich zu reden. Seit der Sache mit Pauline war mein Boot nutzlos, so arg zerlöchert, daß Unkraut sich durch den Boden bohrte, also ging ich zu

Fuß. Schlechtes Wetter kommt gewöhnlich bei Tageslicht auf, aber an diesem Wetter schien überhaupt nichts normal zu sein. Der Morgen begann mit einem grünlichen Licht. In der Ferne donnerte es, der Geruch eines Sturmes trieb mich zwischen die gekrümmten Stümpfe von Bäumen und Sträuchern, in das kurze, junge, aufkeimende Gras, das früher im Schatten gelegen hatte. Ich durchquerte diese Häßlichkeit, die zerscharrten, wüsten Stellen, die verstreuten Holzstücke und den Staub und dann den Hektar mit turmhohen Eichen, die einen Ring um Fleurs Hütte bildeten.

Sobald ich ihn betrat, hörte ich das Summen von tausend Gesprächen. Nicht nur die Vögel und die kleinen Tiere, sondern die Geister der westlichen Reviere waren hier zusammengedrängt worden. Die Schatten der Bäume waren mit ihren Gestalten bevölkert. Die Zweige schwankten unabhängig vom Wind, vibrierten wie zarte Stimmen. Ich hielt inne, stand unter diesen Bäumen, deren Körper so viel älter als unsere waren, und in dem Moment nahmen meine Verwandten und Freunde endgültig Abschied und überließen mich den Lebenden.

Ich sah meine Frauen. Omiimii, die Taube, ihre leisen Rufe und ihr kleines, unglückliches Gesicht. Zezikaaikwe, die Unerwartete. Ich berührte die Hände von Weiße-Perlen, Wapepenasik, die ich so schmerzlich geliebt hatte. Ich umarmte unsere kleine Tochter, Moskatikenaugun, Rote-Wiege, die ich Lulu genannt hatte. Auch unser Sohn Thomas war da, auch Asainekanipawit, Der-auf-einem-Stein-steht. Der Alte Pillager. Ogimaakwe. Josette. Sie waren alle versammelt. Ombaashi, Der-vom-Wind-Gehobene, erhob im Vorbeilaufen erregt die Hände, flog fast. Ich war einen Augenblick lang bei meinem Vater, Kanatowakechin, Trugbild, als um uns herum dicker Schnee herabfiel, unseren Weg zudeckte, die Kämpfer verwirrte und den Körper meiner Mutter und meiner Schwester zudeckte. Ich machte die Augen zu. Ich spürte den Schnee jenes Winters und dann die Wärme meiner ersten Frau, Sanawashonekek, Liegendes-Gras. Ich nahm den Duft wahr, der aus ihren Haaren und ihrem weiten Rock stieg. Sie nahm meinen Arm und zeigte mir, wie leicht es ist, zu folgen, wie tröstlich, diesen Schritt zu tun.

Was ich nur zu gern getan hätte, wenn nur die Lebenden aus diesen Schatten gerufen hätten.

Aber Fleur hatte diesen Geistern widerstanden, sie war zumindest nicht bei ihnen.

Also wollte auch ich bei den Lebenden bleiben. Ich ging jetzt an den Wagen und Männern vorbei; sie standen da und traten von einem Fuß auf den anderen oder vertrieben die Wolken von Insekten, die in der windlosen, feuchten Hitze herunterschwirrten. Sie warteten auf ein Zeichen, auf ein Wort, die letzten Bäume zu fällen. Ich schritt so schnell ich konnte aus und hielt nach Eli Ausschau. Ich war sicher, daß er nicht wußte, was bevorstand, nicht, daß ich klüger gewesen wäre, aber die Stille des Laubs und das lang andauernde drückende Wetter erschreckten mich. Kein Vogel trillerte oder sang. Kein Tier raschelte. Keine Stimmen murmelten in den Schatten. Kein Rauch kam aus dem Kamin der Hütte, als ich Fleurs Garten betrat.

Fleur stand an der Haustür. Ich roch die scharfe, saure Wärme von Katzen, und da wußte ich, daß Moses hinter mir hergegangen war und sich versteckte. Die Holzarbeiter hatten sich am Rand der Lichtung, wo Eli allein stand, in einem losen Grüppchen zusammengefunden. Die anderen Männer hörten seinen plötzlichen Redestrom an, kauten und spuckten ungeduldig aus. Ihre

Augen waren auf Fleur gerichtet. Man hatte Eli beauftragt, sie dazu zu überreden, friedlich ihre Hütte zu räumen, und er tat sich schwer damit.

Schweiß glänzte auf seiner Stirn. Er hatte immer noch langes Haar, in einem Zopf auf dem Rücken zusammengehalten, aber er trug jetzt ein neues Hemd aus kariertem Flanell, und seine Hose war blau und steif. Seine Füße steckten in dicken Stiefeln. Er streckte die Hand aus und sagte: «Komm her, wir haben einen Wagen für dich bereit. Ich werd ihn selbst beladen.»

Fleur stemmte die Hände in die Hüften. Ihr schwarzer Rock und ihre rote Bluse waren so durchgewetzt, daß sie zusammengebunden mit Sackleinenbändern an den Brüsten und an der Taille klebten wie ein Schleier. Ihr Haar war dicht, voll Licht, und fiel in einem weiten Bogen herunter. Sie trug weder Schmuck noch Federn. Ihre Beine waren nackt, an den Füßen hatte sie ihre besten Mokassins, mit gelben Wirbeln und Blumen bestickt. Ihr Gesicht war vor Erregung erhitzt, doch ihr Blick war in seiner unverhohlenen Belustigung kühl. Sie sagte nichts, schaute nur in den Himmel und ließ die Augen zufallen.

Genau in dem Augenblick spürte ich, wie der Wind am Boden aufkam. Ich hörte, wie die Wellen leicht und beständig gegen das Ufer zu klatschen anfingen. Ich wußte, daß gleich ein Windwechsel kommen und das Wetter umschlagen würde. Ich hörte das leise Stimmengemurmel der Spieler im Wald.

Ich drehte mich zu den versammelten Männern um und breitete meine Hände in der Luft aus. «Geht jetzt», sagte ich laut. «Allesamt. Geht!»

Aber keiner von ihnen wandte auch nur einen Augenblick lang den Blick von Fleur.

Und jetzt rauschte eine leichte Brise aus den Stümpfen

am Rand der letzten hohen Bäume. Fleur kam herüber und packte mich, nahm meinen Stock und zog mich in ihren gepflegten Garten. Ich sah mich um, neugierig, wie man in Augenblicken solcher Spannung wird. Vielleicht spürte ich, daß der Tod nah war und wollte einen letzten Eindruck auf meinen Augen hinterlassen. Schlanke Ranken von gepflanzten Erbsen schlängelten sich an der Grundmauer entlang. Berge von Rhabarber dehnten sich aus, ein ruhig qualmendes Feuer gerbte ein Fell, ein kleiner Fleischvorrat schwankte auf Stöcken, der polierte Stein, auf dem du gern gesessen hast, glänzte hinter uns. Die gestohlene Axt war in den Boden gepflanzt, die gestohlene Säge daneben. Ich blickte angestrengt diese Gegenstände an.

Die Männer drehten sich um sich selbst vor Staunen, als irgendwo außer Sichtweite der erste Baum zu Boden krachte. Jemand lachte nervös, ein anderer gab in einem obszönen Ton seinen Kommentar, und dann hielten sie kurz inne. Sie horchten auf. Fleur sträubte sich das Haar, und das Fell über dem Feuer flatterte. Noch ein Baum, ein großer, stürzte laut und der Länge nach hin, näher bei uns. Die Erde bebte, und die Erschütterung zerrte an den Nerven und den Körpern der Männer, die ziellos herumliefen und sich wie nervöses Vieh leise zuwinselten. Sie bissen sich auf die Lippen, schauten über die Schulter zu Fleur, die in einem breiten Lächeln die Zähne zeigte, einem Lächeln, das selbst die erschreckte, die das Lächeln der Pillagers nicht verstanden.

Einer ging schnell Richtung Osten, blieb dann stehen. Ein kleiner Baum kam herunter und versperrte ihm den Weg. Die Männer kletterten in ihre Wagen und feuchteten die Finger an, um die Windrichtung zu prüfen. Der nächste Baum glitt zu Boden.

In diesem Moment begriff ich.

Um mich herum war ein Wald in der Schwebe, gerade noch gehalten. Die gefingerten Blätter segelten auf dem Nichts. Die mächtigen Hälse, die Säulen der Stämme und die ausgebreiteten Zweige, alles war nur eine Illusion. Nichts war fest. Jede grüne Krone wurde nur von Rindensplittern in der Luft gehalten.

Jeder Baum war an der Wurzel angesägt.

Einer lachte und lehnte sich gegen einen Ahorn. Der fiel um und zerquetschte einen Wagen. Der Wind heulte auf und fegte ins Gebüsch, tobte mit voller Kraft über uns herein. Fleur hielt mich fest und griff nach meinem Hemd. Mit einem einzigen Donnerschlag krachten die Bäume um Fleurs Hütte ab und fielen in einem Kreis von uns weg; dabei nagelten sie unter ihren Zweigen die schreienden Männer und die Pferde fest. Die Äste zerbrachen Stahlsägen und schlugen durch Wagenkästen. Die Zweige bildeten Netze aus Holz, Baldachine, die sich über Stöhnen und Gerangel ausbreiteten. Dann legte sich der Wind, verkroch sich wieder in die Wolken, zog weiter, und wir blieben zurück in einer Landschaft, die nun auf gleicher Höhe mit dem See und der Straße lag.

Die Männer und die Tiere waren starr vor Schreck. In der Angst vor einem weiteren Schlag lagen sie stumm in der riesigen Umarmung der Eichen. Eli saß mit ausgestreckten Beinen benommen auf dem Boden und starrte stumm vor sich hin. Moses war vom Ufer weggepaddelt. Fleur rollte einen kleinen Karren hinter der Hütte hervor, einen Wagen aus dem grünen Holz der Matchimanito-Eichen, den einer allein ziehen konnte.

Ich schaute in den Karren in der Erwartung, dort Fleurs Hab und Gut zu sehen, sah aber nur von Schlingpflanzen bedeckte Steine vom Grund des Sees, Bündel von Wurzeln, ein Bündel Lumpen und den Schirm, der dem Baby Schatten gegeben hatte. Die Grabzeichen, die ich geritzt hatte, vier schraffierte Bären und ein Marder, waren an der Seite des Wagens festgemacht. Wir gingen schnell weg. Der Weg war mit Geäst bedeckt. Ich half ihr, den Wagen über und um die Bäume herum zu schieben, und gemeinsam machten wir unseren Weg bis zur Abzweigung, die früher dunkel gewesen war und jetzt von ganz gewöhnlichem Licht, schwachen jungen Bäumen, blühenden Ranken und Laub erfüllt war.

Verlegen standen wir im Licht. Fleur bat mich um den Segen, und was sollte ich anderes tun als ihn ihr geben, wie ein Vater, obgleich ich nicht wollte, daß sie ging.

Als sie sich die Gurte des Eichenholzkarrens anschnallte, sagte ich: «Komm doch zu uns.» Ich bekam keine Antwort. Es gab auch keine, die ich erwartet hätte. Ein zweites Paar Mokassins und ein Paar dünne, verkohlte Lackschuhe hatte sie über die Schulter geworfen. In ihr Haar, das wieder dicht nachgewachsen war, hatte sie Elis weißen Fächer gesteckt, der aus der französischen Truhe meiner dritten Frau stammte. Ihre Ohrringe glänzten, der Fächer flatterte wie ein Flügel. Die Räder knarrten, als sie ihr Gewicht in den Bügel warf. Sie sah mich mit leuchtendem Gesicht an und dann machte sie sich auf. Ich stand mitten auf dem Weg. Ich sah ihr nach bis dahin, wo sich die Straße krümmt und dann weiter und flacher nach Süden führt und schließlich in ihrem Lauf auf die Regierungsschule, die Lagerhäuser, die Geschäfte und die parzellierten Farmquadrate trifft.

Nachdem wir wußten, daß Fleur fort war und keiner ahnte, wann und ob sie überhaupt zurückkehren würde, mühten Margaret und ich uns mit den Behörden ab und setzten alles daran, dich wieder nach Hause zu bekommen. Nector beschloß, in den Süden zu gehen, nachdem er die achte Klasse absolviert hatte, noch weiter weg als du, hinunter in den Staat Oklahoma. Wir gaben nicht auf. Ich schrieb Briefe, lernte, sie von Theobold oder Hoopdance abzuschicken, da nichts, was man durch Bernadette schickte, seinen Bestimmungsort erreichte. Margaret und Pater Damien baten und bedrohten die Regierung, aber wenn die Bürokraten erst einmal ihre spitzen Bleistifte in das Leben von Indianern stecken, fängt das Papier an zu fliegen, ein Wirbelsturm von Rechtsformularen, eine Verschwendung von Litern von Tinte, eine Korrespondenz ohne Sinn und Zweck. Zu dem Zeitpunkt wurde mir klar, wo wir hinsteuerten, und die Jahre haben mir recht gegeben: ein Stamm der Aktenschränke und dreifachen Ausfertigungen, ein Stamm einzeilig gedruckter Dokumente, Anweisungen und Richtlinien. Ein Stamm zerquetschter Bäume. Ein Stamm der Kritzeleien, die der Wind zerstreuen, die schon ein Streichholz zu Asche machen kann.

Denn wie du weißt, habe ich in jenem letzten Jahr als Stammesoberhaupt kandidiert und dabei den Sieg über Pukwan junior davongetragen. Selbst zum Bürokraten zu werden, war der einzige Weg, wie ich mich durch die Briefe, die Berichte durchwühlen konnte, der einzige Ort, wo ich einen Balken fand, auf dem ich knien, wo ich durch das Hintertürchen reichen und dich nach Hause ziehen konnte.

Gegen all den Klatsch, die geschürzten Lippen, das Gelächter brachte ich Papiere aus den Kirchenunterlagen ans Licht, um zu beweisen, daß ich dein Vater sei, der das Recht hatte zu sagen, wo du zur Schule gehen und daß du nach Hause kommen solltest.

Es war ein staubiger, windiger, trockener Tag, an dem sie dich zu uns zurückbrachten. Es war im Jahre 1924, und Margaret und ich kamen in unserem Wagen in die Stadt. Wir saßen unter einem frisch belaubten Baumwollbaum. Margarets weißes Haar war jetzt lang genug für Zöpfe. Ihr Gesicht war weich und faltig, aber ihre Zunge war nicht weniger spitz geworden.

«Dieses Kind ist hoffentlich das letzte, das du in diesem Stamm gezeugt hast.» Die neckende Art, in der sie ihren Blick senkte und ihren Rock über den Knien glattstrich, weckten in mir den Wunsch, sie an mich zu ziehen. Aber zu viele Augen taten so, als schauten sie von uns weg, zu viele Zungen waren wie Fallen aufgestellt. Und dann fuhr das klapprige grüne Gefährt, das die Regierung schickte, vor und zog in einer Wolke von Sand die Bremsen. Die Luft war rauh, saugte angesichts der drohenden Dürre an den Seen und Gräben. Benommene Kinder stürzten aus der Tür.

Du tauchtest als letztes auf. Du kamst mit gemessenem Schritt herunter, mit rundem Gesicht und wachen Augen, so groß, daß wir dich unter den anderen kaum wiedererkannten. Dein Lächeln kam rasch, und dein Blick war scharf. Du warfst deinen Kopf wie ein Pony zurück und nahmst die Witterung auf. Deine Zöpfe waren abgeschnitten, dein Haar in einem dicken zotteligen Knoten gefaßt, und dein Kleid war ein schäbiges, leuchtendes Orange, eine schändliche Farbe wie eine halberloschene Flamme, meilenweit zu sehen; jedes Kind, das versucht hatte, aus dem Internat wegzulaufen, mußte es tragen. Das Kleid war eng, zu klein und spannte über den Schultern. Deine Knie waren aufgescheuert von der Strafe, lange Gehwege schrubben zu müssen, und verhornt vom stundenlangen Knien auf Besenstielen. Aber dein Lächeln war unerschrocken wie das deiner Mutter und blaß vor Wut, die aber verging, als du uns warten sahst. Du gingst auf die Zehen und versuchtest zu gehen, so geziert, wie man es dir beigebracht hatte. Auf halbem Weg konntest du nicht mehr an dich halten und sprangst los. Lulu. Wir waren gegenüber deinem Ansturm wie knarrende Eichen, wir hielten dich fest, klammerten uns aneinander in dem wüsten, trockenen Wind.

INHALT

Erstes Kapitel
Winter 1912
Seite 9

Zweites Kapitel
Sommer 1913
Seite 20

Drittes Kapitel
Herbst 1913 – Frühling 1914
Seite 48

Viertes Kapitel
Winter 1914 – Sommer 1917
Seite 84

Fünftes Kapitel
Herbst 1917 – Frühling 1918
Seite 126

Sechstes Kapitel
Frühling 1918 – Winter 1919
Seite 167

Siebtes Kapitel
Winter 1918 – Frühling 1919
Seite 208

Achtes Kapitel
Frühling 1919
Seite 240

Neuntes Kapitel
Herbst 1919 – Frühling 1924
Seite 257

Louise Erdrich

Philip Roth bezeichnete **Louise Erdrich**, deren Mutter eine Chippewa-Indianerin war, als «die interessanteste amerikanische Erzählerin seit langer Zeit». Louise Erdrich studierte Amerikanische Literatur und lebt heute als freie Schriftstellerin mit ihrem Mann, drei adoptierten und zwei eigenen Kindern in Northfield/Minnesota.

Liebeszauber *Roman*
(rororo 12346 und als gebundene Ausgabe)
In insgesamt vierzehn Episoden erzählt Louise Erdrich vom Leben und Sterben dreier Generationen der Chippewa-Familien Kashpaw und Lamartine in ihrem Reservat in North Dakota. «Abenteuerlust, Freiheitsdrang, Sinn für Komik, Phantasie und Freude am Spiel mit den Resten der indianischen Tradition. Diese Mischung macht den Roman schon nach wenigen Seiten unwiderstehlich.» Neue Zürcher Zeitung

Die Rübenkönigin *Roman*
(rororo 12793 und als gebundene Ausgabe)
Während eines brütendheißen Sommers wird Dot Adare zur Rübenkönigin gewählt. Genau wie ehemals ihre Großmutter gewinnt sie außerdem einen Freiflug mit dem Doppeldecker... «Ein wunderbares Buch — ursprünglich, ideenreich und sehr ergreifend.» Vogue

rororo Literatur

Im Rowohlt Verlag sind außerdem erschienen:

Spuren *Roman*
Deutsch von Barbara von Bechtolsheim und Helga Pfetsch
272 Seiten. Gebunden.
Die schöne Indianerin Fleur ist der Zauberei mächtig, aber ihre Kraft reicht nicht aus, den Wald zu retten, in dem ihr Stamm lebt. Louise Erdrich erzählt, wie die einst so lebendige indianische Kultur am «American way of life» zugrunde ging.

Michael Dorris / Louise Erdrich
Die Krone des Kolumbus *Roman*
480 Seiten. Gebunden.
Fast 500 Jahre nach der Ankunft Kolumbus' in Amerika findet die indianische Dozentin Vivian Twoster zwei alte Handschriften. Ein spannender Abenteuerroman über ein historisches Ereignis.

Toni Morrison

«Ich schrieb *Sula* und *Sehr blaue Augen*, weil das Bücher waren, die ich gerne gelesen hätte. Da keine sie geschrieben hatte, schrieb ich sie selbst.» **Toni Morrison** hat eine ungewöhnliche Karriere gemacht: Geboren wurde sie 1932 in Lorain, Ohio, war Tänzerin und Schauspielerin, studierte und lehrte neun Jahre lang an amerikanischen Universitäten englische Literatur. Mit dreißig Jahren begann sie zu schreiben und galt rasch als eine der bedeutendsten Schriftstellerinnen Amerikas, die eine poetische und kraftvolle Sprache für die Literatur schwarzer Frauen gefunden hat. «Toni Morrisons Vielseitigkeit, ihr Talent und ihr Einfühlungsvermögen sind schier grenzenlos», schrieb Margaret Atwood.
1988 wurde Toni Morrisons Buch «Menschenkind» mit dem Pulitzer-Preis ausgezeichnet.

Sehr blaue Augen *Roman*
(rororo neue frau 4392)
Es war einmal ein Mädchen, das hätte so gerne blaue Augen gehabt. Aber alle Menschen, die es kannte, besaßen braune Augen und sehr braune Haut...

Solomons Lied. Teerbaby
Romane
(rororo neue frau 5740)
Als 100. Band der Reihe neue frau erschienen in einer Jubiläumsausgabe die beiden berühmten Romane Toni Morrisons in einer Geschenkkassette.

Sula *Roman*
(rororo neue frau 5470)
Ein Roman über die intensive Freundschaft zweier Frauen. Kaum einem zeitgenössischen Text haben die Literaturwissenschaftler soviel Aufmerksamkeit geschenkt wie dieser Geschichte. Das Taschenbuch enthält über den Roman hinaus eine Auswahl der wichtigsten Rezensionen und Essays über ihn.

Im Rowohlt Verlag sind von Toni Morrison außerdem lieferbar:

Menschenkind *Roman*
Deutsch von Helga Pfetsch
384 Seiten. Gebunden.

Teerbaby *Roman*
Deutsch von Uli Aumüller und Uta Goridis
360 Seiten. Gebunden.

rororo neue frau

Frauen

Marilyn French
Frauen *Roman*
(rororo 4954)
«Es ist viel über Frauen und Frauenbewegungen geschrieben worden, aber kein Buch läßt die Lebens-, Erfahrungs- und Empfindungswelt von Frauen so sinnlich nachvollziehen, macht in diesem Nachvollzug so betroffen.»
Westermanns Monatshefte

Marilyn French
Das blutende Herz *Roman*
(rororo 5279)
Im Zug von London nach Oxford begegnen sich Dolores und Victor. Beide sind Amerikaner, verheiratet, haben Kinder. Sie verlieben sich heftig ineinander, und ebenso heftig sind die Auseinandersetzungen, die Machtkämpfe, die sie austragen.

Rita Mae Brown
Rubinroter Dschungel *Roman*
(rororo 12158)
«Der anfeuerndste Roman, der bislang aus der Frauenbewegung gekommen ist.» New York Times

Elfriede Jelinek
Die Klavierspielerin *Roman*
(rororo 5812)
Die Klavierlehrerin Erika Kohut, von ihrer Mutter zur Pianistin gedrillt, erfährt, als einer ihrer Schüler mit ihr ein Liebesverhältnis anstrebt, daß sie nur noch im Leiden und in der Bestrafung Lust empfindet.
«Eine literarische Glanzleistung.» Süddeutsche Zeitung

Svende Merian
Der Tod des Märchenprinzen
Frauenroman
(rororo 5149)
«Vorwort an Männer
Ich möchte nicht, daß ein Mann dieses Buch aus der Hand legt und sagt: ‹Ja, ja, der Arne. Das ist vielleicht ein Chauvi!› Arbe ist ein ganz normaler Mann. Ein Mann wie du.»

Wo die Nacht den Tag umarmt
Erotische Phantasien und Geschichten von Frauen herausgegeben von Gudula Lorez
(rororo 5113)
«Das netteste Geschenk, das Frauen sich machen sollten...»
Sonia Seymour in «Sounds»

rororo Literatur